第一版青春

鲍盛华散文随笔精选

鲍盛华 ◎ 著

长春出版社

全国百佳图书出版单位

图书在版编目（CIP）数据

第一版青春 : 鲍盛华散文随笔精选 / 鲍盛华著.
长春 : 长春出版社, 2025. 1. -- ISBN 978-7-5445
-7560-7

Ⅰ. I267

中国国家版本馆CIP数据核字第2024K45G67号

第一版青春——鲍盛华散文随笔精选

著　　者　鲍盛华
责任编辑　张　岚
封面设计　宁荣刚

出版发行　长春出版社
总 编 室　0431-88563443
市场营销　0431-88561180
网络营销　0431-88587345
地　　址　吉林省长春市南关区长春大街309号
邮　　编　130041
网　　址　www.cccbs.net

制　　版　长春出版社美术设计制作中心
印　　刷　长春天行健印刷有限公司

开　　本　880mm×1230mm　1/32
字　　数　230千字
印　　张　11.125
版　　次　2025年1月第1版
印　　次　2025年1月第1次印刷
定　　价　59.80元

目　录

《昭明文选》：
一个江南太子流落在白山松水间的"绝版青春"

题记：人的青春在第一版第一次印刷之时，就已成绝版。

——

一座青砖起脊的旧式四合院在长春市大马路附近的大众剧场后身破碎了。

一套南宋年间的刻版书曾经被庄严、规矩地摆放在这里。

从百多年前的一页宋版书一两黄金到最近若干年最高一页宋版书十六两黄金的价格翻越，今人对宋朝字体设计、书版安排及印刷技术的钟爱表露无遗。而摆在长春那个四合院的这套宋版书共有六十卷十六函六十四本，完整无缺。

半个世纪以前，这个四合院是这样的格局：拱形大门，院墙高筑。院中前后两排正房，两侧为多间厢房。院中青石板铺地，几棵树木枝繁叶茂，甚至能够遮住院落。握住铜门把手，进入主人的房间，漂亮的灯托与帐幔的雕花，尽显华丽与贵气。

几十年前,这里是长春的繁华处所。附近有被称为"小天桥"的新民胡同,说书、唱戏、魔术、杂技,应有尽有。有长春最早的商埠之地大马路等 16 条马路以及 34 条街巷,百货店、首饰店、食品店以及钱庄、酒馆、浴池、影院一应俱全。同兴茂、集升斋、亨达利、义和谦、鼎丰真等著名商号林立两厢。

而且,离此不远,就是当年溥仪的伪满皇宫。

四合院的主人叫袁致和,字育生,1884 年出生,土生土长的长春人。他的人生在 1925 年达到了巅峰,因为他的姐夫奉系军阀张宗昌坐镇山东,任山东省省长,他被任命为山东省全省警务处长兼省会警察厅长、济南戒严司令,直至 1928 年。他更是在 1927 年 4 月被北京政府授予和威将军衔。后张宗昌势衰并被暗杀,袁致和独自奋争了 20 年后,最终回到长春养老,置办了这座四合院,时称"袁家大院"。1960 年,袁致和在长春去世。

袁致和并非粗鲁汉子、草莽英雄,他颇有些文气,平生偏爱收藏。山东临近江南,江南自古繁华,袁致和通过收购等多种途径得到了大量的书画珍籍。那套完整的宋版书更是被他奉为圣物,在有生之年,几乎走到哪里带到哪里,始终精心地呵护他的"宝贝"。

这"宝贝"叫《昭明文选》。

二

在风光秀丽且被历史文化浸透了的浙江乌镇,有一处清幽的处所,四眼水池静卧在前庭,正门入口是一座建于明朝万历年间，高与宽均近4米的石牌坊，龙凤板上题有"梁昭明太子同沈尚书读书处"字样。往里行，是半回廊二层硬山式古建筑群。据载，南朝梁昭明太子萧统曾随老师沈约来这里读书，并建一座书馆，后书馆塌毁，遗迹残存，近年重建后名为"昭明书院"。

在一处池水边，有一株硕大的芙蓉，正含苞欲放。

也正是这芙蓉，要了昭明太子的命。只不过，那可能是一株水芙蓉。

史载，公元531年3月，萧统游后池，乘船摘芙蓉，姬人荡舟，不慎落水，被救出后，发现伤到大腿。不知是受了怎样的内伤，竟然医治无效，不久丧命，时年30岁。死后谥昭明，世称昭明太子。

此芙蓉非彼芙蓉，也不在乌镇，而在建康，也就是今天的南京。

一生只活了30岁的萧统却让一朵芙蓉永远开在了中国的文化史上。由他主持编选的《文选》共30卷，是现存编选最早的汉族诗文总集，其选编标准为"事出于沉思，义归乎翰藻"，既要有思有情，又要文采飞扬。共选录了先秦至南朝梁八九百年间、100多个作者、700余篇各种体裁的文学作品。由于萧统谥昭明，故又将这部诗文总集称为《昭明文选》。

《文选》一成，风光无限，很快就成为后世唐宋年间人们学习诗赋的范本，甚至一度与经传并列，成为知识分子的必读之书，南宋陆游曾在《老学庵笔记》中提到有"《文选》烂，秀才半"的谚语。

作为梁武帝萧衍长子，在他出生的第二年即被立为太子。

太子天性酷爱读书，而且有着让人艳羡的记忆能力，"数行并下，过目皆忆"，一目十行，过目不忘。年仅 5 岁，就已经把儒家"五经"烂熟于心。十多岁时起，诗词歌赋，随手拈来。《南史》有云："于时东宫有书籍三万卷，名才并集，文学之盛，晋、宋以来未之有也。"一大批文人雅士更是常伴这位才华横溢的太子左右，"讨论文籍，或与学士商榷古今，继以文章著述，率以为常。"

《文选》正是被这样的历史情怀击中，被这样的文学才气染成。当然，在那字里行间，还开放着一个年轻人的青春。

三

1966 年 8 月 17 日，暑热侵袭着长春大马路附近的那个四合院，尽管几株老树能遮挡一些阳光，但树下的人们仍然汗流如注。袁氏的家人们忐忑不安，他们不知道，将迎来怎样的洗劫，他们的命运又会怎样。红卫兵小将们破门而入，一个小头目对着袁致和的儿子讲明"你家有军阀背景，必须抄家"之后，右手一挥，往日院落当中的整洁与安静再也不复存在。

按上级指示，从袁致和处抄家得来的古书全部交给吉林省图书馆。然而早已经对袁致和家古书情况烂熟于心的吉林省图书馆负责收集藏书的乔松田却怎么也找不到那套赫赫有名的《昭明文选》。

而此时，几个红卫兵打扮的年轻人却已经赶到了长春火车站，坐上开往首都北京的列车。他们反复嘱咐怀里抱着一大包东西的人，一定要小心一点，连一个边也不能碰坏。那年轻人怀里抱着的正是那套《昭明文选》。

这几个年轻人就是去袁致和家抄家的那群红卫兵中的几个。他们听说，老袁家有一样宝贝，是一套大部头的古书，千金难买。他们想，毛主席那么喜爱古书，要是能把这套书送给毛主席，甚至因此能够见到毛主席，那得是多么大的荣幸！

于是，他们在抄家的时候动了一点手脚，把《昭明文选》劫了下来，并且迅速赶往北京。可惜，几个年轻人并未如愿。他们把古书交给了相关机构，后被转到中国国家图书馆入库。

四

何等才情，让一个人在30年的人生里成就了举世瞩目的作品？如果放在1500年后的今天，那会是怎样一种瑰丽的青春？

且看这位把青春附着在《昭明文选》字里行间的太子有怎样的年华与岁月。

"千里莺啼绿映红，水村山郭酒旗风。南朝四百八十寺，多少楼台烟雨中。"唐朝诗人杜牧在《江南春》中这样写道。在昭明太子于南朝梁生活期间，正是佛法极为兴盛的时代，他的父亲梁武帝萧衍提倡佛教，众多寺庙被兴建起来，在首都建康，更是寺院林立。就在这数百座的寺庙当中，有一座"香山观音禅寺"。太子一度在这座禅寺居住，晨钟暮鼓中，精心修编《文选》，寺内他所居住的楼阁命名为"文选楼"。

一日，太子到山下的集市去，偶遇一位极为貌美的年轻尼姑，法号慧如。慧如聪明慧智，才思敏捷，知古通今，能领会释家精义。

太子神魂竟为之倾倒。分别之后，信步随行，来到了慧如居住的草庵，又一番深谈。恋恋离别后，太子难抑情致，又多次去草庵见慧如，情义缠绵。

然而，好景不长，一个太子，一个尼姑，美丽的姻缘笼罩着难以更改的宿命。相思已成却立即成疾，无可奈何的慧如终日泪水涟涟，嘘叹沾巾，竟然一病倒下，年纪轻轻便郁郁而终。太子闻讯大恸，彻夜不眠，含泪在草庵前种下红豆树，将草庵题名红豆庵。据传，此树历经千年，一直到元代方枯，而神奇的是，到了乾隆年间，已经枯死多年的主干上竟萌生四株新枝，一直长到今天，是为"顾山红豆"。唐朝诗人王维《相思》诗有云："红豆生南国，春来发几枝。愿君多采撷，此物最相思。"

太子的青春虽然短暂，却受到百姓爱戴。在萧统18岁那一年，天遇大旱，他来到百姓中间，体察民情。百姓没有粮食，他即放粮赈灾；民间流行瘟疫，他就亲自到崎岖陡峭、荆棘遍野的山上采摘草药，并和村民们一起架锅熬药，再把药一家一家地送去。为能天降甘霖，他又亲自在乡村里做法事，诵经求雨，一连七天七夜。雨仍不来，为表诚意，感动上苍，他又爬上壁立千尺的陡峭山崖，跪在峰顶的岩石上继续诵经求雨，最后，雨终于来了，旱情得以缓解。之后，他又为当地的村子重新做规划，令其错落有致，布局美观合理。村民们为了纪念太子的恩德，将他求雨的山岩改名为"萧皇岩"。

萧统死后，受他恩惠的百姓哭声一片，他们向朝廷求取太子的衣帽，建起衣冠冢和太子庙，世代供奉昭明牌位。

五

1976 年，"文化大革命"结束了，人们奔走相告。袁致和的儿子也终于长出了一口气。

根据当时的政策，红卫兵抄家的物品属于个人财产的，可以物归原主。中国国家图书馆同意让《昭明文选》从北京再回到长春。吉林省图书馆的乔松田听到了这个消息后心里一动：能不能做做袁家的工作，把这部稀世之宝收到吉林省图书馆，为国家、为民族永世收藏？

在得到了相关领导的支持后，乔松田走进了那座已经落寞了 10 年之久的四合院。经过反复磋商，袁家同意把书作价转让给吉林省图书馆，最后的价格是 4500 元。

那个年代，4500 元并不是一个小数目，吉林省图书馆甚至无法一下子拿出那么多钱。乔松田又和袁家商定，分 3 个月付清，一个月 1500 元。

1978 年，基本保持着宋刻原貌，六十卷十六函六十四册的《昭明文选》正式走进位于新民大街南端的吉林省图书馆。

细致的乔松田看到，《昭明文选》卷首钤有"钱谦益印"及"牧斋"两枚印章，也就是说，这部书曾经被明末清初著名收藏鉴赏家、学者钱谦益收藏。

那么，这套图书是否也被钱谦益的侧室，才高八斗、诗情浓烈，有"秦淮八艳"之称的柳如是注视和翻看过呢？

六

1638年,20岁青春正盛的柳如是结识了时年56岁的钱谦益。钱谦益,字受之,号牧斋,晚号蒙叟,东涧老人,学者称虞山先生。那可是28岁即得探花的钱谦益,做过朝廷礼部侍郎的钱谦益,被誉为东林领袖、诗坛盟主的钱谦益。而对于择偶标准极高的江南才女柳如是来说,钱谦益更是谦谦君子,多情种子。钱谦益以"如是我闻"之名,筑"我闻室",呼应"如是"之名,并与柳如是牵手湖光山水,赋诗作歌。

1641年,23岁的柳如是嫁给了钱谦益,做了这个已经59岁老人的侧室。婚后,钱谦益为柳如是在虞山修建了"绛云楼"和"红豆馆"。"绛云楼"其实是一座藏书楼。钱谦益将他多年辛苦收藏而来的古玩、字画、金石文字、宋刻图书、名贵瓷器等尽列其间。

这里也是他和柳如是居住之所,每天读书论诗,考古证今,优哉游哉。

作为中国最早的一部诗文总集,对诗歌情有所依的柳如是不可能对《昭明文选》无动于衷,因为那是中国古代诗人的精神地图,他们按照萧统把诗人摆放的方位,去探寻中国的诗脉与文脉,也探寻自我的位置。

柳如是的青春也在诗歌一样的氛围里燃烧着。

当清军兵临城下时,柳如是力劝钱谦益与自己沉水殉国,钱谦益以"水冷"为名不下,柳如是"奋身欲沉",却被钱谦益死死拖住。

钱谦益降清后，受柳如是影响，做了半年的大清礼部侍郎兼翰林学士，即称病辞归。

1647年，钱谦益受反清案牵连入狱，柳如是四处奔走救援，终于令钱谦益平安。

1664年，钱谦益去世。忠烈的柳如是用缕帛结项自尽，完结了自己46岁的人生。

人世间，谁能托举住、配得上这样的人，这样的生命？

像萧统的"绝版青春"一样，柳如是的生命也是"绝版"的。

七

见证了"绝版"生命的，是这套《昭明文选》。作为镇馆之宝，它现在安静地躺在吉林省图书馆的地下书库里，享受着现代的"恒湿恒温"待遇。它所携带着的青春和命运也将在白山松水间走向下一个千年，甚至万年。

《昭明文选》历代注本甚多。主要有两种，一种是现存最早的、影响最大的唐高宗显庆（656—661）年间的李善《文选注》，另一种是唐玄宗开元（713—741）年间的《五臣注文选》。

吉林省图书馆存《昭明文选》的价值之一在于宋刻。在卷末，校对、校勘等人的官衔和姓名清清楚楚地列于上面，均为赣州州学僚属，这表明，此部《昭明文选》是南宋赣州州学刻本，属官刻。宋版书与以前不同的是，书版出现了书口，这增加了书籍的美感。宋代刻书早期多白口，南宋晚期出现细黑口，该部《昭明文选》是白口，证明是南宋早期刻版书。另外，宋版书体大气、美观。宋代时共有四个刻书中心：宗颜真卿字体的多蜀刻，宗欧阳询字体的多浙刻，宗柳公权字体的多建刻，江西刻本则兼而有之。本部《昭明文选》为宋版特有大字，欧柳字体兼及。

　　价值之二在于完整。目前，全国完整的《昭明文选》只有两部，除吉林省图书馆一部外，还有一部在国图收藏，但与吉林省图书馆收藏的版本并不相同。

　　"对酒当歌，人生几何？譬如朝露，去日苦多。"曹操的短歌行在《文选》中吟唱着；"浮云蔽白日，游子不顾反。思君令人老，岁月忽已晚。"《古诗十九首》在《文选》中吟唱着；"凌波微步，罗袜生尘。"曹植的《洛神赋》在《文选》中吟唱着；"木欣欣以向荣，泉涓涓而始流。"陶渊明的《归去来并序》在《文选》中吟唱着；"池塘生春草，园柳变鸣禽。"谢灵运的《登池上楼》在《文选》中吟唱着……

　　不要忘记，或厚重，或沧桑，或悠然，中国的诗人世界，是一个人用他的青春构筑的文化脉络和历史格局。而那样的青春，再不复来。

冰凌花：打开白山松水间的历史"她故事"

三月将尽，正是吉林冰凌花破雪而出的时候。

矮矮的褐色身躯不知道怎么就钻出了雪的覆盖，往往又同那淡绿的小叶暖化了身边的雪粒，形成一个细细的雪洞。直径只有三四厘米的花盘，贴着白雪，展露嫩黄的笑脸。而当你和她遇见，她就那样自然地、淡雅地、神秘地看着你，看着这个世界，仿佛洞悉了雪的心思、冬天的心思、你的心思。

大概从两三年前开始，人们大规模地开启了冰凌花的"发现之旅"，众多读者从互联网、微信朋友圈里看见了"她"，大批摄影爱好者走进大山、走进树林，寻觅她娇小娇憨娇媚的身影。辽宁人在找，他们更多地把这朵小花称为"雪莲花"，然而由于辽宁在东北最南，气温升高过快，让雪迅速消失了痕迹，冰凌花"凌雪"绽放的奇观终究难得一见。黑龙江人也在找，他们给这朵小花赋予了浩瀚的内涵与外延，称她为"林海雪莲"，然而由于黑龙江在东北最北，冬天的余威还迟迟没有弱化，总是让想花的人急坏了双眼。

吉林人更在找，他们觉得自己不南不北，地理位置最好，温度冷暖适宜，在很多山林，已经融化了的水"偷偷地"在冰雪下面流动，被覆盖了整个冬天的大地山林没有理由不发生萌动。所以他们投入了放飞的心情、匆匆的脚步，他们甚至相信，离他们最近的山上也许就会见到本来应该在深山才能见到的神秘身影。他们真的发现了她，早在2016年的3月，离长春市区10公里左右的净月潭森林公园发现冰凌花的消息就见诸了当地的报端。

3月中下旬的净月潭森林公园，温度已升高，白雪仍然在。这里山虽不高，却连绵不断，林虽不广，却浓密茂盛。腐殖质多的土壤被3月的风吹得湿润了，它们遍布在山坡或山脚的灌木丛间、阔叶林下以及林缘地上。不知是怎样一个月夜，月光伴着尚留林间地上的薄雪，那冰凌花悄然探出头来。

长春，相当于吉林人的家门口，冰凌花开在这里，让吉林人兴奋和骄傲，自然也不足为奇。其实，冰凌花开放最多的地方就是吉林省与黑龙江省交会的林区，比如吉林省的东部山区，延伸进黑龙江省的牡丹江地区的张广才岭林区等等俗称"白山松水"的广大区域。

有人把她称为"东北第一花"。

何以称"第一"？当然是开得最早。在广阔的长白山林区以及松花江、嫩江流域，冰凌花在3月中下旬开放，其他的花开要等到5月。在东北漫长的冬季，冰凌花最早醒来，为其他的花探路。这是东北极寒之地新一年生命的起点。而5月花开姹紫嫣红之际，冰凌花却不再开放。她完成了自己的使命，淡然离去。大自然锻造了她，勇敢成就了她。

人类的历史仿佛也是如此。考察一个王朝在最初的崛起，何尝不是在一片荒寒中的建构？而历史往往钟情的是男人的雄武，让他们演绎英雄的史诗。那些历史起点中的重要女性角色，却往往容易被一笔带过。

现在，白山松水间的冰凌花开了，不妨读读开创东北历史的像冰凌花一样的"她故事"。

一、强大的心

公元前2世纪，正是西汉王朝威武中原、一统华夏之际。此时，在远离长安数千公里的东北嫩江中游地区，一个小王国悄然建立。

就在公元前2世纪末，一件奇怪的事情在这个王国发生了。国王的一个侍婢突然有一天被发现怀孕了。国王听说后，暴跳如雷，要立刻把她杀掉。侍婢却平静地说，有一个像鸡蛋那么大的气团，忽然从天而降，不久，就发现怀孕了。

国王虽然打消了处死这个侍婢的念头，但仍然耿耿于怀。后来，侍婢生下了一个男婴。国王想知道这个"气生"的婴孩到底是不是神的授意，便命令把他扔到猪圈里，没想到猪却对着这个男婴吹气，男婴也不恐惧，高高兴兴地接受，没死。国王又命令把他扔到马栏中，没想到马也不踩不踏，以气嘘之，又不死。国王感到有些疑惑，猜测这个男孩确实是上天之子，就没敢杀他。

让国王感到不安的是，孩子长大之后，在其母的培养和教导下，聪明、智慧，而且极为善射。国王害怕男孩夺他的王位，还是想杀了他。此时已经长成小伙子的男孩，名为东明，带着若干亲信迅速逃走。他们从嫩江与松花江汇流处南渡，没有船，东明就拉弓击水，鱼和鳖浮到水面上来形成一座桥，过了河，鱼鳖散去，前来追赶的兵丁眼巴巴地看着他们跑掉了。

后来，东明来到了吉林市东团山、龙潭山一带，征服了当地居民，建立了东北历史上第一个少数民族地方政权——奴隶制国家夫余王国。夫余国面积最大时北始松花江中下游之间，南达辉发河，东至牡丹江流域，西接洮儿河下游地区，其中心区域正是今天吉林省的吉林市、长春市。夫余国政权存续700年之久，公元494年被高句丽所灭。那一年，正是中原的北魏时期。

不要小看这个历史传说，《论衡》《魏略》《后汉书》都记载了这个故事。

当然，史书的神话般的记述，主要是说东明如何如何，他的母亲只是像故事的一个必需的情境一样，闪现一下，便不再提及。神话中的母亲，那个国王的侍婢不可能是与什么人偷情才有了东明，那东明一定就是国王的儿子。只是在后来的继位战中，可能处于不利的局面，而不得不另谋新路。夫余国建国后，历代的统治者肯定对历史做了神秘化的渲染，表明东明乃当之无愧的神的儿子，以此证明他们的国家和他们自己的合法性。

然而，恰恰是那个作为侍婢的女人培养了一个新王朝的起点。可以想见，在那样一个讲求正统、嫡传的年代里，这个女人要有一颗多么强大的内心，才能保持住自己的镇定、坚守和不放弃！正是她的强大，让忽略了父亲的存在，每天听着母亲讲故事、讲道理、讲建树的儿子变得格外强大起来。一个孩子在母亲身上得到的力量是潜移默化的，会进入他的潜意识，成为未来发动伟大事业的动力场、精神场。

这样的女人，像极了那株冰凌花。

据说，冰凌花全株含有强心苷等多种药用成分，具有强心、镇静的功能；据说，冰凌花常见于许多国家的药典之中，我国中医称其为福寿草；据说，冰凌花能降低神经系统的兴奋性和脊髓反射机能亢进，用于急性和慢性心脏功能不全，能治疗充血性心力衰竭、心脏性水肿和心房纤维性颤动。

侍婢面对的是和冰凌花一样的生存条件，冰冷，潮冷，阴冷，要在这样的环境下开出内心的花朵，没有那份冷静与强大是不行的。

无独有偶，东明和他的母亲无论如何也想不到，几百年后，他们的故事会在东明开创的国度里再一次上演。正是这一次重演，让夫余国走向了自己的坟墓。

相传，河伯神的女儿名叫柳花，因为不听劝告，私自与天帝的儿子"谈恋爱"，被父母撵出家门。夫余国的国王收留了她。偶有一日，柳花闲来无事，侧卧睡榻，忽然觉得太阳光包裹了全身，心里为之一动。没过多久，柳花就怀孕了。后来，她生下了一个肉卵。国王下令将其扔掉，但狗不咬，牛不踏，马不踢，还有一群一群的鸟飞过来保护。用锐器劈砍都不能开。

重又交还给柳花的肉卵在精心呵护下，时隔不久，破卵而出一名英俊的男孩。接着发生的故事与东明大同小异：极为善射，取名朱蒙；长大后才能超群，引起国王儿子们的嫉妒，长子带素更欲杀而快之。母亲柳花知道了马上要施行的阴谋，对朱蒙说："有人要杀害你，按你的才能，到哪里都可以施展抱负，与其在此受辱，不如远走高飞。"于是，朱蒙带亲信逃离。

此时的情境也与东明一模一样，过水时，又是"鱼鳖齐浮"。后逃到今辽宁省桓仁五女山，同当地人联合起来，建高句丽国，朱蒙为王。此时为西汉元帝建昭二年，即公元前37年。高句丽存国705年，直到公元668年，倒在唐将薛仁贵的铁蹄之下。而正是朱蒙的后人，在494年将夫余国的皇旗劈落马下。

朱蒙的故事很像东明故事的"复制品"，一个女人的伟大也被重复讲了两次。柳花一样为国王的侍婢，朱蒙又是庶出。历史两次在向后人说明，作为侍婢的女人怎样成就了她们的儿子，成就了白山松水间的传奇。

二、勇敢的等

身材矮小的冰凌花，让人无论如何也想不到，其幼苗生长极为缓慢，一般第一年只会生两片子叶，以后逐年增加正常的叶片，一直要等到成长5年以后才能开花。此种成长的速度，倒与长白山的人参有几分相似之处。

所以，想看冰凌花开，要等。

这好像白山松水的历史上，在高句丽之后开创的另一个国家的皇族的远祖传说。

据说，当年牡丹江畔生活着世代居住在这里的女真完颜部。部里有一位美丽、智慧、善良的女子，到了应该婚育的年龄，她却不嫁，原因是她认为自己还没有发现她心目中那个"英雄人物"。20岁，30岁，40岁，她的意中人就是迟迟没有出现，人们为她而感到惋惜，但她仍旧一直等待着，直到60岁那年。

这一年，部族里来了一位也已经60多岁的老者，名叫函普，其贤达的操守与智慧的行为让人十分佩服。那位女子听在耳里，喜在心上。此时的部族内部因利益和权利分配，争斗不休。她暗示部族首领，如果函普能够想办法消除部落之间的争斗，她就可以嫁给他。部族首领找到函普表明来意。函普同意出面调停，他提出了几项大家非常赞同的约定，女真各部不但消弭了战争，还慢慢走向联合。

60岁的女子终于等到了她的得意郎君，欣然出嫁了。而且，她还为函普生了两个男孩一个女孩。老大名叫完颜乌鲁，老二名叫完颜斡鲁，女儿名叫完颜注思板。他们的后代完颜阿骨打承继了先祖的传奇，于公元1115年正月初一建立大金国，存世119年，直至1234年灭亡。

那位60岁方出嫁的女子被后来的子孙追谥为明懿皇后，她对爱情的勇敢等待竟然成就了一个王朝。

当然，近年有专家分析说，函普时代的女真纪年以春季万物生长时节与秋季天然粮食收获时节为节点，很可能一岁抵当今的两年，因此，明懿皇后60出嫁不足信，也就30岁。

就算这一推算是对的，想想，在那样一个年代，敢于把自己坚守到 30 岁而不出嫁，也十分了得了。不知道当年明懿皇后见没见过她旁边的深山老林里开放的冰凌花，至少，身上的那份耐力让她们形如姐妹。

三、无私的爱

其实，高句丽与大金国的存世之间，白山松水间还有一个国家，那就是被称为"海东盛国"的渤海国。从公元 698 年建国，到 926 年被辽所灭，历 228 年。吉林敦化的敖东城遗址、和龙西古城子、黑龙江牡丹江渤海镇都曾作过都城。在漫长的年代里，他们把大唐文化几乎整建制地搬到了东北。

纵观渤海国，有如冰凌花般存在的是两位公主。她们分别是渤海国文王大钦茂的次女和四女贞惠公主和贞孝公主。姐妹两个的命运都有些让人唏嘘。公主出嫁后，贞惠生了一个男孩，然而，"未经请郎之日"，"稚子又夭"。贞孝则生了一个女孩，可惜，"未经弄瓦之日"，"稚女又夭"。也就是说，两位公主生下孩子不久，孩子就死了。更加不幸的是，两位公主的丈夫也先后辞世。让人更为感叹的是，在深受大唐文化影响的氛围下，两位渤海国公主却没有像很多唐朝的公主那样再嫁，而是选择了终生单守。她们把永无尽头的爱都给了她们逝去的亲人，而再无自己。

公元 737 年到 792 年间发生在两位公主身上的往事，正如冰凌花的花语："无私的爱"。

四、神奇的美

话说某日，三位仙女受长白山的清静美丽所惑，在山上一处池水里嬉戏沐浴。一只喜鹊悄然飞临，把嘴里的一颗红果放到三妹佛库伦的衣服上，佛库伦不小心咽到肚子里，怀了身孕。

怀了孩子的佛库伦想与姐姐飞回天庭，双腿却无法离地。不久，她生了一个男孩。孩子见风就长，相貌堂堂，聪慧过人。佛库伦对儿子说，你是天命出生，上天让你去安邦定国。说完，便含泪返回天庭。男孩来到一个住着三姓人家的地方，告诉当地酋长：我是仙女佛库伦所生，姓爱新觉罗，名叫布库里雍顺，是来平定你们的战乱的。

布库里雍顺凭借雄才大略，被三姓人尊为首领，后建满洲。布库里雍顺也就成为大清帝国的始祖。

美丽的神话让雄奇的长白山变得婉约起来。仙女沐浴的圆池并不是天池，而位于天池东侧30公里处的红土山下。1908年，吉林省安图县知县刘建封来长白山踏查，确认了此池的非同寻常，在池西南侧命人立"天女浴躬处"石碑。

从东明开始，王朝的建立者们和继承者们都希望他们的臣民相信，他们不是普通百姓，他们来自天庭。于是，他们借助空气、阳光、朱果，让"母亲"怀孕，从而生下"天子"。

虽然传说中，故事的模式大同小异，但"母亲"的角色在发生着变化，东明的母亲只是一名侍婢，朱蒙的母亲已经提升了一个层级，变成了"河伯神"的女儿，而到了布库里雍顺，则直接变成纯粹的仙女。她们越来越高级，也越来越美了，作为白山松水间土生土长的花朵一样的角色，她们衣袂飘飘，清爽而又神奇。

冰凌花兼具了这般清爽与神奇的美：独立的花颈之上，娇羞的小花通体金黄，又带淡蓝紫色，十余枚花瓣排成伞形花序，虽株高仅为十几厘米，却在冰雪之上亭亭玉立，给人一种无限的冰清玉洁之美、秀丽端庄之态。

五、内心的光

大概在 1998 年的 3 月底 4 月初，由于工作关系，我来到位于长白山深处的露水河林业局。工作完成后，还有一点时间，就被当地朋友带着，出了镇子，迎着微寒的风，到山边走走。转过一片山林，只见两位 50 多岁的女人，结了伴，在山林的残雪边找着什么。

一问才知道，她们在找冰凌花。

冰凌花？还有在冰雪上开的花？这真让人吃惊。

是啊。其中一位个头稍高的女人说。原来，她们是镇上的高中老师。这里镇上的高中可不一般，虽然远居山里，但据说年年都有考上北京重点大学的学生。现在正是冰凌花即将开放的时候，她们趁着没课，就到附近的山里看看冰凌花开了没有。又一细聊，原来高个老师喜欢文学，业余还搞些创作。

在她们的带领下，真的在正逐渐融化的冰雪边上找到了冰凌花，那是我平生第一次见到她。

高个女老师看到有人对冰凌花如此陌生，耐心地介绍着：

现在是下午，冰凌花到了晚上，花伞就合上了，为的是防寒。第二天早上，太阳升起，它的花伞会慢慢撑开，因为温差大，此时的冰凌花身上会有一层薄薄的冰霜，隔冰霜看花，如梦如幻，似真似假，其美直击心魄。待花伞完全打开，精致的花朵就像缩小了的向日葵，却又有几分羞涩，侧着头看着这个世界。由于它像向日葵，又像金钱一样大小，又被称为侧金盏花。

女老师的博学令人惊叹，而更值得思考的却是，她们几十年在大山深处工作与生活，在内心深处是不是与冰凌花一样，有一缕让她们变得惊艳的光？

当天晚上，辗转反侧，夜不能寐，一些长长短短的句子总是在我的脑海里悠来荡去，竟成诗一首，题为《冰凌花》：

地图上那条爬到长白山胸膛的河
传说是一万滴露水

阳光带着四月的天空寻找去年遇见的人
冰雪初融，露出藏在心里的筋和骨头
身后的一些风景
是随意点缀的春夏秋冬

一位教高中三年级的语文老师
把文字掉进了大山的毛孔
眼睛紧紧盯着残雪
告诉来学会如何砍柴的我：

一万年前就有一朵花在冰上开放
冰雪融了
她就走了

不，她不属于春天
她是冬天开放的花朵

老师的皱纹像她的年龄一样坚硬
眼睛眯成一条缝
嘴里埋怨冬天的冰雪太惹眼了

诗意包裹着今天
河水苗条的身段
勾起人一连串一连串的记忆

她左转转右转转
把阳光也拽得有些晕
河边的土里种上了她的喘息

想起刚才经过的地方
山沟沟里的镇子像农妇怀中的孩子
伴着松林味道的奶水长大
我意识到它不安分的时候
已经爱上它了

老师找到了三朵通体黄色的冰凌花

像胭脂一样从冰里钻出来的娇小的身躯

让爱她的人相信

幸福的生命必须要中一些魔法

而她说

我顶冰而出的时候

看见一位老人正在我身边走着

那个要学砍柴的人

在播种的季节会永远错过收获

　这朵小小的冰凌花,真的开放了一万年吗?那侍婢,那柳花,那明懿皇后,那渤海国的两位公主,那仙女,可曾见过这朵金黄的花?也许见过吧。因为据后人考证,早在几千年前的周代,东北少数民族就曾以"冰了花"之名,把冰凌花作为奇花异草进贡给周天子了。

　其实,见没见过并不重要。人类与动物、植物一样,若同处在一个极苦的环境之下,他们必须不畏严寒。艰难的环境塑造了它与他们生存的品质和本领,那种意志力也许是与生俱来的。即便没见过这朵"奇花",在这里生活的人们,总有白山松水与它相连。

月到中秋那一醉

夜空幽远，薄雾初开，清风小动。

一缕冰清如玉的月光跨过茫茫东海，横扫山东半岛的旷野，直直地砸向大宋密州的超然台。

南向马耳、常山，东接卢山，西望穆陵关，北俯维水的超然台正以华丽的盛装承载着一场重要的聚会。曾在这周边发生的隐遁秦人卢敖的神秘莫测，姜太公、齐桓公的丰功伟绩，淮阴侯韩信的英雄盖世、气定神闲，被那夜色吞并，又被这月光唤醒。

今夜，超然台精神抖擞。39岁的苏轼在部属的簇拥下，在高达数丈的台上端坐。焕然一新的超然台是苏轼的杰出作品。密州太守府城，今天的山东诸城，城北旧台年久失修。前时的巍峨高远早已了然无痕。苏轼亲自规划、设计重修事宜。这是台成之后的第一个中秋。几天前弟弟苏辙闻讯，以《老子》"虽有荣观，燕处超然"为引，将其命名为超然台，并一挥而就做《超然台赋》，心有戚戚的苏轼遂做《超然台记》，通篇讲其大"乐"。

　　五年未见弟弟了。酒量并不太大的苏轼将掺杂着月光的酒一饮而尽。在历史的感悟、时空的交错、悠长的思念、部属的欢声里，大醉的苏轼将《超然台记》中未能酣畅表达的情感，随满地的月华喷薄而出，在一方薄纸上燃烧，千古绝唱《水调歌头》词成：

　　明月几时有？把酒问青天。不知天上宫阙、今夕是何年？我欲乘风归去，惟恐琼楼玉宇，高处不胜寒。起舞弄清影，何似在人间？转朱阁，低绮户，照无眠。不应有恨、何事长向别时圆？人有悲欢离合，月有阴晴圆缺，此事古难全。但愿人长久，千里共婵娟。

　　在中国文化史上，王羲之曲水流觞的一醉成就了中国书法的巅峰，李白斗酒诗百篇的一醉成就了中国诗人的浪漫传奇。如今，苏轼密州超然台上的一醉，成就了中国咏月诗词的经典，宋人胡仔在《苕溪隐丛话》中说"自东坡《水调歌头》一出，余词尽废。"

　　这一醉，也醉出了一个伟岸身躯的情感脉络，醉出了出世入世浑然两忘的人生境界，醉出了一幅满身烟火气息、对生活极尽热爱的图景。

明月几时有——且看东坡动情处

　　"丙辰中秋，欢饮达旦，大醉。作此篇，兼怀子由"，这是苏轼在《水调歌头》词前写的"小序"。子由，是苏辙的字。历史上，像苏轼、苏辙这样，兄弟才高、兄弟情重的情形并不多见。

1057年，20岁的苏轼与18岁的苏辙同中进士。4年后，兄弟二人又同中制举科，创造了大宋历史上的奇迹。是年，考生们踊跃报名制举科，一位主考官看着水泄不通的人群，感慨地说：苏氏兄弟也来报名考试了，你们觉得自己能有希望吗？话音刚落，前来报名的考生散去大半。考期渐近，苏辙却生了病，宰相韩琦为了让苏辙能顺利参加考试，下令延期开考。

要知道，十年一度的制科试，录取的人员不会超过五个。

同样的高才让两兄弟更加情深。就在兄弟二人高中制科试之后，苏轼到陕西任凤翔签判，分别时间并不长，但还是写下了"忆弟泪如云不散，望乡心似雨难开"的诗句。而在密州为官的苏轼，去信商问弟弟新修的城台以何名命之，苏辙建议用超然台，他是从骨子里理解这个哥哥的。这怎能不让哥哥在词作中触动深深的思念情由。

正是这份兄弟情谊让公元1076年中秋那天的月亮感天动地。

兄弟俩不仅都才高八斗，更惺惺相惜，同进同退。公元1079年，苏轼迁湖州太守，却因乌台诗案入狱，有性命之忧。苏辙向皇帝上书，情愿免去自己的全部官职为哥哥赎罪。

苏轼在给友人的一首诗中说："嗟余寡兄弟，四海一子由。"还说"吾少知子由，天资和且清。岂是吾兄弟，更是贤友生。"且常常毫不吝啬地夸赞自己的这位弟弟"至今天下士，去莫如子由"。而苏辙则言苏轼"平足之爱，平生一人""扶我则兄，海我则师"。

公元 1097 年，苏轼被贬海南儋州，苏辙被贬广东雷州。农历五月十一，苏辙专程赶到广西滕州送苏轼出海，聚首近一月之后，在海边诀别。苏轼作诗："劝我师渊明，力薄且为己。微痾坐杯酌，止酒则瘳矣。"从此，兄弟两个天涯海角，天各一方，这一生再也没能见到，唯有"千里共婵娟"的词句漂洋过海，伴他们共度人生暮年。

密州是个很特殊的地方。在这里，兄弟情谊让苏轼的诗词通过"明月"达到文学的高点，而关于一个女人的千千情丝，也被这位至情至义的君子书写得至高无上。

就在写下"千里共婵娟"的前两年，即公元 1074 年，37 岁的苏轼人生第一次出任太守，履职密州。不知为什么，1075 年的年关刚过，一个女人的身影却频频来到他的梦中。姣好的面容，妖娆的身形，暖暖的细语，让这个性情乐观的豪放汉子，无可奈何，不能自已。

真是"人生如梦"，这个女人已经转眼逝去了 10 年。1065年农历五月二十八，27 岁的她把一个女人所有的温柔和贤惠都给了自己心爱的男人之后，撒手人寰。后来唱出"人有悲欢离合""此事古难全"的诗人，此时却不知道在梦中该给她什么样的安慰。不知道苏轼在醒来后多久写了这首感人肺腑的悼亡之诗，只知道那场梦里的纠缠凄凉而深切：

十年生死两茫茫，不思量，自难忘。千里孤坟，无处话凄凉。纵使相逢应不识，尘满面，鬓如霜。

夜来幽梦忽还乡，小轩窗，正梳妆。相顾无言，惟有泪千行。料得年年肠断处，明月夜，短松冈。

梦的主人公是王弗，苏轼的第一任妻子。娘家在离眉山不远的一个小县城，山清水秀之地滋养了她的秀外慧中。苏轼忘不了婚后王弗对他的百般体贴，忘不了自己年轻气盛王弗给他的提醒，忘不了待人接物王弗看人看事的一双慧眼，忘不了自己不以为然但王弗仍然耐心规劝他的点点滴滴……一个温柔的人补足了一个伟大的人身上可能有的所有缺陷。谁能想到，在心中的明天到处都是美好的青春年龄，王弗却被命运之神安排离开。奔波10年了，苏轼越发感叹这位夫人的难得的好。

这首被称为"乙卯正月二十日夜记梦"的《江城子》成了怀念亡人的绝唱，因为，一个男人思念一个女人，为她动了情。

苏轼不知道，写这首词的时候，一个女孩正在暗中看着他，随着他一起伤悲。女孩名叫王朝云，十四五岁，豆蔻初开。

在来密州之前，苏轼曾经"通判杭州"。王朝云就是在这个时候进入苏家的。刚刚12岁，琴棋歌舞已经十分令人惊艳。不可想象，在千百年才出一位的文豪身边长大的绝代佳人，因为向美向善的力量，将有着怎样的摄魂夺魄的魅力，艳光四射的情形恐无法用语言描摹。

这朵花，在7年之后，苏轼被贬黄州的时候，怒放。

19岁的王朝云，美貌完全出于天成："素面翻嫌粉涴，洗妆不褪唇红"。而特别难得的是，此时的王朝云内心之美与容貌之美相映相生，她知书达礼，敏而好义，潜心学习，善于生活，与苏轼的交流，常能打动生命，击中灵魂。

美好女性的青春绽放与苏轼才华的盛放期相遇，爱情，从另一个侧面推动苏轼的艺术创作走向"井喷"：一首《念奴娇》千秋激荡，前后"赤壁赋"与天地共生，《寒食帖》随意而为却占据中国书法的高峰……

但真正让苏轼喜上眉梢的并不是这些，而是王朝云怀孕了！苏轼希望是个女孩，可生下来的又是一个男丁。苏轼给他起名苏遁。

谁能想见，命运捉弄了他们。未满周岁的苏遁在苏轼到金陵造访王安石期间夭折，此时年轻的母亲刚满 24 岁。

苏轼哀上心来："幼子真吾儿，眉角生已似""母哭不可闻，欲与汝俱亡！故衣尚盈架，涨乳已流床"。生命就是这样残酷，这样无情。已近天命之年的苏轼动了退隐的心思，两上《乞常州居住状》，终获朝廷批准。他心想，安定的家庭生活，或许能让朝云再生一个孩子，完成她做母亲的愿望。

可是，朝廷并没有让苏轼这样安稳地生活下去，不久，就将他再次启用，调往登州，再调京城。紧接着，又调杭州，再回京，后出知颍州、扬州、定州……直至再回京，再遭贬，往惠州。

就是在惠州，王朝云死于瘴毒。死前总唱《蝶恋花》"枝上柳棉吹又少，天涯何处无芳草"句，情至浓时，泪流不止。临终前朝云口诵《金刚经·应化非真分》："一切有为法，如梦幻泡影。如露亦如电，应作如是观。"

苏轼为她写墓志铭："东坡先生侍妾曰朝云，字子霞，姓王氏，钱塘人。敏而好义，事先生二十三年，忠敬若一。绍圣三年七月壬辰卒于惠州，年三十四……"

离其子夭折，又恰是 10 年。

从此苏轼再不听不书《蝶恋花》。

把酒问青天——且品东坡逍遥游

试想，如果没有"把酒"，恐怕"问青天"的意趣会淡了很多。

酒是一种很奇怪的东西，忧烦的时候碰它，它会让你排解心中的郁结，忘掉一些苦处，短暂地出世；高兴的时候碰它，它又会随你欢悦，在酒醉时起舞，一副入世的模样。

苏轼如酒。当国家需要他的时候，他决不忸怩，也不会拿腔作调，而是积极投入；无论出任闲官或要职，他都恪守职责，坚守自我，不会因为担心仕途而随波逐流，改变初衷；国家不需要他了，他就淡出朝堂，以巨大的热情投身生活，拥抱山野。在他的身上，没有在朝的癫狂，也没有在野的悲苦，没有当官员的大，也没有做平民的小。是大鹏，就昂扬展翅，不辜负伸长达到万里的翅膀；是燕雀，就叽喳欢喜，不辜负上天给它的单一的快乐。他融悲喜于一体，通古今为一处，浑然一体，自然天成，齐万物，等生死，荣辱不惊。

他是典型的现世中的庄子笔下的大宗师："邴邴乎其似喜乎！崔乎其不得已乎！""滀乎进我色也，与乎止我德也。"面对人生是乐观的，虽然崇高，但不是被欲望驱使，而是为了天下；对社会贡献了一切，都觉得理所应当，并不需要谁来感谢；到了该退出的时候就退出，恰到好处，无须留恋。

逍遥如此，人生何求?!

而一杯酒，在苏轼的逍遥人生中，打下了深深的印痕。密州超然台一醉之后，酒与东坡的关系更加紧密了。苏轼自陈："饮酒终日，不过五合，天下不能饮者，无在于下者"，可怜，那么伟岸的大文人，酒量这么小! 然而"予虽饮酒不多，然而日欲把盏为乐，殆不可一日无此君"，可喜，大文人对酒的热爱，让后世喜酒的男人多了一番吹嘘的理由。

他在酒里发现了什么?

在密州时一句"把酒问青天"，他发现了天宫的意蕴。

在黄州，他闲来无事，兴冲冲地自酿蜜酒，前前后后，反反复复，试验了半年，然后请人品验，结果客人喝了蜜酒，却拉了肚子，他宣布自酿蜜酒失败，但却是很快乐的样子。不胜饮酒的东坡先生，此时的词里却都在豪饮："夜饮东坡醒复醉，归来仿佛三更"，"小舟从此逝，江海寄余生"。他在江边呆了半夜，倚着杖，听到了江声，也听到了人世的纷扰，身在尘世，他发现了不弃尘世的旷达，如有大江大海寄寓此生，岂不足矣!

他有如闲云野鹤，穿梭乡土之间。"照野弥弥浅浪，横空隐隐层霄。障泥未解玉骢骄，我欲醉眼芳草。"他说："酒醉，乘月至一溪桥上，解鞍曲肱少休，及觉，乱山葱茂，不谓人世矣。"他在人世发现了仙境。

他甚至让酒进入了自己的书法世界。公元1094年4月，已经57岁的苏轼在遭贬岭南的途中，来到襄邑，也就是今天的河南睢县。有宋一代，是基本不杀大臣的，贬到岭南是最重的惩罚。瓢泼大雨阻断了他的行程，他正在酝酿着一个决定，他不想让家人与他同去那充满瘴毒的地方。

他临窗听雨，然后端坐桌前，有如道仙。铺开一张白麻纸，提笔："始安定郡王以黄柑酿酒，名之曰'洞庭春色'。其犹子德麟得之以饷予，戏为作赋。后予为中山守，以松节酿酒，复以赋之。以其事同而文类，故录为一卷。绍圣元年闰四月廿一日，将适岭表，遇大雨，留襄邑书此。东坡居士记。"他挥笔写下的，是自己前时的作品《洞庭春色赋》和《中山松醪赋》。

正是这一场大雨，浇出了一幅流传千古的书法名作，后人称之为《苏轼二赋》。二赋原文加上自题10行85字，前后计684字，成为苏轼字数最多的传世墨宝。在这幅以酿酒为主题的作品中，他发现了人与酒、与自然、与天地、与美好的完美融合。

900多年后的今天，二赋辗转来到吉林省博物院，作为镇馆之宝，其抒发的酒意与美意感染与影响着白山松水间流淌的历史文脉。

海南儋州是苏轼一生中被贬流放的最后一个地方。60多岁的老人漂洋过海，也风雨飘摇。但酒一样伴着他与他的诗。一天，他走在外面，由于头发白白的，脸色却红红的，几个小孩子觉得好奇，追着他看。他作诗曰："寂寂东坡一病翁，白发萧散满霜风。小儿误喜朱颜在，一笑哪知是酒红。"他在用诗与孩子对话，与这个世界对话，他发现的是人生的美好，人生的醉意。

高处不胜寒——且闻东坡烟火味

还是在密州。

"老夫聊发少年狂，左牵黄，右擎苍，锦帽貂裘，千骑卷平冈。为报倾城随太守，亲射虎，看孙郎！"1075年秋天，38岁的苏轼在密州进山打猎，意气风发。

打猎，只是他生活图景上一个很小的部分。在第二年中秋所作的《水调歌头》中，他明确地表明："我欲乘风归去，惟恐琼楼玉宇，高处不胜寒。起舞弄清影，何似在人间？"天宫太高远，生活在人间，烟火味里，生命可以纵情释放。

古代男人头发长。他研究梳头，研究发型与早晨、中午、晚上的关系，研究睡眠的质量受梳头的影响有多大。

他酿酒，虽然有时不成功，但仍然乐此不疲。各种酒的品类，他如数家珍，真一酒、逡巡酒、蜜酒、洞庭春色、酥酒、桂酒、竹叶酒、松花酒，等等，都入了法眼，被他记在笔下。

他进深山，攀悬崖，尝草采药，注重养生，甚至与人合著医书。

他厨艺好，舌头贼，爱吃各种美味，东坡肉，东坡鱼，东坡肘子，东坡羹，千姿百态，令人垂涎。即便被贬至惠州，在环境十分艰苦，生活极度困顿之时，仍然在给苏辙的信中说："惠州市井寥落，然犹日杀一羊……买其脊骨，骨间亦有微肉……意甚喜之，如食螃蟹……"后来他吃到了荔枝，又用诗句表达自己的欢愉之情："日啖荔枝三百颗，不辞长作岭南人"。

他跑到沙滩上采集小石头，钻到农家，听老乡讲故事，大事小情都要插上一手。

他善种地，在黄州太守徐君猷拨给他的城东一块约五十亩坡地上挥汗如雨，以抡锄头铁铲为乐，以一片一片绿油油的麦子为美。他写诗说"腐儒粗粝支百年，力耕不受众人怜"。突有一天，他给自己起了个新名字：东坡。

他爱栽树。在父亲去世后，他回老家丁忧 3 年，栽种松树苗 3 万棵。在公元 1086 年前后，他恳请朝廷同意他"退休"，朝廷批准后，他欣然写《楚颂帖》，自陈"吾性好种植，能手自接果木"。他作《菩萨蛮》："买田阳羡吾将老，从来只为溪山好"。

他喜欢造楼造屋，在密州和徐州做太守时就积极造楼台，到了黄州，又在"东坡"处造屋三间，建亭两个，居士亭，四望亭，其中居士亭下朝南有一堂，名为雪堂。

他还用"生活"本身去救人。在密州为官期间，因为当地百姓太穷，常有弃婴事件发生。他从太守府拨出专款给穷人，要求至少把孩子养到一周岁，因为一年后母子生情，就不会再把孩子扔掉了。确如苏轼所推测，从此密州弃婴的情况迅速减少。

…………

想一想苏轼所做的为百姓称道的诸多事迹，比如治盗、治蝗、治水，等等。如果没有对生活的热爱，对身边的每一个人的热爱，恐怕都会打了折扣。苏轼对每一个人、每一件事的真诚与他性格深处对广袤天地的热爱一体天成。

当代学人刘小川用荷尔德林的诗评价苏轼："思想最深刻者，热爱生机盎然"。

900 多年后的今天，明月仍挂中天。圆圆的月亮的脸庞里包含的往事仿佛还能看见东坡的影子。那里有高耸的超然台，有高耸的酒杯，有高耸的精神，有千古一醉所开启的委婉低回与惊心动魄，还有融通古今的生命长河浩浩荡荡滔滔奔流。

苏轼二赋：
看900年前的大宋酒香如何飘散在关东大地上

2017年7月，对于钱芳来说，做吉林省博物院藏品保管部保管员已经13个年头了。十几年来，她和她的同事们成为世界上靠近北宋大文豪苏轼最长书法作品最近的人。那幅作品是苏轼亲笔手书的自己的两首诗词，《洞庭春色赋》和《中山松醪赋》，加上自题10行85字，前后总计684字，为目前所见苏轼传世墨迹中字数最多的。

写于900多年前、以酒为主题的苏轼二赋何以"闯关东"来到了吉林？又是怎样成为吉林省博物院"镇馆之宝"的呢？

一

窗外雨声大作，唰唰的音响越来越急，仿佛千万片树叶在奔跑。其实树叶不可能跑，是雨打在树叶上发出的声音。但这像极了无法赶路的旅人的心情：十分急迫，却寸步难行。

他，却不同。

　　飘泼大雨带给他的是雅兴。他想起了三年前朋友送给自己的以黄柑酿就、名为"洞庭春色"的美酒，也想起一年前自己用松节酿酒的诸多细节与故事，他曾经就这两件事情写了两篇文章。于是，他备足笔墨，在桌上铺好白麻纸，就着"树叶在奔跑"的声音，沉静而昂然地书写。

　　他撇开了因为贬官可能会带来的情绪，他也没有把大雨的到来看作是一种耽搁。他享受着旅程，享受着酒，享受着诗情，享受着笔墨与薄纸的触碰，享受着生命在大地上响起的磅礴的歌声。

　　这一天是公元 1094 年闰四月廿一日，这里是如今被称为河南睢县的他被贬往岭南的途中，这个人是已经 59 岁的苏轼苏东坡。

　　"始安定郡王以黄柑酿酒，名之曰'洞庭春色'。其犹子德麟得之以饷予，戏为作赋。后予为中山守，以松节酿酒，复以赋之。以其事同而文类，故录为一卷。绍圣元年闰四月廿一日，将适岭表，遇大雨，留襄邑书此。东坡居士记。"在二赋长卷的自题中，苏轼写道。襄邑就是今天的河南睢县。

　　雨声里，《洞庭春色赋》《中山松醪赋》一挥而就。

二

　　1945 年 8 月中旬的一天，急促的脚步声惊动了长春市四分局附近的一座民宅，一个叫刘忠汉的伪满洲国下级军官急匆匆地赶回来，迅捷地推开自己的家门，把一幅手卷和几件伪皇宫内的餐具放到妻子的面前。他告诉妻子，溥仪已经出逃，皇宫已经大乱，这是趁乱拿出来的东西，务必好好保存。随后，刘忠汉看了一眼自己嗷嗷待哺的儿子刘刚，转身离去，从此再也没有回来。

交到刘忠汉妻子手上的长卷就是苏轼当年在大雨中书写的为一代又一代文人雅士、帝王将相倾倒的"洞庭春色""中山松醪"二赋。

据载，苏轼二赋成卷之后被视作至宝，先后被金末元初的郭仲实、明代杨士奇、郑达、李东阳、陈从训、张孝思，清代张应甲、季振宜、梁清标、安仪周等等文人墨客收藏。乾隆十一年入清内府。1924 年 11 月，末代皇帝溥仪将其带出紫禁城，来到天津。1932 年，随着溥仪潜至长春，二赋也随他一起踏上了关东的土地。在长春伪满皇宫，溥仪把二赋连同其他珍宝藏在一座被称为"小白楼"的建筑内。1945 年 8 月，随着日本的溃败，溥仪匆忙离去，大部分国宝来不及带走，始有二赋散落民间的命运。

1982 年 11 月，白雪开始覆盖吉林市这座山清水秀的江城。时任吉林市史学会副理事长的当代著名书法家、篆刻家刘乃中先生认识了一位新朋友——吉林市五中历史教师刘刚。他告诉刘乃中，他家是 1946 年从长春搬到吉林市的，他父亲叫刘忠汉，家里收藏了一件署名苏东坡的手卷墨迹，不知是真是假，想请刘乃中帮助鉴定。刘乃中眼前一亮，当即同意。为慎重起见，刘乃中请著名书法家金意庵先生共同鉴定。

1982 年 12 月 7 日下午 1 点，刘刚当着专家的面小心翼翼地展开手卷,那自然天成、得心应手的清新字迹,那白麻质地、气色如新的七纸接装,那累累朱印、鉴赏收藏的66枚钤盖,振动了在场的每一个人。

历经900余年的文化瑰宝在关东现身了。

既为真品,刘刚向两位先生表示,有意献给国家。于是,由金意庵出面致函吉林省博物院。大喜过望的吉林省博物院立即派人前来接洽,其中就有后来的著名书法家段成桂先生,时任吉林省文化厅副厅长贾士金也随后赶来。1983年1月26日,吉林省博物院举行了隆重的入藏仪式,并奖励刘刚19000元。

苏轼二赋重新发现的消息很快轰动了国内书画界。1983年6月,北京故宫博物院著名书画鉴定专家徐邦达、刘九庵等人专程来到长春,确定此卷为东坡真迹无疑。"张墨李笺成五合,精光照眼一惊呼。"徐邦达先生这样表达东坡真迹重现的喜悦。

三

轻轻打开囊匣,取出黄绢包裹的卷轴,缓缓展开,900多年的苏轼二赋,并没有因为风雨沧桑而减少那份墨色如新,以及那份依然浓郁的诗意。

现存的二赋横306.3厘米,纵28.3厘米。在由7张白麻纸接装而成的长卷上,《洞庭春色赋》在前,行书32行,287字,《中山松醪赋》在后,行书35行,312字,两赋末端为自题,10行,

85 字，前后总计 684 字。

写酒、颂酒是苏轼二赋的主题。这位把"东坡肘子""东坡肉"留在中国人舌尖的大文豪，对酒可是情有独钟，酒是苏轼诗情的黏合剂。"夜饮东坡醒复醉"的先生，美食、美酒、美诗三者恐怕无法分开。既然当年王羲之曲水流觞做《兰亭集序》，开了中国文人书写、饮酒、唱诗的头儿，豪气冲天的东坡先生岂能不深入其中，让这文人雅士的人生况味更加奇绝?!

书写二赋之时，苏轼 59 岁，正是笔力鼎盛、老辣之时。整幅长卷，结体短肥，笔意相通，娴雅飘逸。有人评其字"如棉裹铁"，又如"老熊当道"，在平实、朴素中汪洋浩荡。其传世名作《寒食帖》更与王羲之的《兰亭集序》和颜真卿的《祭侄文稿》一同被誉为天下三大行书。而二赋则书写在《寒食帖》之后，笔力更趋巅峰。

明代书法大家张孝思题赞二赋："此二赋经营下笔，结构严整，郁屈瑰丽之气，回翔顿挫之姿，真如狮蹲虎踞。"明代书画鉴藏家王世贞则称："此不惟以古雅胜，且姿态百出，而结构谨密，无一笔失操纵，当是眉山最上乘。观者毋以墨猪迹之可也。"清乾隆皇帝十分喜爱"二赋"，曾多次题款，赞曰："精气盘郁豪楮间，首尾丽富，信东坡书中所不多觏。"

作为"镇馆之宝"，吉林省博物院对苏轼二赋的收藏可谓精心之极。当年搬来新馆址时，博物院聘请的是专业的"运送专家"，运载的汽车具有防震功能，当时还安排了警车护道。

随着中华文化的繁荣发展，一大批师法古今的书法家在关东成长起来，并且蜚声海内外。他们有已故的金意庵、刘乃中，有仍然在墨池边起舞的段成桂、丛文俊、姚俊卿、吴自然、韩戾军、景喜猷，还有一批又一批书法界的年青一代。他们其实是在用手中的笔，向中华优秀传统文化中坚毅果敢、气定神闲的诗性致敬！

徽钦二帝：走在吉林的大路上

在徽钦二帝被掳走后，金国通问使洪皓想尽办法，花大价钱雇了一个人，给二帝捎信儿，说赵构已经在杭州称帝，别急，不日将救主公回归大宋的姹紫嫣红。这让荒草看尽、狂沙掠尽、风雪吹尽的二帝，终于有了些安慰，大宋还没有亡。

认真思考一下，徽钦二帝与很多朝代的末位之君不一样，一是皇族之中有人站出来接他们的班儿，而且坚持了很多年，没有倒掉；二是他们兼诗人、画家、书法家于一身，是大艺术家的"范儿"；三是他们被掳得最远、最苦寒。

他们没有了权力，没有了荣耀，没有了富贵。可有意思的是，他们还在书写，还在计划，还在期待。在可怜、可叹和可恨之余，我们发现，徽钦二帝最后把自己归入了生活，凡人的生活，大家庭的生活，艺术家的生活。然后，他们剩下了诗歌、书法和锄头。其间，他们至少两次走在如今吉林省的版图内，而在这段路上行走的时候，也许是他们沉静了悲伤、心平气和地接受命运安排的最恰当的时间。

那是公元 1127 年 3 月开启的行程,全部人员超过 14000 人,从坐落在开封城东北五里的金兀术二哥完颜宗望军营里正式出发。此时应是河南春暖花开的时候,和风阵阵,舒适宜人。但此时的皇帝心情可想而知,是没有半分心思享受这饱含雨露花香的春意的,虽然这春意曾经是多么地让作为艺术家的帝王风情无限、柔情刻骨。

5 月,皇帝一行抵达北京,住当时北京城三大名刹之一的延寿寺。后赶来的钦宗住另一个名刹悯忠寺,即北京法源寺。据云,法源寺还是大唐太宗所建。从开封到北京,共 530 里路。

9 月,继续行程,从北京折而向北,直奔辽中京的旧址,即今内蒙古自治区赤峰市宁城县大明镇,10 月抵达,32 天走了 950 里路。9 月已经是北方的秋季,一路走来,全是马致远《天净沙·秋思》的意境:"枯藤老树昏鸦,小桥流水人家,古道西风瘦马。夕阳西下,断肠人在天涯。"糟糕的是,在更北的内蒙古,9、10 月份,可能连"小桥流水人家"都省了。不知道这一行断肠人,是否被告知他们最后的归宿之地。如果还没有确切知道,那心中的凄婉、惶惑、惆怅,不知要在肚腹之中,打几个结,扭几个劲儿,精神上的千疮百孔如何经得起那一阵阵涌起的寒意?冬天就要来了。跨过燕山,择路出塞的旅途,二帝可想起当年的昭君?他们当然连昭君也不如,至少,昭君是开启一个使命,二帝则是在结束一个王朝。

也许大金国的主上担心天寒地冻,也许想让他们再冷静一下悲伤,也许还没有商量或者准备好让他们去哪儿,在内蒙古,二帝一住就是三四个月。一直到第二年的初春,才把他们又领到驿安，即今辽宁省阜新市阜新蒙古族自治县红帽子乡红帽子古城，最后到咸平，今辽宁省开原市老城镇西关村古城。并最终于公元1128年3月，到达通塞州，也就是今天的吉林省四平市铁东区城东乡一面城村。"金人迁天眷于通塞州，去燕山一千五百里，给地千五百顷，令种莳以自养。"（《呻吟语》）也就是在这个离北京1500里路的地方，给二帝1500顷土地，让他们种田自给自足。

从1127年3月到1128年3月，整整一年的时间。抚平伤痛最好的东西就是时间，经过一年多的长途跋涉，痛楚也许会随着一滴滴掉落的汗水都留给了长路。更让二帝感到舒服的是，从内蒙古到吉林的东行，走的是唐代渤海国时期建设的"基础设施"，交通情况相当良好，这条路也应该是当年辽国开国皇帝耶律阿保机东征渤海国的路线。不仅路好走了，关键是走进了平坦的辽河平原和松嫩平原，没有那么多的崇山峻岭了。肥沃的黑土也许在北方的盛夏发出了诱人的香味，让二帝稍微好受了一些。他们开始在这里吟诗了，虽然诗里还有忧伤。

吉林的3月，青草还没有冒芽，甚至有些地方，冰雪还没有消融干净，正是"乍暖还寒时候，最难将息"。看着枯枝荒草，时年46岁的徽宗思绪如潮，填《眼儿媚》一首：玉京曾忆旧繁华，万里帝王家；琼楼玉殿，朝喧弦管，暮列笙琶；花城人去今萧瑟，春梦绕胡沙；家山何处？忍听羌管，吹彻梅花！

帝都何等繁华，一个"玉"字，不仅让那座城市品格高贵，也让人内心中凭生了暖意。帝都的日常生活从早到晚都是歌舞相伴。现在不行了，做一场春梦，都在化外之地，风沙四起。

没有办法，只能无奈地听着远处传来的羌笛声，将那梅花吹开。

虽然也哀伤，虽然很无奈，也只能认了。全词的核心是一个"忍"字。

28岁的钦宗读后，掉下了眼泪，和了一首：宸传三百旧京华，仁孝自名家；一旦奸邪，倾天拆地，忍听琵琶？如今在外多萧瑟，连丽近胡沙；家邦万里，伶仃父子，向晓霜花。

还是思念，还是胡沙，还是无奈。"伶仃父子，向晓霜花"，真是可怜。可是全词又是一个"忍"字，"倾天拆地，忍听琵琶"。

两首词都是在围绕一个"忍"字，认了。

能够看出，徽钦二帝在踏入东北大平原的时候，悲伤已经不盛了，甚至虽是"忍听"，毕竟还是"听"了。放下那些光荣与梦想吧，他们要在东北安家了，至少这里还有羌管和梅花。

然而，大金国刚给了他们这样一个意见，还没等到二帝拿起犁耙和镐头，很快又更改了。要他们直抵金上京，即今天的黑龙江省阿城区，这个位于现在哈尔滨南面不远的小城是当年大金的崛起之地。

二帝又一次开拔了。如果没有计算错误，他们应该是从四平市出发，经今天的公主岭市怀德镇秦家屯古城，到军事重镇黄龙府（今天的吉林省农安县），然后过农安县北60里左右的万金塔古城，再经农安县红石垒古城，过拉林河，入金上京。他们也许此时还不知道，那个黄龙府是南宋名将岳飞魂牵梦绕的地方，他期待着杀将过来，灭金救主。

那时候的吉林省农业极不发达，无穷的荒野应该是唯一的风景，看不到苞米，看不到大豆，看不到多少人家。二帝就这样默默地走着，已是 8 月，东北的夏天最热的时候到了，有时烈日当空，有时暴雨雷电。他们的内心也许就此紧张起来，要见到金国的皇帝了，会杀掉他们，还是会留下他们？不知道。他们思考着活下来的可能，也许他们还有价值，因为，至少他们的囚徒式存在，象征着大宋已经灭亡，南宋没有合法性，并且，他们也可能是某种砝码；而他们一旦死了，则等于承认了南宋的存在，会更加激起南宋的抗争。更何况，也许，这未开化之地，还向往着大宋曾经的繁华，而对"天朝"的"老板"存着一丝敬意。

900 年后，开车只要不到 4 个小时的路程，他们整整走了一个月。天知道，他们会死还是会活，是走上阳光大道，还是迎来灭顶之灾。而走在吉林的大路上的这段时间，或许也是大金的皇帝做出最后决定的时候。

结果还算不错，金太宗吴乞买接受了父子俩的跪拜，封父亲为"昏德公"、儿子"重昏侯"，这等于是告诉他们，你们父子俩是一对儿笨蛋，脑袋都被驴踢了，无能无德。然后，金主对二帝基本是好吃好喝好招待，让他们在阿城又住了两个月。不知此时的二帝万千感慨留在何处。

又是一年的 10 月，北风呼啸，冬意渐浓。金主再命二帝徙韩州，即今辽宁省铁岭市昌图县八面城镇"八面城古城"。也就是说，两个多月前走的吉林大道，他们还得再走一次。这次是让二帝在旅途中真正"享受"了一把东北吉林的冬天。风来，凛冽入骨；雪来，万点如烟；天来，彻净幽蓝。他们在腊月二十六才抵达韩州，经历了全年最冷的时刻。北方的极寒对人是一种摧残，更是一种锻炼。在繁花烟雨中长大的徽钦二帝，会用他们极度敏感的艺术家的天分领略这份人生刺骨的深刻。也许，他们从而理解了金人的强悍，理解了生命必须要有的另一种样态。

韩州也没能成为他们的最终归宿，在这里度过一年零七个月之后，他们再次踏上出行之路。最终，二帝被羁押在五国城，即今黑龙江省依兰县依兰镇五国城遗址。徽宗赵佶卒于公元1135年，活了53岁；钦宗赵桓卒于公元1156年，活了56岁。

走了两遍的吉林境内的道路对于二帝来说，是很独特的。当然，那时候，还没有东北三省之分，都是大金的疆土。但吉林大道位于东北的腹地，那种平坦、宁静、植被浓密的图景想必伴随着两位皇帝的心潮一定会有不同的化学变化。

可惜，那些古城现在多数已经不见了，同时不见的，还有徽钦二帝的足迹。只有历史的记忆还顽强地活着，偶尔被一个从历史边儿经过的人想起。

吉林"仓颉"今何在

1140年秋，燕京。

军权在握的主帅完颜宗弼从进攻大宋的前线回来，觐见驾临此地的大金国第三位皇帝金熙宗完颜亶。君臣相见甚欢，皇帝把对这位叔父驰骋疆场、肆意收割大宋江山的尊重发挥到极致，甚至离座表达恭敬。

受到皇帝厚待的完颜宗弼不是旁人，正是那位在刘兰芳播讲的评书《岳飞传》中的"大反派"金兀术。至于他此次前来带没带那个小说家浓墨重彩描绘的丢掉了鼻子的小丑式人物哈密刺，不得而知。此时已经战功赫赫的完颜宗弼俨然便是大金国的代言人，其有勇有谋、经国有术的功绩已经把他定位在杰出的政治家、军事家行列。

而就在各路官员在兀术位于燕京檀州门里的府中为即将再赴前线的他举行饯行宴会时，一位同样颇有来头的大官——被皇帝封为陈王的左丞相兼侍中完颜希尹，喝到烂醉如泥之际，突然跃起身来，按住兀术的头，大声说道：你乃鼠辈！你的兵马能有多少？你可知，天下的兵马都是我们的?！

　　兀术大惊，深感不妙，但佯作无知。第二天，兀术借向皇后裴满辞别的机会，将完颜希尹冒犯的情状细禀。不仅如此，还把一系列的听闻及猜测诸般讲来。皇后深信不疑，道："叔且行，容我款奏皇帝。"

　　起行的金兀术却没有走快，他要缓一缓路程，等一等消息。没多久，皇帝诏书即来，命他速速归来见驾。匆匆赶回的兀术接到皇帝的诏命，钦定完颜希尹大罪三款："奸状已萌、心在无君、言宣不道"，命兀术连夜派兵拿下完颜希尹，赐死罪。完颜希尹的四个儿子和亲信右丞相萧庆一同被杀。

　　这个文武双全，创造了女真文字，被誉为大金国"仓颉"的传奇人物，从此魂飞天外。好在，皇帝同意完颜希尹连同他的儿子归葬老家，让他能够在自己长大的地方继续听风等雨。而他的老家，即今离当年大金国国都黑龙江阿城以南不远的吉林省舒兰市小城镇马路村附近。

　　处死完颜希尹后，众多朝臣大感震惊，纷纷为他辩冤。皇帝后来也觉得所定罪状欠妥，内心常感不安。三年之后的1143年，皇帝终于又为完颜希尹平反。而此时已经归朝，主持内外政务的兀术大人也未有反对。

　　每次想到这被杀，又平反，总让人心里一疼。

一

　　完颜希尹的功绩，每一个都能惊天动地。比如，正是在他的策划下，大金国俘虏了宋徽宗和宋钦宗，史称"靖康之耻"。

尚不明确完颜希尹出生在何时，有猜测说是 1080 年。比较确切的时间是在北宋神宗时期。他的出生地在今天的吉林省舒兰市境内，这里在宋代时，为女真族居住地之一，先属大辽的东丹国涑洲辖地，后为东京道涑洲辖地。大金建国后，为上京会宁府辖地。

他的名字有很多种称谓，《金史》称希尹为谷神，《大金国志》《三朝北盟汇编》称希尹为兀室，《宋史》称希尹为胡舍，《建炎以来系年要录》称希尹为固新。

史料载："兀室身长七尺余，言如巨钟"，"目睛黄而夜有光""面貌长而黄色，少须髯，常闭目坐。怒睛如环，顾视如虎"。用今天的话说，完颜希尹身材高大，说话的声音雄厚，眼珠发黄，晚上像猫一样发出光亮，长脸，皮肤泛黄，胡子不多，经常闭着眼睛坐在那里。而一旦发怒，眼睛就瞪成了一个圆，环顾四周，其威风凛凛的样子，形如猛虎。

这样的形貌属典型的虎相，静动相协，气势迫人。

完颜希尹的家庭属女真贵族，他的曾祖父石鲁做过女真贵族酋长，祖父劾（hé）逊，赠开府仪同三司代国公，父亲完颜欢都则是金建国前的著名军事首领，因为屡立战功，完颜阿骨打的父亲完颜劾里钵常说"吾有欢都，何事不成？"

1114 年，完颜阿骨打起兵反辽，完颜希尹成为重要谋臣。他不仅能谋善文，还武艺出众，作战英勇，屡立战功。1115 年，反辽初战告捷，完颜希尹更是与完颜宗翰审时度势，力主阿骨打称帝，为大金的建立立下不可替代的功劳。阿骨打听从其主张，改元收国元年，金朝自此正式名于世间。

由于当时大金国使用的文字为辽国的契丹字，对一统江山有着诸多思想与文化上的不利，目光远大的完颜阿骨打希望拥有自己的文字，统一辖下民众的精神世界。他选中了在文化方面有着深厚造诣的完颜希尹。这位在东北边陲长大的女真人，对汉文化一直情有独钟。

史书载："金人无文字，国势日强，与邻国交好，乃用契丹字。太祖命希尹撰本国字，备制度。希尹乃依仿汉人楷字，因契丹字制度，合本国语，制女真字。天辅三年（1119）8月字书成，太祖大悦，命颁行之。"

完颜希尹创造的女真字被称为"女真大字"，这是相对于后来依照汉字偏旁部首创制的"女真小字"而言的，这两种文字相辅相成，并行不悖。从1119年起，到明朝万历二十七年（1599）满文创制止，"女真大字"在白山黑水间共通行了400多年。由于汉字为远古的仓颉所造，完颜希尹遂被称为女真人中的"仓颉"。

1125年10月，初冬时节，金军大举进攻宋廷。通过不断完善"女真大字"的用法，持续丰富"女真大字"的缺憾，此时的完颜希尹已经在创造文字方面，彻底大功告成。放下笔、包起墨的女真文化巨匠被任命为元帅右监军，同完颜宗翰率领西路军取太原、攻开封。

1126年，在完颜希尹等人的策划下，金军掳走徽钦二帝。而就在大军进汴梁时，将士争取金银财物，完颜希尹却先收大宋的书籍、绘画，文化与艺术在他心里价值连城。

1129年，希尹亲率军队攻至扬州，接应追击宋高宗赵构的完颜宗翰。自扬州回，因为惜才，加之对汉文化的敬仰和热爱，希尹又将被扣在大金的宋朝通问使洪皓请到位于吉林舒兰的老家，教授他的子孙诵读儒家经典，前后长达10年。

1132年，完颜希尹结束了多年的征战，随完颜宗翰入朝辅主。1135年，拥戴完颜亶即位，是为金熙宗。金熙宗任命希尹为尚书左丞相兼侍中，加开府仪同三司。

二

如此军中悍将、朝中重臣、文苑精英，怎么说杀就杀了？

在白山黑水中崛起的女真人，在统一本部族时，即已分为两支，一支统领为阿骨打，一支统领为撒改。阿骨打去世后，其所率军队由二儿子完颜宗望统领，后又由完颜宗弼等相继任主帅，到攻宋的时候称东路军，也可以称为太子军；撒改去世后，其子完颜宗翰接替军权，由完颜希尹等人辅佐，控制山西诸州郡，称西路军，也称国相军。两路军队明里如一把钳子，相辅相成，相互配合，掐住了大宋的脖子。暗里则互相排挤，争夺更多在朝中的控制权，双方因此矛盾重重。完颜希尹属智勇双全的人物，自喻当代诸葛，面对太子系的嚣张跋扈，协助国相系打出一系列组合拳，一度令国相系高昂头颅，占据上风。但伴随着国相系人才在战场上的不断凋零，以及太子系中冒出兀术这样有勇有谋的军事统领，并渐渐独揽金国军政大权，希尹心里并不是滋味。故有前文中醉酒实言，说出了压抑在心中多时的话语。

而不幸的是，他的话说给的是杀人不眨眼的政治家，性格强悍的角斗士，岂能不将其消灭于萌芽?!此为希尹必死者一也。

为何兀术要杀希尹最先找的却是裴满皇后?原来，皇后远比皇帝强硬，此时的皇帝性格中懦弱的一面早已经暴露无遗，在后宫中颇有志向的皇后，绝非善类。当然，由于皇后的诸般"欺凌"，让皇帝终于在酒后举刀将其手刃，则是后话了。为了未来皇权能与自己有关的皇后早已经将完颜希尹作为一个潜在的威胁。因此，积极借兀术这一状，在皇帝身旁劲吹耳旁风。皇后的特殊地位，促成了希尹遇害的另一个主要原因。此为希尹必死者二也。

本来，完颜亶接皇位是有困难的，而正在关键时刻，完颜希尹站出来力挺完颜亶，这才使他顺利成了金熙宗。按常理，皇帝应该对他感恩戴德。是什么原因让这个内心并不强悍的皇帝暴起杀机?原来，完颜亶大婚后，一直没有皇子，这让年轻的皇帝十分不畅，成了他最敏感的心病。在兀术走后，裴满皇后终于找到机会，在一五一十地说完了希尹对兀术的冒犯之后，又称希尹在众多场合取笑皇帝没有生育能力，常常说"神器何归?"这让正处在血气方刚年龄的皇帝如何不恼?此为希尹必死者三也。

有史家曾言，完颜希尹的朋友中还有一位精通天文地理的汉人，他就是像洪皓一样出使金国被扣留不得南返的宇文虚中。一日，他夜观天象，看到客星出现在陈地的分野，陈地恰是完颜希尹的封地。而客星被看作灾星，宇文虚中提醒希尹多做提防，言语更要谨慎。可是希尹却未以为然，终在酒后酿出祸端。

三

在长白山脉向松嫩平原过渡的地带，有一座当年被称为乾山的地方，山并不太高，却密林丛生。山脚下，有一个村子被称为那里混庄，也就是今天的吉林省舒兰市小城镇马路村附近。

这里四季分明，雨量丰沛，物产丰富。红松、白松、落叶松、柞木、紫椴、水曲柳、黄波椤、胡桃楸等 30 余种树木竞相生长。

完颜希尹家族喜爱自己的家乡。虽然离大金国国都，今天的黑龙江阿城，有着三四百里的路程，但落叶归根，无论是带着荣耀还是委屈，家族里的贵族们都会在人生的终了之时选择回来。

遵照祖上的传统，完颜希尹被迎回位于那里混庄北面的山峦，同他的亲人们共同沉睡在山林之下的土石之间。土石之上，有那生生不息的草木对其照料。可惜，草木无知，不清楚这位泉下之人帮助大金国划定了北起外兴安岭以北、南下淮河的大半个中国的疆域，让周边的南宋、西夏、大理、蒙古等都在向这个王朝称臣纳贡，不清楚他随手折个松树的枝杈，在地上写写画画，就能用自己创造的文字描述前世今生。

立在松林间的碑文前后被刻写了两次，一次以罪人的名义，一次以功臣的名义。两次都在一块石碑上，间隔了三年的时间。第二次把原碑重新灌注了新的泥浆，然后再行刻字。

四

清末民初，那里混庄附近住着一户姓贾的居民。贾氏家境一般，却染上了抽烟土的恶习，大半家庭收入都随缭绕的烟雾飘散。一天，贾氏正躺在炕上享受这份被燃着的美妙，忽然从外面进来一个身形高大、穿着十分古怪的人，也不客气，进门就说："先生啊，给几口烟抽吧！"贾氏抬头猛一看，觉得这个人十分面熟，却怎么也想不出来在哪儿见过，没办法，把烟枪递了过去，那人接过来就大口大口地抽了起来，贾氏眼巴巴地看着。抽得差不多了，大汉连谢字都没说一声，转身出门而去。

没想到，一连三天，贾氏一到抽大烟的时候，那个陌生的大汉就不请自来，向他要烟抽。看着他膀大腰圆的样子，贾氏有几分恐惧，也不敢当面拒绝。贾氏心里想，这样下去可不行，一来供不起他烟抽，二来这人肯定不是善茬，弄不好惹来杀身之祸。贾氏眼珠一转，计上心来。

第二天，大汉又来了，贾氏趁他接过烟枪抽得起劲儿的当口，抡起事先准备好的菜刀，照那人的脖子就是一刀，大汉的脑袋"扑通"一声就被砍掉了。可是地上冒了一溜火星，人却没了。贾氏低头一看，大吃一惊，是个石像人头！贾氏一下子想起，在附近一座墓地前有几个石人，难怪自己觉得面熟，原来在那里见过。他赶紧抱着石像人头来到那座大墓前，果然有个石人没了脑袋，那穿着打扮，正是到他家要烟抽的大汉。贾氏慌忙烧了带来的大把纸钱，把人头放在了石像的脖子上。

从那以后，再也没有人来向贾氏要烟抽了。

这是如今流传在吉林省舒兰市小城乡村民间的一个传说，那座大墓就是完颜希尹墓。

在沉睡了 700 多年后的清光绪二十年，即 1894 年前后，时任吉林将军的长顺发现并保护了完颜希尹的家庭墓地。但仍遭多次盗掘。1961年，吉林省将完颜希尹家族墓地列为省级重点文物保护单位。但仅仅过了5年，"文化大革命"爆发，墓地遭到严重破坏，完颜希尹神道碑被炸成碎片。1979年，时任吉林省文物工作队文管部主任的徐汉宣接到上级通知，由他带队对完颜希尹家族墓地进行复查，并为墓地划定保护范围，建设控制地带。1980年春，吉林省文物工作队又以陈相伟为领队，开始对墓地进行全面复查和清理发掘。1981年，吉林省再次将完颜希尹家族墓地作为重点文物保护单位公布。1982年，舒兰市在此设立永久性混凝土标志牌和说明。2001年，完颜希尹家族墓地成为第五批全国重点文物保护单位。

在墓地前，确实有一个石人身首异处，脖颈的断痕也真如刀切一般。只不过，那是石人在"文革"期间得到的"待遇"。

如今，以完颜希尹为标志的家族墓地虽然还有很多未解之处，但基本已经眉目清晰，共分5个墓区。一区位于马路村大松树屯东北约400米处，小城通往柳树河村的乡路旁，为完颜希尹的嫡孙完颜守贞墓。不肯随波逐流的他曾官拜平章政事、参知政事、金紫光禄大夫，最后死在大金国济南府的任上。公元1221年前后归葬，是已知入葬最晚的一个。

二区坐落在一区西北约250米处，从岗梁向南伸出的一个平坦的山包上。这里曾有金世宗完颜雍在金大定二十二年（1182）为完颜希尹昭立的"大金故尚书左丞相金源郡贞宪王完颜公神道碑"。据此断定为完颜希尹墓。神道碑立于完颜希尹家族墓地二墓区。于"文革"期间被炸碎，现残碑藏于吉林省博物院。

三区在二区西北 1 公里许的一条南北走向的沟谷中。根据发现墓碣残断上的文字判断为希尹的另一个孙子完颜守道墓。

四区在三区南约 1.5 公里左右的一条南北走向的山谷中。据石函内出土的两方墓志碣判断为完颜希尹孙子辈的合葬墓，只知其官阶，而不知其名字。

五区在四区西南约 2 公里许的山谷坡地上。由于当年考古人员采集到带有"……司代国公之碣"字样的残墓碣一块，断定为希尹之父完颜欢都墓。

墓区墓前可见石羊，呈跪卧状、头微扬，头部耳朵在前，两个犄角盘曲在后，二目圆瞪，形态自如；武官石人，其形貌为：头戴冠、身穿袍、方圆领、衣袖宽肥，内衣领高耸，足纳舄，腰系带，并露出三个带铐，其两手相握，左手腕下挂一口宝剑，面部丰满，二目圆睁，腮下有一绺胡须，表情严肃；石望柱：身呈六角形、无纹饰，上细下粗，首为圆球状，座为方形，形制与宋皇陵的相似，只是比宋皇陵的略小；文官石人，两手相握一块笏板，面部丰满，二目圆睁，表情严肃，足穿靴，腰系带，薄衣广袖；石虎，蹲卧状、二目圆睁、露齿张须、神态凶猛。

东西十多华里，总面积超过 13 万平方米的完颜希尹家族墓地，在向岁月的千年迈进。当年风水大师选定的宝地，正处在山峦叠嶂之处、丘陵连绵之间，其坐北朝南、依岭面川的格局，可以让这位文化的创造者优雅从容地每天伴随着东升西落的太阳，看云影阔步，然后在寂寂的天地间，听星辰密语。

五

故乡，仍然是如今舒兰人骨子里流淌的情结。这就像完颜希尹家族一样，生死都必须归于一处。

接受一位舒兰人的热情的邀请，专程到他的故乡看一看完颜希尹曾经生活的地方，看一看相隔876年的距离，会有怎样的变与不变。而从省会长春到舒兰的2个小时左右的车程里，他前前后后对舒兰的介绍，以及他叙述的小时候在完颜希尹墓前玩耍的情景，让人处处都能感受到，这个文化血脉悠长的东北偏僻乡村，在当地老百姓的人生记忆里，永远都是一束美丽的花朵，虽然在心中也有寒来暑往，春夏秋冬，但只不过是变换了几种色彩罢了。

一入舒兰，当地的另一位舒兰人文雅而又热情地出现在面前，不厌其烦地引导着、介绍着。

位于县城中心地带的完颜希尹博物馆虽然不大，却十分用心。一进门，两幅用汉字和女真大字对照书写的字让小小的博物馆一下站到了高位："舒兰是金源之乡帮，谷神之故里。""金朝开国之精英，女真民族之仓颉。"书写者为全国唯一能读、能写、能认女真文字的金史专家穆鸿利。

除了对完颜希尹的详尽介绍及金代实物展示外，在博物馆出口处，那里混庄微缩景观格外引人入胜。舒兰市小城镇东光村公路以东500米至1000米、公路南北500米的范围，正是当年完颜希尹家族聚居的地方。显赫的家族地位奠定了这个村庄有秩序的部落生活。烧陶坊、马掌坊、木匠坊、酒坊、铁匠兵器坊、农务坊、比武场、药坊、染布坊、宗族议事、祭祀厅……不一而足，层层叠叠的金代民居把人带入古色古香的古典想象。

迫不及待地奔向千年以前那里混庄的地点，一路稻香陪伴、溪流穿行、山岭交织，更有蓝天如碧、白云飘展、秋阳布金。车上的两位舒兰人一会儿畅聊大金国时代的山川，一会儿欢呼明年即将通车的高速，心怀过去，也惦记今天。

可以肯定的是，陪伴完颜希尹的树早不是当年的树了，看不到哪棵树活了 800 多年。也不是当年的草了，那草根因为要一年一度地努力发芽，都是今朝的气息。墓前的石人、石羊等物，也已经过复制，不是原件，而它们跌倒和破碎的样子，不知道是不是被人故意摆放。史料中记载的那里混庄，更是被淹没在一片稻田地里，随手捡拾宋代铜钱已经是二十世纪三四十年代的往事。如有机会吃到这里的田地种出的大米，不知能否咀嚼出些许大金的气息。

然而，站在那里，却有东北的古国纷纷向胸中涌来、向眼前袭来：离此向东也就两三个小时车程的渤海国最初都城吉林敦化，向南只有半个多小时车程的努尔哈赤时期的女真四部之一，乌拉部所在的乌拉古城，向西两个小时左右车程的辽金重镇黄龙府，向北两三个小时车程的大金国都城黑龙江阿城……好像这里，一个被森林覆盖之地，反倒像一个圆心。

以"仓颉"之名响彻古今的完颜希尹，做一个文化的圆点，将东北古国一网打尽，倒也有些趣味。如果真是那样，这里倒需要再热闹一点儿，比如恢复一下那里混庄，让大金国的风情以一个文字的创造者为核心，在今天结一个果。

因为完颜希尹的存在，历史的纵横在东北广袤的山林里写下了一种情怀和气概，连绵不绝，无人能敌。

铁木真的曲水与王羲之的流觞

一

1961 年夏天，中国第一个童话《稻草人》的创作者叶圣陶，新中国第一个获得"人民艺术家"称号的作家老舍，被誉为"东方莎士比亚"的现代话剧剧作家曹禺，以及为萧红咏叹"梅边柳畔，呼兰河也是潇湘"的作家端木蕻良等名家大腕，齐聚呼伦贝尔大草原的莫日格勒河边。

仿佛迈着凌波微步、左右摇摆、妩媚万方的莫日格勒河一旦与这些顶尖级艺术家的眼神触碰，便立即像最妖娆的诗篇一般，瞬间侵占了他们身上的所有艺术细胞。老舍首先惊呼：此当为"天下第一曲水"！

不久之后的当年 9 月，端木蕻良情系清风，心含爱意，笔蘸弯波，写下著名散文《墨尔格勒河》。彼时的"墨尔"即为今天的"莫日"。文中这样写道：

"在碧绿的草茵上面，墨尔格勒河宛转萦回地流着。它像中国古典图案的云子卷，它像锦袍上的绣花绦子，它像一线嵌银的银丝，镶嵌在碧玉的冰盘上面，它又像春天里一缕晴丝，系伴着从它身畔走过的行人。

"有人说，墨尔格勒就是对流水的意思。因为它简直是九转回肠，百结相思，水路纠曲，辗转翻折，这段儿向东流，那段儿向西流，这段儿向南流，那段儿又向北流。

"有人说，墨尔格勒就是聪明河的意思，因为这条水，含情脉脉，顾盼生辉，流动着一副伶俐巧慧的眼波的缘故。

"也有人说，墨尔格勒是交结的意思，因为它曲曲弯弯，缠绵不断互相纠结的缘故。

"墨尔格勒河没有好好宽，窄窄的一幅绦带，尽是任情折转，成为全国第一条曲水。"

又写道：

"历来人们都艳称兰亭曲水，但是兰亭的曲水怎么能比得上墨尔格勒河的百转千回！"

有意思的是，55 年后的 2016 年 8 月，三位来自兰亭边上的浙江人，千里迢迢地从江南赶来塞北，非要在那一眼望不到尽头的大草原上自驾，并一睹"天下第一曲水"曼妙惹眼的风姿，也许他们要借此印证一下兰亭曲水的精巧到底比不比得上这莫日格勒河的"百转千回"。

想想，那兰亭可是出过"天下第一行书"的地方！给"历来""都艳称"的"兰亭曲水"与被誉为"天下第一曲水"的北方草原长河做一个比对，倒也有几分意思。

最宽处不过五六米的莫日格勒河，自大兴安岭西麓源起，渺渺而来，奔呼和诺尔湖后流出，再远远而去。蜿蜿蜒蜒有如随风摆动的飘带，百转千回之间，竟也走了近300公里。那弯着的，好像不是河，只是一种情致；那流着的，仿佛不是水，而是液态的清风。悠然、温婉的模样，让人不自觉地就被她牵扯着走了。却又似乎没走，只是出了神，在天地悠悠之间轻描淡写。而对于草原来说，此种蔚蓝色的绸带又是何等浓墨重彩！最后投入额尔古纳河怀抱的她，全身上下都怡然自得、物我相忘、高贵圣洁。

二

1202年至1203年间，40岁的铁木真有如一只强壮的雄鹰翱翔在茫茫草原之上的蓝天与白云之间。雄鹰的双眼紧锁水草丰美的东部草原——呼伦贝尔，一个孕育了不知多少强悍的北方游牧民族的地方。而一直与自己争战不休的义父王汗正盘踞于此。

关键的一战发生在今呼伦贝尔市陈巴尔虎旗莫日格勒河谷中会屯山一带。铁木真从今天的兴安岭西麓向王汗发动突然袭击，打了王汗一个措手不及。后又突然撤回到会屯山上。王汗大军误以为铁木真心有怯懦，举兵追杀。未料早有准备的铁木真不过是诱敌深入，山上的士兵万箭齐发，事先埋伏好的军队有如山洪，滚滚而下，敌军四下溃散。王汗一人逃奔其他部落，在途中被杀死。

胜利了的铁木真一眼相中了妖娆、富足的莫日格勒河。像草原中的其他河流一样，莫日格勒河曲折如带，只是那比其他河流多出数倍的转角，让人更增了留恋。意气风发的铁木真命人在莫日格勒河谷中竖起自己的金帐。金帐的建立象征着美丽富饶、水草丰美的呼伦贝尔大草原从此成为铁木真的牧场。而此时，他已经拥有了蒙古高原上最好的两块草原，有了最稳定的后方。站在金帐当中，呼伦贝尔草原的美丽和富足让这位习惯了金戈铁马的男人着迷。不久之后，这里成为他的粮仓、武库和练兵场。此时的铁木真，誓死效忠的铁骑已经羽翼丰满，其军事实力足以傲视周边任何一个国家的军事集团。

3 年以后的 1206 年, 44 岁的铁木真称帝，是为"成吉思汗"。

788 年之后的 1994 年，出内蒙古呼伦贝尔的海拉尔向北，不过 1 个小时的车程，在莫日格勒河畔，人们开始建设一个以游牧部落为景观的旅游景点——金帐汗蒙古部落。如今，占地面积 100 万平方米的金帐汗景区早已经车水马龙。金帐汗景点的布局和样貌，就是当年成吉思汗行帐的缩影和再现，金帐威立中间，俯瞰莫日格勒河曲折玲珑的身躯。

"天下第一曲水"边儿上的成吉思汗何以凭武功纵横寰宇？

绍兴竹林下"曲水流觞"的王羲之何以用书法鼎定了天下？

妖媚的曲水养育的子民怎如此天差地别?！

三

金帐汗纪念的是一代天骄成吉思汗，流觞亭纪念的是一代"书圣"王羲之。

浙江，绍兴，兰亭。距离当年铁木真的金帐足足3000多公里！管理这里的是那个偏居临安的南宋。崛起的蒙古人后来也并未放过这片有着江南气质的曲水之滨。

浓浓的文人气息让清初的帝王嗅出了俘获文人的治国之道，频繁而多情地来到此地又流连忘返，即便是在北京建的圆明园，也有兰亭的影子。作为兰亭主要建筑之一的流觞亭就建于清代。

不高不矮的围廊仿似一位高贵的少妇的裙依附在流觞亭外，面阔三间的建筑又像长着标准国字脸的儒士手拂须髯，前面不远一道辗转的水渠盛着的就是那被"艳称"的曲水。

进入亭内，一幅"流觞曲水图"映入眼帘。据称，此图作者是清初一位画家，由于仰慕追思当年王羲之等人诗酒畅怀的往事，做流觞曲水扇面，亭中图画为此扇面画作的复制件。紧接着，是同为东晋诗人、书法家孙绰所作的《兰亭后序》，尽管序文是否与王羲之此次雅集有关仍有争议，但并不影响流觞亭的完整。亭内还立有一屏，上悬匾，为"曲水邀欢处"。好不艳丽！屏风中间又是一幅扇形"兰亭修禊图"，描绘发生在公元353年时，42位东晋名士醉态诗意、自由旷达、酣畅闲情的神致种种。

对流觞曲水的纪念由来已久。南北朝时期的谢灵运即有与谢惠连的联句。公元683年，被称为初唐四杰之首的王勃主持了一次兰亭雅集的"模仿秀"，并作《修禊云门献之山亭序》。还不过瘾，同年秋，又主持了模仿秀的"第二季"，又做《越州秋日宴山亭序》。后人有云：赴山阴的途中踩出了一条"唐诗之路"。

公元2013年，《十月》杂志刊登祝勇的散文《永和九年的那场醉》，不仅再现当年的场景，更提出"在漫长的岁月中，一张纸究竟能走出多远？"的追问，读来热血沸腾，淋漓酣畅。

中国文人怀念"曲水流觞"的时间以千年计，并必将继续下去。

四

没错，这是一条盛着战马的河流。

有时候，你会看到数百匹栗色的骏马，游龙似的顺着弯弯的河道奔跑；有时候，它们结伴前来饮水，后又蹄踏水中，悠闲站立，偶尔一匹雄马还会对它爱恋的对象摩挲脖颈，表达好感；有时候，它们又低头在河边的草地上寻找它们中意的美食。大草原上的平整空旷造就了它们奔跑的本领，美味的青草养壮了它们的四蹄，蓝天白云则锻炼了它们遨游四海的视野。

何谓"呼伦"？因为这里有一个呼伦湖。何谓"贝尔"？因为这里有一个贝尔湖。呼伦贝尔是两个湖的名字。位于大兴安岭以西的呼伦贝尔草原是中国保存得最为完好的草原，为世界著名的三大草原之一，碱草、针茅、苜蓿、冰草等120多种营养丰富的牧草在这里尽情地展现风姿，也因此让呼伦贝尔有了"牧草王国"的美名。不仅如此，在面积10万平方公里的草原上，3000多条河流纵横交织，将草原分割成一块块柔软的绿毯，500多个湖泊星罗棋布，像一块块宝石镶嵌在绿毯之上。

成吉思汗"告诉"吃饱喝足的骏马，奔跑吧，远方还有更美丽的世界。

漫长的冬季让"骏马们"相信了这一点。每年只有三个多月的夏季让莫日格勒河的美艳在大部分的时间里只能装在心中。冰雪来临，锤炼着骏马铁一般的意志，当然也会有对"温柔乡"的美好向往。

不仅养育了骏马，来自呼伦贝尔的牛羊肉、奶制品、皮毛制品，天然地成了行军必备的生活用度。呼伦贝尔草原的富足使它成为中国若干北方少数民族成长的摇篮。历史学家翦伯赞在其所著的《内蒙访古》中说，中国历史上的鲜卑人、契丹人、女真人、蒙古人等，都是在这个摇篮里长大的，而到了他们历史上的青壮年时期，都是从这里开始拔营启寨，向西攻打长城的大门，并杀进黄河流域，走上中国的历史舞台。

自古以来，战争打的是智慧，也是武器。蒙古人的武器是他们的铁骑，而这铁骑有时候快得有如天兵天将，倏忽之间出现在敌人的面前，仿佛不必食用人间烟火。原因十分简单，蒙古军队"出入只饮马乳，或宰羊为粮"，所以只要有足够马匹食用的水草，就可以了，不必再用大队人马充作押粮军。想办法切断敌军粮草的战术在对付蒙古军队方面是失灵的。如此，攻城略地的成吉思汗大军去除了作战的时间成本和后勤成本，加上他本人天然的胆识与智慧，终让蒙古人成为世界传奇。

这就是养育了成千上万匹骏马的天下第一曲水的力量。

五

春花朵朵，红粉香艳；古树枝繁，叶茂如伞；翠竹御风，飒飒君临；弯波曲水，缓步轻行。正是农历三月初三，人们乘着温婉的轻风，来到水边举行祭礼，以祓除不祥，然后，依那婆娑伸展的树影，衬那花香醉怀的情致，撒撒野，逗逗趣，采采兰，洗洗澡，喝喝酒……

这就是古已有之的祓禊。三国魏以前，祓禊确定在每年三月上旬的巳日，三国魏以后，固定为三月初三。

祓禊之后的饮酒，被中国古代的贵族喝出一种艳丽来，即为曲水流觞。所谓觞，一种盛酒器具，也就是酒杯。通常是木头制成，又小又轻，而且底部有托，可以在水中漂浮。也有一种觞为陶制，两边有耳朵，故称"羽觞"。陶制比木制的觞要重一些，游戏时放在荷叶上，顺水漂动。正式游戏的时候，选一水面较窄的水流，参与活动的人沿水岸两旁顺流而坐。坐定后，在上流水中放入一盛了酒的觞，令其顺流而下。由于流水曲处甚多，觞随时都有可能在弯处停下来。停在了谁的面前，或在谁的面前打了转，谁就要取觞饮酒，并即兴赋诗。

公元353年三月初三日，在浙江绍兴兰亭边上的曲水旁，42位当朝的军政大员、巨学才子将这个古老的游戏"玩"到了极致。

这一天的天气相当不错。官拜会稽内史的王羲之与亲朋好友谢安、孙绰等端坐曲水旁，酒觞徐来，酒胆高涨，诗意大发。若不出诗也可，要罚酒三觥。史载，11人各成诗2篇，15人各成诗 1 篇，16 人未能做出诗来。借着醉意，大家希望把此次的诗集起来，并推王羲之为之作序。醺醺然的王羲之铺开蚕茧纸，墨蘸鼠须笔，《兰亭集序》一气呵成。出神入化、张弛有秩的书法境界加之酒意中精神意念的自由蓬松、思想形态的道家风骨，终于造就了无法超越的"天下第一行书"的历史文化高度。

小桥流水，造就了文人们的小情调；古木参天，触碰了他们的眼神，让他们向内寻找人生的解释与精神的依托；一年四季基本温暖，缺少冬天，让他们体会不到太多的大自然给予人类的危机。

曲水流觞，如此幸福的时刻，只要愿意触碰，年年都可发生。酒、诗、花、树、水、字、人，样样都互融互汇，浑然天成。山太多了，树太多了，各类可爱的物事太多了，不利于他们的奔跑。他们又何必奔跑?!

这样的地方最利生长文化，与山水交融的精神气质，与酒气混合的自由形态，怎能不达于文化历史的高峰?

六

柏杨在《中国人史纲》中说："铁木真胸襟开阔，气度恢宏，他用深得人心的公正态度统御他那每天都在膨胀的帝国，高度智慧使他发挥出高度的才能。"印度前总理尼赫鲁在《怎样对待世界历史》中说："蒙古人在战场上取得如此伟大的胜利，这并不靠兵马之众多，而靠的是严谨的纪律、制度和可行的组织。也可以说，那些辉煌的成就来自于成吉思汗的指挥艺术。"美国五星上将麦克阿瑟说："那位令人惊异的领袖（成吉思汗）的成功使历史上大多数指挥官的成就黯然失色"。"虽然他毁灭一切，残酷无情，野蛮凶猛，但他清楚地懂得战争的种种不变的要求"。中国学者刘乐土在《成吉思汗》中说："成吉思汗是后人难以比肩的战争奇才。他逢敌必战、战必胜的神奇，将人类的军事天赋穷尽到了极点"。《世界征服者史》作者波斯人志费尼说，亚历山大在世也会将成吉思汗尊为自己的老师。

韩国前总统金大中说："有人认为，由于有了蒙古人，人类才第一次拥有了世界史，而蒙古人倔强不拔、勇猛无敌的精神和机智敏捷的性格却塑造了伟大的成吉思汗。同样，我也赞成一些人的评价，网络还未出现的七百年以前的蒙古人，却打通了世界各国的关系，建立了国际往来。"法国学者格鲁塞在《蒙古帝国史》中说："从蒙古人的传播文化这点说，差不多和罗马人传播文化一样有利。对于世界的贡献，只有好望角的发现和美洲的发现，才能够在这一点与之相似"。德国前总理施密特说，类似一体化在人类历史上，只有成吉思汗等人的时代出现过。

拿破仑说，我不如成吉思汗。

而成吉思汗自己说："要让青草覆盖的地方都成为我的牧马之地。""天下地土宽广，河水众多，你们尽可以各自去扩大营盘，征服邦国。""装得下，世界就是你的！""你的心胸有多宽广，你的战马就能驰骋多远。"

他这样告诉部众："打仗时，我若是率众脱逃，你们可以砍断我的双腿；战胜时，我若是把战利品揣进私囊，你们可以斩断我的手指。""我一旦得到贤士和能人，就让他们紧随我，不让远去。""没有铁的纪律，战车就开得不远。"

他还对他的亲信说："不要想有人保护你，不要乞求有人替你主持公道。只有学会了靠自己的力量活下来！""在明亮的白昼要像雄狼一样深沉细心！在黑暗的夜里，要像乌鸦一样，有坚强的忍耐力！"

有人做了专门的统计，成吉思汗一生共进行 60 多次战争，除十三翼之战失利外，无一失败。

成吉思汗，这个生于草原却充满了对海洋的想象的战马上的君主，征服的地域向西直达中亚、东欧的黑海海滨。在其统治时期，还颁布了《成吉思汗法典》，这是世界上第一套应用范围最广泛的成文法典。

公元 1227 年，成吉思汗在六盘山下清水县的战争途中病逝，年 66 岁。按照他的遗嘱，他的子孙继续扩充蒙古帝国的领土，向一片又一片"青草覆盖的地方"奔驰。

公元 1271 年，成吉思汗的孙子忽必烈在今天的北京建元启朝。5 年后，攻占南宋都城临安（今杭州），宋亡。不久，高丽（朝鲜）、缅甸、占城（柬埔寨）、安南（越南）等地成为元的属国。

公元 1243 年，成吉思汗的另一个孙子拔都西征之后，回到伏尔加河畔，建钦察汗国，疆域东起额尔齐斯河，西到俄罗斯，南起巴尔喀什湖、里海、黑海，北到北极圈附近。几乎是在同一个时期，拔都的兄长斡儿答占据今天的西西伯利亚、哈萨克斯坦等地，建白帐汗国。拔都的弟弟昔班，征服匈牙利，在南乌拉尔等地建蓝帐汗国。

此外，成吉思汗子孙建立的汗国还有领有额尔齐斯河上游和巴尔喀什湖以东地区的窝阔台汗国，东至吐鲁番、罗布泊、西及阿姆河、北到塔尔巴哈台山、南越兴都库什山的察合台汗国，东滨阿姆河、西临地中海、北界里海、黑海、高加索、南至波斯湾的伊利汗国等等。

有明确记载的成吉思汗子孙建立的离今天最近的一个王朝是莫卧儿帝国，主要是统治印度。这个王朝直至1858年沦为英国的殖民地。也有人说，成吉思汗的子孙建立的最后一个王朝是1920年才消失的，不知真假。

从他及他的子孙所开创的事业看，一代天骄成吉思汗在有人类的历史上，无人可比。

当然，有战争就有死亡和杀戮，铁木真铁骑所到之处，必是人头翻滚，惨绝人寰。那是莫日格勒河所无法看到的。

七

梁武帝这样说王羲之：其"书字势雄逸，如龙跳天门，虎卧凤阙，故历代宝之，永以为训。"唐太宗说："心慕手追，此人而已，其余区区之类，何足论哉！"

千百年之后，世人如此评说：王羲之《兰亭集序》、颜真卿《祭侄文稿》、苏轼《寒食帖》并称天下三大行书。而《兰亭集序》位列"天下第一"。

历任东晋秘书郎、宁远将军、江州刺史，后为会稽内史，领右将军的王羲之，开创出了中国书法的新境界，与其子王献之合称"二王"。其书法"风格平和自然，笔势委婉含蓄，遒美健秀"，竟有曲水之神韵。

"仰观宇宙之大，俯察品类之盛，所以游目骋怀，足以极视听之娱，信可乐也。"王羲之在《兰亭集序》中这样写道。从中可以看出，虽未足踏天下，但书家却胸怀宇宙，心藏万物。字里行间透露的是一种看透，一种满足。其人生的内在充盈明于笔端。难道还有比这样的感觉更让人快乐的吗？

世间的大有，同时也预示着世间的大无。正因如此，我们何必执着呢？"俯仰之间，已为陈迹"，"况修短随化，终期于尽"。看清楚的有与无的分别，我们也就在纷乱中找到了根本。"虽世殊事异，所以兴怀，其致一也"。

王羲之的书法何以称"最"？并达于化境，以"书圣"命名？也许从他的文字当中能够品出更多的意味。如果没有这种云淡风轻的自然流淌，没有臻于彻悟山水的哲学关怀，没有至诚至真的精神品格，一个人的书法写得更好，怕也只能是一个工匠吧。

八

王羲之出身名门望族。其祖父王正做过尚书郎，其父王旷做过淮南太守，其堂伯父王导是东晋的丞相，其另一位堂伯父王敦是东晋的军事统帅。山东琅琊王氏在东晋可谓权倾一时。有意思的是，无论是王羲之的祖上，还是他的子孙，都是虔诚的道教信仰者。

耐人寻味的是，在指挥大军西征后，回来的路上，受万人崇敬的成吉思汗召见道教全真派首领"长春真人"丘处机。那一年是公元 1222 年，铁木真正好 60 岁。丘处机告诉铁木真，人只能养生，不能长生；治国宜清静无为，不能滥杀无辜。大汗只是静静地听着。1223 年 4 月，丘处机获准东返。临行，成吉思汗送给丘处机一个大礼：免除道教赋税。

人生的边上都曾有一条对他们的未来发生巨大作用的曲水，还因为道教，虽然相隔几百年的时间，相隔数千公里的空间，仍然发生了一次精神层面的触碰。铁木真，王羲之，两个把各自的人生发展到众生无法达到的极致境界的人，看到的、感知的，特别是创造的世界却并不一样。反过来说，不一样的人生，因为曲水，因为道教，两个站在人类高峰的人仍然有机会十指相扣。

或许，草原武功的最高境界，汉字文化的历史之巅，终于还是那一弯曲水的成就。

忽必烈的那眼温泉与阿尔山的梦境

　　齐齐哈尔的湿地最终还是没有抵过对阿尔山的想象，原定由长春出发，经松原、大庆、齐齐哈尔、牙克石、海拉尔到满洲里，再由满洲里奔阿尔山，绕道乌兰浩特、白城，回到长春的逆时针行程被同行的朋友们"无情地"改成了顺时针，阿尔山代替齐齐哈尔，成了第一天自驾行的终点。

　　这也许是一种神奇的召唤，而这种神奇也许只有阿尔山才有，就像公元 1231 年的忽必烈一样。那一年，在草原上崛起的蒙古骑兵准备再一次大举攻城略地。虽然只有 16 岁，但才智与胆识俱佳的忽必烈已经被任命为监国王子。然而，正当他准备随军出征，利用长空之下奋勇成长的铁蹄气吞山河之时，右腿突然有疾：越肿越粗，不断起泡，奇痒难当，走路艰难。爱江山也爱美人的英雄，把江山暂时放下，转而到位于科尔沁草原的弘吉剌部迎娶新娘——弘吉剌部忠武王按嗔那颜的女儿察必姑娘。姑娘把一瘸一拐的心上人搀到部落附近的一处泉水边，让他把腿放到水中浸泡，并亲张玉手，为其细细擦洗。没过多久，忽必烈的腿疾好转。察必也成了日后的皇后。

这眼给帝王治过病的温泉如今就在大兴安岭南麓、离中蒙边境不远的阿尔山市。

然而，从长春到阿尔山的行程确定，坦率地说，与温泉无关。朋友们都是来自江南，泉水见得多了，他们在意的是草原。科尔沁草原与大兴安岭的山脉交织在一起,会是怎样一种雄浑？

车出吉林白城，也就出了松嫩平原的庇护，及至进入内蒙古的乌兰浩特，大地就仿佛被什么撬动了一下，有了起伏。而仿似位于山坳中的这座城市，也在刚刚立秋的一周内，保持着极高的气温，一度冲破 42 摄氏度，凭空攒高了对阿尔山的期待。然后，在奔向阿尔山的公路两侧，山岭迭现。就在山岭的肩膀，草原偶现真容——高大的山丘往往一半没有树，只长纯粹的草。虽然一闪即逝，却也让人兴奋流连。

你说，这与温泉有啥关系？没有。

但 160 多年前的大清咸丰年间，反复来此地踏查的政府官员，却是冲着温泉来的。

嫁给忽必烈的女人，其出生的家族，因为对蒙古皇室有着特殊的功绩，而成为显赫一时的贵族。不知在什么时候，也不知是家族中的哪位高人，依据神奇的阿尔山绘制了一幅神秘的鹿皮图。世事变迁，百年辗转，当蒙古族人的高歌猛进终于画上了句号，阿尔山再一次被尘封起来。直到咸丰年间，在广阔的大草原上，在天苍苍、野茫茫的天地之间，一位神秘的老妇人去世，阿尔山，才又被人们在意起来。也许是过得太久远了，时间已经疲惫得懒于记起，又也许太过匆忙，来不及眷顾，这位神秘的老妇人没有把这幅图的秘密告诉她的子孙，引发了一场旷日持久的猜测。

那是 1852 年，科尔沁草原上一个叫索布德的牧民整理祖母留给他的遗物，意外地发现了一张绘有奇怪图案的鹿皮，大小不一的实心圆圈被不规则地排列在一起，并有细线相连，每个圆圈边还注有蒙古文字。

一群透露着某种信息的蒙古包群落？浩瀚宇宙的星辰图景？蒙古王族的藏宝图？

为了印证自己的诸多猜测，索布德赶到总督府找一位当差的亲戚帮忙。破译图上的蒙古文字后，却让索布德胆战心惊：腹痛、脓疮、皮癣、半身不遂、筋骨瘫痪……诸多恶疾岂不是让人进入地狱的前兆？深怀恐惧的索布德把鹿皮图留给亲戚，匆匆离去。

当差的亲戚也没敢把图留在身边，而是呈给了上司——呼伦贝尔盟副总督衙门佐领敖拉昌兴。敖拉昌兴了解一些医药知识，几经辗转，又不断找人佐证，终于确定，这幅图描绘的就是蒙古歌谣中曾经唱到过的"哈伦——阿尔山"，翻译成汉语即为"热的圣泉"，那些蒙古文字标注的恶疾其实代表着每一个不同的泉眼所治疗的疾病。

1853 年，索布德受敖拉昌兴的召见，第二次走进总督府。他关于家族的诉说令敖拉昌兴激动不已，索布德的祖母，那位神秘的老妇人正是弘吉剌部落的后人……在一个又一个线索的指引下，敖拉昌兴一次又一次走进大兴安岭。

几经艰难，他终于在哈拉哈河南岸找到了传说中的"圣泉"。

兴奋的敖拉昌兴令人修建泉池，按图标明 42 处温泉医治疾病名称，并对治病效果进行验证。

从此，关于阿尔山的故事渐次传开，人们慢慢向这里聚拢，人迹罕至的荒野，一点儿一点儿成长为今天的城市。

汽车驶进阿尔山的时候，已经夜半。迟到的原因，是沿途的风景太过迷人，阻挡了江南才子佳人的脚步。但 9 个小时在路上，并没有让他们感到疲惫，他们头脑中的意象，被天空染蓝，而变得澄澈，被草原拉开，而变得广远。一入小城，他们又被灯火曼妙的街光击得一阵迷醉。中国温泉博物馆的楼宇早已经被小城的绚丽夜景淹没。这仿佛是草原与群山的一个辉煌的梦境，盛开在点点垂星之下。

当年，阿尔山的那眼温泉给予了忽必烈什么？如今，滚滚而来的游人又获得了什么？

从阿尔山离开的忽必烈，带走了一个美丽的女人，开始了一场旷日持久的征战，获得了一座花花绿绿的江山。一个 16 岁的少年完成了人生最重要的起程。北京，离这里其实并不遥远。

来到阿尔山游玩的今人，更多的却是在追问心中关于草原的梦境。

梦境是少年时代的美好。这种美好，没有来得及经过修饰，不必忙着反省，一会儿草原，一会儿山林，可以飘忽不定。所以，同行的三个孩子在见到大山与草原之后，欢乐地歌唱，据说唱尽了他们由小至今学会的所有儿童歌曲。

梦境是中年时代的挣扎。这种挣扎，是人最牵肠挂肚的一种想念，最瞻前顾后的一种纠结：已经有了一些草原，却还有不少山林跟着；来到了草原，却还要继续想念尚未出现的更加纯粹的草原；无意山野，又不愿放弃那份心中的雄奇。

梦境是浸入地球肌肤的交流，是大地通过温泉让万事万物知道，这里有雄浑中的灵动，有僵硬中的温情。地球向人们带来了最亲切的信息和最真诚的善意，愿意人们健康，愿意万物生灵健康。这是一种追逐有序的期望。

梦境是优美的力量。这种力量让人向内充盈饱满，向外自然勃发。也让人群处时谈笑风生，自在时安之若素。

第二天醒来，来自江南的朋友们直奔国家森林公园，抒发对大地江山各自不同的理解。然后，在微信亲友团的摇旗助威下，又一次被这梦境击溃，一定要在阿尔山再追加一个晚上。

喜欢阿尔山，喜欢她给这些中年人带来的美丽的挣扎感；喜欢阿尔山，喜欢她给中年人身边的孩子们带来的既远且近的美好感。当年16岁的忽必烈，现在看起来，也还是一个孩子。

这是一个可以让梦境开始的地方；这是一个可以让梦境结束的地方。

康熙大帝：登上松花江边那艘船

334 年前的 3 月，即公元 1682 年阴历二月十五，春光初现，将满 28 周岁的康熙大帝跨上高头大马，以骑行的方式率领 7 万余众随员，从北京启程。当时称为"吉林乌拉"的今吉林省吉林市，被年轻的皇帝设定为此行的终点。

而就在前一年，即公元 1681 年，27 岁的康熙战胜吴三桂，平定"三藩之乱"。挟胜者之势，此时出行的青年帝王心情愉悦，饱满自信。他要把一统华宇、稳定天下的消息传遍东北清朝发祥之地的山水田园。

三月十二，经过近 30 天的长途跋涉，伞盖如云、长达几十里路的队伍过沈阳后来到当年的兴京。这里是 50 多年前，努尔哈赤称帝时确定的后金都城，原名赫图阿拉，也就是今天的辽宁省新宾县西老城村。随后，皇帝出兴京，过铁岭与开原间的哈达城，经耿家庄出柳条边，越辽宁西丰，正式踏入今天的吉林大地——辽源。

自古以来，好像皇帝的南巡更多是风花雪月、诗情画意，总有雅韵、传说、艳遇伴随。而北上或是被称为东巡的皇帝出关，给人的感觉，却往往是罡风猎猎，皇帝的雄性荷尔蒙更多地同汗水一起流淌到荒野、草原和深山。从兴京出发，康熙就一路射猎而来，及至今天的吉林省界，箭术一流的皇帝把青春的风流倜傥全都集中地挥洒到了户外的大地与山川之上。在勇士们的合围下，他已经射到了十几只老虎，漂亮而温顺的梅花鹿更不在话下。

青春意气、挥斥方遒、江山随我的年轻帝王，乘兴而前，于三月十八来到今天吉林省辽源市东丰县那丹伯镇和沙河镇大寒葱顶子山一带。那一天，暖风徐徐，暖阳高照，暖意不尽，东北的春天在漫长的寒冬之后，终于彻底来临，气温骤然上升。臣子们都清楚，天开瑞旦之时，正是康熙大帝 28 岁的生日，这一天也被尊为那个王朝的万寿节。康熙遂将寒葱岭一带赐名为"寿山"，就是如今的吉林省磐石、伊通、东丰和东辽四县的交界地带，这里也是古驿道里的一个交通要塞。

受到赐封的山岭很快给这位千古一帝创造了再展英姿的机会。在到达辽源市东辽县足民乡之后，皇帝再行围猎，竟又射四虎。随后，在四平市伊通满族自治县大孤山镇再射一虎。再转日，在伊通伊丹镇老城，俗称伊丹街处，皇帝又射二虎。遥想当年，群虎出没的吉林，当激起多少关东汉子的傲骨雄风！这是一片等待征服的山林，这是一片展现英雄梦想的原野。眼望没有边际的原始样貌，眼望山岭舒展不断，河水千支万流，树木葱茏无尽，皇帝心中该有多少千载万世奔涌而过，又有多少千军万马踏歌而来。

　　过大孤山后，已经是当年的三月二十一，宁古塔将军巴海赶来接驾。后，巴海随驾过由"苏瓦延"河（满语，黄色的河流）音转而来的"双阳河"，再过岔路河，穿今天的吉林市船营区搜登站镇，终于在阴历三月二十五抵达吉林乌拉。在这一天，皇帝一行共走了七十里路，并没有急着进城，而是在离城西九里之处，在经过一片片乔木和高大的杏树，赏尽"红芳半缀"的美景之后，乘銮舆，率皇太子及诸王、大臣、从官，根据比利时天主教传教士南怀仁所测定的方位，朝东南方向三跪九叩，望祭被尊为"祖宗发祥之地"的长白山。

　　在稍作休息后的三月二十七，康熙开始检阅"雪藏"在被称为"船厂"的吉林水兵。吉林水师营早在康熙初年就已经开始建立，清王朝还专门从福建水师营调入官兵来此充实兵力和技能。专门为皇帝准备的"如意舫"停泊在澎湃奔流的松花江岸，皇帝毫不犹豫，在轰鸣的江声中第一次登上松花江的舰船。此时的他心底正盘算着一场影响中俄边境疆域的重要战争，吉林打造的战船战斗力如何，从这里出发的补给线能否稳固，是他决定这场战争如何开始、何时开始的重要参考。

　　而就在皇帝迈步登船的刹那，200余艘舰船正泛舟松花江上，铁甲锃明、旌旗蔽日，想必还有水兵整齐划一的呐喊，甚至顺次有序的大炮的轰鸣。威风凛凛的帝王向儿郎们挥手致意，勉励大家奋发有为。望着与自己年龄差不了几岁的皇上，水兵们感激涕零，恩声震天。

　　也就是在这一天，有备而来的康熙帝作《松花江放船歌》：

　　松花江，江水清，夜来雨过春涛生，浪花叠锦绣谷明。

　　彩帆画舣随风轻，萧韶小奏中流鸣，苍岩翠壁两岸横。

　　浮云耀日何晶晶，乘流直下蛟龙惊，连樯接舰屯江城。

　　貔貅健甲皆锐精，旌旄映水翻朱缨，我来问俗非观兵。

　　松花江，江水清，浩浩瀚瀚冲波行，云霞万里开澄泓。

　　松花江，江水清澈。不愿打扰人们的淅淅沥沥的春雨静悄悄地在夜间降临，第二天，松花江里的浪涛好像都被染上了春的讯息，生发着成长的梦想，一阵一阵涌起的浪花仿佛是一匹匹的锦缎，不停地折叠起来，上面还绣着人们的期望和收获。彩色的风帆，如画的船只，在风中轻快地游动，箫声弦管唱和的动人乐声与江流之声融合到一处，虽大小不同，粗犷与细腻各异，却十分耐听，更何况还有高大而雄厚的岩石和被绿色掩映的峭壁，在两岸横亘，连绵不断，如此的画面与乐声的结合，是何等壮观美妙。再看天空，朵朵白云拂过，耀眼夺目的太阳光悬中天，华光不止，在这样的天与地的配合下，乘船顺流而击，即便是水中的蛟龙，恐怕也有几分惊惶，而像这样的战船，驻扎在江城的，又何止一艘?! 它们帆连帆，舰靠舰，摩肩接踵，一望无际。像凶猛的瑞兽一样的精锐水兵，站满每一艘战船，耀眼的军旗不但在船上随风舒展，还映照在水中，如同红色的彩带，在水上和水下翻飞，我本来是闲来体味人们的生活和风俗的，也被这样的场面震撼。松花江的江水啊，清澈透明，就让我们在浩浩瀚瀚中踏浪而前行吧，在行尽万里云霞的壮举之后，会开创出更加清明、深广的世界。

这就是一个 28 岁的青年对他热爱的大山大河的表白和诉说，是大清皇帝踏上松花江舰船后的豪情万丈和翻江倒海般的情感浪潮，是千古一帝眼中的疆土、河山与抱负。

检阅水师之后的皇帝，心情舒畅。在陆地数次围猎之后，认为"人在塞外，连空气与泥土都会使人振奋"的他还要在水上一展身手。《清实录》载，"乙亥，上登舟，泛松花江。往大乌喇，驻跸捕塔海噶山"，所谓大乌喇，即今吉林市龙潭区乌拉街满族镇旧街村古城。再次登船的康熙，可不是仅仅要泛舟松花江，他的目的是：捕鱼。

捕鱼的环境并不让人乐观，江流急涌，风紧浪大。然而，皇帝却兴趣盎然，醉心于此。那么，捕没捕到鱼呢？"壬戌，上于松花江网鱼。赐外藩诸王、台吉、并内大臣、侍卫等。"（《清实录》）看来是捕到了，而且还不少。像陆地射猎要射虎一样，皇帝在水上的"渔事"是希望捕到鲟鳇鱼，那是一种体大味美的大鱼。史料记载，为了捕到这种大鱼，康熙从乌拉街顺流而下80 多里，来到了冷坍，由于冷坍地名失传，有人分析是今天的九台市莽卡乡塔库村龙棚屯，因为那里有鳇鱼圈，还有晒网场。

风吹日晒的皇上再一次用文人的方式记录着自己捕鱼的举动，作《松花江网鱼》诗：

松花江水深千尺，掖舵移身网亲掷。
溜洄水急浪花翻，一手提网任所适。
须臾收处激颓波，两岸奔走人络绎。
小鱼沉网大鱼跃，紫鬣银鳞万千百。

更有巨尾压船头，载以牛车轮欲折。

水寒冰结味益佳，远笑江南夸鲂鲫。

遍令颁赐扈从臣，幕下燃薪递烹炙。

天下才俊散四方，四罗咸使登岩廊。

尔筹触物思比托，捕鱼勿谓情之常。

尝尽人间辛苦，挑战人间极限，追寻人间乐趣，如此生活，好不快哉！美丽的吉林让康熙感受到的是征服的乐趣，在山水之间的享受更多地变成向山水发起进攻，然后，以胜者的姿态君临天下。转眼四月初十，康熙在吉林以诗文记录的"战斗"生活正式结束了，长达半个月的江风渔火淬炼了这个年轻人更加健康的体魄、更加勇武的精神和更加成熟的思想。本来他还想到大宋王朝徽钦二帝"北狩"的五国城看看，可惜"因雨不果"。不过没关系，熟读中国历史，窥见王朝兴衰之要的玄烨已经把帝王的经略深深刻在心里。

自四月初十回程，康熙出吉林乌拉城，过吉林市永吉县金家满族乡伊勒门村、长春市双阳区石溪乡石溪河子村、四平市伊通满族自治县伊丹镇和小孤山镇、四平市铁东区叶赫镇老爷庙村古城，出今天的吉林省地界，入辽宁省开原市威远堡镇，奔京师去者……

以射猎、网鱼、长途奔袭而不断加强自身的文治武功，同时促进渔猎生产、加强战时后勤补给、建立北方的强大水军、抚慰和宽容南人流犯、安抚地方、稳定边疆是皇帝出巡的真正目的。他在这个过程中，针对自身设计的是持续增加修身养性的途径，他可以随处享受生活，也能够不断磨炼意志，并时刻准备着把那些心中的韬略变成经天纬地的决策部署。就在当年的十二月，康熙调吉林乌拉、宁古塔的兵力到爱辉、呼玛尔等处驻扎，建立驿站、粮站，开辟水陆交通线，建成了一支数目可观的舰队。三年之后的 1685 年，雅克萨之战打响，吉林水师作为水师劲旅直接参战。在强大而有力的进攻面前，沙俄侵略军被逼退，并于 1689 年签订《尼布楚条约》。

在东巡吉林 16 年之后的 1698 年，康熙大帝带着射虎与捕鱼的勇气与态度，亲率大军平定噶尔丹叛乱。江山大定的帝王慷慨激昂，北进蒙古，绕道东行，终到吉林，再次东巡。其雄风不改的阳刚之气在东北的大地上久久飘荡。后来，他的子孙乾隆、嘉庆、道光等人不忘祖训，纷纷效仿康熙，多次回到东北。

在松花江登上舰船的那一刻，承接了一个帝王的过去，也仿佛决定了他的未来。

吴兆骞:
把 "吉林驿道" 走成 "吉林诗路" 的悲情书生

340 年前的 1676 年冬, 常念 "人生若只如初见" 的纳兰容若静静地看完顾贞观送来的《金缕曲》词二阕, 竟愣愣地流下泪来。词曰:

季子平安否? 便归来, 平生万事, 那堪回首。行路悠悠谁慰藉, 母老家贫子幼。记不起、从前杯酒。魑魅搏人应见惯, 总输他、覆雨翻云手。冰与雪, 周旋久。

泪痕莫滴牛衣透, 数天涯, 依然骨肉, 几家能够? 比似红颜多命薄, 更不如今还有。只绝塞、苦寒难受。廿载包胥承一诺, 盼乌头马角终相救。置此札, 君怀袖。

我亦飘零久。十年来, 深恩负尽, 死生师友。宿昔齐名非忝窃, 试看杜陵消瘦, 曾不减、夜郎潺僽。薄命长辞知己别, 问人生、到此凄凉否? 千万恨, 为君剖。

兄生辛未吾丁丑，共些时，冰霜摧折，早衰蒲柳。辞赋从今须少作，留取心魂相守。但愿得、河清人寿。归日急翻行戍稿，把空名料理传身后。言不尽，观顿首。

词的作者顾贞观，是明末东林党人顾宪成四世孙，与陈维嵩、朱彝尊并称明末清初"词家三绝"，同时又与纳兰容若、曹贞吉共享"京华三绝"的美誉。词中描写的是他对吴兆骞的怀念，这位清初著名的边塞诗人17年前被流放到位于松花江支流牡丹江畔的宁古塔。顾贞观的意思很明了，希望纳兰容若动用自己的力量，把吴兆骞从东北"救"回来。

谈何容易！但容若还是答应了，并许了顾贞观一个期限：五年。

吴兆骞，何方人士，竟让文人们如此倾心？

公元1631年，即明崇祯四年，吴兆骞出生于江苏吴江。才刚刚9岁，就成了远近闻名的江南小才子，作《胆赋》。10岁，作《京都赋》。长大后，与陈维嵩、彭师度并称"江左三凤凰"。与同样是江苏人的顾贞观是好朋友。1657年，26岁的吴兆骞中举人。但很快被仇家诬陷。由于进京复试未能终卷，被除名，还打了四十大板，没收了家产，最糟糕的是，被年轻的大清国皇帝顺治判处流徙宁古塔。1659年阴历三月，吴兆骞北上东去，正式开始了"流人"的生活。

当年的东北，让江南的书生们有点儿害怕。一路豺狼虎豹不说，滴水成冰的漫长冬季俨然是大自然更可怖的杀手。还好，王朝的统治者清楚东北的冬季意味着什么，让流人们在春天起行，这样赶在寒冷到来之前，就可以到达目的地。

京城到盛京之间的道路还算好走，然而出了盛京，特别是到了盛京将军管辖地域与吉林将军管辖地域交会之后，进入今天的吉林境内，更趋难行。直到1681年大清国才完成全部置驿的整个吉林驿站，在1659年时，还在使用明朝时的驿站。但驿道不会有太大的变化。出盛京将军管辖区，到今天的吉林市，大清国的规划是，顺次要经过叶赫（四平市铁东区叶赫镇）、赫尔苏（四平市梨树县石岭镇二龙山水库湖底）、阿勒坦额墨勒（伊通县大孤山镇）、伊巴丹（四平市伊通县伊丹镇）、苏瓦延（长春市双阳区）、伊勒门（永吉县金家乡伊勒门村）、搜登（吉林市船营区搜登站镇），共计515里。

然而，吴兆骞并没有完全按这个路线走，这中间，他还经过了吉林省辉发古城遗址，当年又称为"灰扒"或"灰法"，是明朝时的老驿站。也许，经过长途跋涉，诗人在京城出门时的一声叹息已经被荒野吸收，满腹的惆怅很快被才情转化为诗情，在野草间蓬勃生长。路，永远都能化解你坐在那里解不开的愁绪。正是在"灰扒"，吴兆骞留下了两篇诗作，让当年的小小驿站也流淌进了文化的河流。其《经灰法故城》云：

雪峰天畔见荒城，犹是南庭属国名。

空碛风云当日尽，战场杨柳至今生。

祭天祠在悲高会，候月营空想渡兵。

异域君臣兴废里，登临几度室心惊。

好个"战场杨柳至今生",人事之艰难,时空之淡定,一语而成。古今文人从未改变的怀古思今之切,也许能让吴兆骞少些灵魂深处的悲凉。另一篇《过灰扒废城》,虽然长些,但一气呵成:

大漠何王国,行人此日来。雄图一战尽,废址百年衰。

鱼鸟空横草,麒麟已没苔。松声悲旧垒,水气冷荒台。

伊昔龙庭日,曾传狼纛开。势窥东海盛,部绕北关回。

候月雕弓尽,乘冰铁骑催。两雄方龃龉,杂种遂纷猜。

衅此征祠祭,勠期辟草莱。旌飞沙浩浩,鼓合雪皑皑。

大敌全师会,孤城力斗摧。兵声残白草,战哭聚黄埃。

韩进秦先举,虞亡晋始恢。尚传京观在,谁叹(火鼎)蠡灰。

隘塞形空设,兴衰恨莫裁。依稀营畔柳,惆怅笛中梅。

丛棘朝晞露,崩沙晚沸雷。抚尘心侘傺,览迹思徘徊。

地远何人吊,程遥我马赜。凄凉怀古意,秋角满长垓。

"凄凉怀古意,秋角满长垓",诗人潜藏心底的"悲凉"还是露出了一角,但纵横千古的思想与塞北的广阔、荒凉,却让人的精神染尽了豪气。"雄图一战尽,废址百年衰",还有多少这样的被冷酷地堆放在废墟里的激情呢?!

进入今天的吉林市后,吴兆骞抵达了另一处驿站——"尼失哈"。据清杨宾《柳边纪略》载,"……尼失哈站南山上有潭,产小鱼,鱼皆逆鳞,人不敢食。尼失哈者汉言小鱼,盖地以物名者也。"也就是说,满语"尼失哈"翻译过来应为"小鱼"之意。

据考证，此地应该就是当年古夫余国时的一座城池，也是后来高句丽时期的一个要塞。根据吴兆骞的诗，他应该是在此地有所逗留。其诗名为《早发尼失哈》：

> 绕帐笳声促夜装，明星欲落雾苍苍。
> 征途咫尺迷孤嶂，残梦依稀认故乡。
> 雪尽龙山三伏雨，风严雁碛五更霜。
> 据鞍却望黄沙外，此地由来百战场。

离开尼失哈后，从今天的吉林市到黑龙江省宁安市，吴兆骞仍然行进在前朝的驿站边上。在到达下一个驿站之前，吴兆骞东进小窝集。所谓窝集，满语，森林之意。这里位于今天的吉林省蛟河市西部的老爷岭。今天的蛟河市天岗窝集口村，即是当年的驿路必经之所。"千章之木，杀其皮以令之朽，万牛不能送，时令人发深叹焉。"（方拱乾《绝域纪略》）壮观的景色让这位江南书生不能自已，诗情连绵不断。也许诗人觉得给诗起个别的名字都不如地名更显其本真，所以像一路走来一样，仍以地名为诗名，为《小乌稽》（注："乌稽"即窝集）：

> 连峰如黛逐人来，一到频惊暝色催。
> 坏道沙喧天外雨，崩崖石走地中雷。
> 千年冰雪晴还湿，万木云霾午未开。
> 明发前林更巉绝，侧身修坂倍生哀。

悬崖绝壁一个连着一个，仿佛不是人在穿过，反倒是在追着人走。吴兆骞用他准确而精美的语言和心思诉说着人在大自然面前的逼仄感。反倒是现代人从旁边的高速公路疾驰而过，再也没有勇气身临其境地体会那种与大自然面对面的细节和"在场感"了。虽然"明发前林更巉绝，侧身修坂倍生哀"，前路可能比现在经过的还要险峻陡峭，心里不断涌上恐惧哀愁，但还是要继续前行，没有后路可退。好在此时到达了喇伐朵红驿站，能稍事休息，喘匀被高山与大树压抑的气息。在今天的吉林省蛟河市境内的拉法山附近的旧站屯，书生不禁又感叹起来。当然，进入诗人视野的，仍然是满目的荒凉。据方拱乾《绝域纪略》载，此地"屋不满十行"。但吴兆骞却在这里迎来一个特殊的日子，七月初七。这一年的鹊桥会没有诗人什么事儿了，因为他的妻子要等到几年之后才能北上与他相聚。吉林的阴历七月初七，天气已经在慢慢转凉。在那样万星垂地的夜晚，被牛郎织女的欢喜挤压的吴兆骞再一次奋笔抒怀：

驻马平芜外，徘徊旅思长。河流秋淼淼，边色夜荒荒。
画角千峰月，羊裘七月霜；仕途吾拙甚，不敢望银潢。

这一次，他把诗名定为《七夕次喇伐朵洪》，也就是在"喇伐"（拉法）过七月七的意思。虽写"不敢望银潢"，但相信他还是望了，只是他觉得，还不如不望的好吧。心里郁结的东西多，诗文也就多，写了七月初七的诗不久，吴兆骞未尽情致，又作《喇伐道中作》，诗云：

平明吹角起征鸿，又逐征鞍溯朔风。

秋草关山人独去，寒衣乡国信谁通。

龙沙迥出三边外，鸟道斜悬万岭中。

千载主恩良不薄，崔骃窜处是辽东。

　　诗中虽也略沾了些辽东的豪气，但还是能读出无奈与失望，以及"不知怎么就这样了"的，被命运捉弄的莫名。只是，情致足够商隐，豁达略欠东坡。如有"小舟从此逝，江海寄余生"的天地情怀，也许就更加清晰了悲凉中的挺拔。

　　出了拉法驿站，在接下来继续东行进入蛟河的路程中，可能由于路程太赶，吴兆骞有一段夜行的经历，这让他十分难忘。看着树木枝杈上挂着的闪闪星辰，吴兆骞相信了命运的安排，告诉自己，与沙场拼杀比起来，这也许根本不算什么事儿。看他在《交河山中夜行》（注："交河"即蛟河）诗中如此描述：

晨征宵未已，侧足此山皋。秋过交河盛，星当大碛高。

边程依草木，旅食寄弓刀。万虑沙场里，驱车敢告劳？

　　过蛟河后，便来到了今天吉林省蛟河市东部与敦化市交界地带的威虎岭，这是一片更大的深山老林。当年名为"大窝集"或"大乌稽"。据后来吴兆骞之子吴桭臣在其所著《宁古塔纪略》中载："进大乌稽，古名黑松林，树木参天，槎枒突兀，皆数千年之物；绵绵延延，横亘千里"。"初入乌稽，若有门焉。皆大树数抱，环列两旁，洞洞然不见天日；唯秋冬树叶脱落则稍明"。

"其上鸟声，咿哑不绝，鼯鼠之类，旋绕左右，略不畏人。微风震撼，则如波涛汹涌飕飕飒飒，不可名状。"就是在这一片神奇的景色之中，吴兆骞写下《大乌稽》诗一首：

朝辞石栈乱云巅，暮宿苍林万仞前。

灌木带天余百里，崩榛匝地自千年。

栖冰貂鼠惊频落，蛰树熊黑稳独悬。

闻道随刊神禹绩，崎岖曾未到穷边。

如此奇丽的感受也许让吴兆骞忘记了很多小我的痛楚，而把身家性命置于更大的视野当中。这艰难得不能描述的行程也许反倒让他的心安顿下来，有勇气、有耐力地过完接下来 20 多年的生活。

出大窝集，进今天的吉林省敦化市额穆镇珠尔多河村意气松屯，吴兆骞算是走完了今天吉林省境内的沿途驿站。出吉林，入黑龙江，行进不远，即到最终的流放之地。

在吴兆骞走过的吉林市到宁安之间的古驿站之后的近 20 年后，1677 年左右，宁古塔梅勒章京（副都统）萨布素受命建设新驿站，长 633 里，主线合为乌拉、额赫穆、拉法（吉林省蛟河市拉法街道旧站村）、退搏（吉林省蛟河市前进乡）、意气松（吉林省敦化市额穆镇珠尔多河村意气松屯）、鄂摩和（额穆镇）塔拉（吉林省敦化市雁鸣湖镇塔拉站村）、必尔罕（黑龙江省宁安市沙兰镇尔站村）、沙兰（沙兰镇）、宁古塔城。

来到宁古塔的吴兆骞举目四眺，只有 300 多户人家的旧城，几乎要被无边的草木淹没。两年后，吴兆骞在给父母的书信中这样描述东北："宁古寒苦天下所无，自春初到四月中旬，大风如雷鸣电激咫尺皆迷，五月至七月阴雨接连，八月中旬即下大雪，九月初河水尽冻。雪才到地即成坚冰，一望千里皆茫茫白雪。"唉！好个苦涩的处所。

从1663年妻子葛采真从苏州追随而来，吴兆骞开始为这个缺少教化的地方布道传书，生活慢慢变好。1674年，黑龙江将军巴海因其大名对其礼遇有加，吴兆骞入巴海府成为家庭教师，教巴海的两个儿子读书。然而，虽然生活已经安顿下来，并渐趋富足，但江南才子仍望眼欲穿，等着哪天会有吉兆出现，宣他还朝。文人朋友们也没有停下活动，这才有顾贞观词动纳兰容若的一幕。

估计吴兆骞很快就获知了1676年"容若一哭"的消息。时隔两年，奉皇帝之命前来敕封长白山神的使臣视察宁古塔，向吴兆骞索要诗文。吴兆骞根据自己的实际踏查，一挥而就数千言《长白山赋》。羸弱的书生想让皇帝看看，这个被流放的江南才子是如何的文动寰宇、情牵宇宙。

可惜，年轻的康熙皇帝虽被他的文采打动，却没有急于让他归来。

又过了三年，已经到了公元1681年，这是纳兰容若答应顾贞观的年限。容若没有辜负文人士大夫们的期望，营救终于取得重大进展。大家一共集了黄金两千两，以"认修内务府工程"的名义为他赎罪。

当年七月，还乡诏书出京都，过盛京，穿越留下众多诗句的吉林各驿站，飘至宁古塔。从判处流放到宣诏回京，整整 22 年！此时的吴兆骞正好半百之年。这一纸诏书带给老年吴兆骞的是怎样一种欢喜？接诏后，他决定返南！

而就在他接诏之前，驻军吉林乌拉的大将军巴海，已经决定聘请吴兆骞为书记，兼笔帖式及驿站事务，还邀请他从宁古塔搬来吉林。吴兆骞高兴应允。就在此时，诏书降临。吴兆骞放弃了留在吉林的考虑，于当年已经开始飘雪的阴历九月启程。

回去的路好走多了，很多新的驿站已经建成使用，因为吉林市已经被皇帝划定为东北的战略要地，这里处于整个大东北的中心地带，可左右兼顾，可进退有度，所以，其周边的道路已经修建一新。匆匆归客不知在自己来时写过诗的一个一个地点，有何感想，该是欢欣鼓舞，又对未来，甚至仕途充满希望了吧。

然而，皇帝并没有起用他的意思。倒是纳兰容若接纳了他，让他给其弟揆叙讲书。与他在东北所做并无二样。

后又返回江苏省亲，建"归来草堂"。然而，昔日的江南才俊此时却已经不适应湿热的江南，大病不起。后赴京治病，于1684 年客死京城。而就在临去前的一刻，他把儿子叫过来说话。他此时想到的并不是江南，却是东北："吾欲与汝射雉白山之麓，钓尺鲤松花江，挈归供膳，付汝母作羹，以佐晚餐，岂可得耶？"

在吴兆骞身后，留有《秋笳集》，收录的诗都是他在白山黑水间的慷慨悲歌。在吉林，他当年经过的那条驿路，如今已经被发达的高铁、高速所代替。然而，他的诗，却仍在田间树下，伴山风摇动，伴江水催波。

而他的人，也如他写作的《渡混同江》(注：混同江即松花江)

一样，"滚滚"而来，"望哀"而去。全诗曰：

江涛滚滚白山来，倚棹中流极望哀。

襟带黄龙穿碛下，划分玄菟蹴关回。

部余石砮雄风在，地是金源霸业开。

欲读残碑询故老，铭功无字蚀苍苔。

吉林应该记住，一个文人用生命在你的土地上，开出的诗路。

"吉商"牛子厚

2016 年 5 月。千呼万唤的绿意终于爬上北方杨柳的枝头。而一旦着了春风的色彩，绿意就绝不等待，迅速浓烈开来。婉转曲折的松花江水来到吉林市，对着两岸的绿野乡间打一个回环，欣赏一下自己的曼妙身段，为终于走出长白山的群山回一次头，然后，欢笑着一头扎进平原。

只是这"回一次头"的驻足，却让松花江跳跃的水珠听到了一种仿似与 100 年前相同的咿呀。国家京剧院著名表演艺术家于魁智、李胜素带队正在吉林市人民大剧院演出经典京剧《满江红》和《传统名段专场》。艺术家们给这次演出起了一个很不一般的名字：京剧"寻根之旅"。这座北方略显粗犷的城市竟担了这样一个大名，吉林市一时之间仿佛在天高云淡之下柔美起来，兰指错步，语音百转，煞是文艺。

何谓"寻根"？其实和一个人有关。

根据这个人的真实事迹，被誉为京剧麒派艺术第三代领军人物"南陈北裴"中的"北裴"——裴咏杰，在 10 年前的 2006

年开始创作以其名字命名的剧目。这位梅花奖得主在 2009 年与他的搭档王萍一起将其搬上戏曲舞台后，连演数百场，在得到掌声与鲜花的同时，也获得了中宣部第十二届精神文明建设"五个一工程"奖。

一个什么样的人物，竟有这样的魅力，仅仅是挖掘他身上的故事，就可以让艺术更上楼台？

已经不只是艺术。

2016 年 7 月，在距离吉林市 126 公里的长春，一场讨论"吉商精神"的系列活动已经进行良久。吉林大学商学院辛本禄教授在一次座谈会上侃侃而谈：他所贡献的商业精神和商业价值更大，不仅应该有京剧表现他，也应该有电影和电视剧记录他，有小说等作品发掘他。在 19 世纪的中国商界，他的家族是"中国北方四大家"之一，与当时富甲一方的山西亢家、沈阳郎家、河北刘家齐名。其荡气回肠的商业故事、倾家以授的民族抗争、持之以恒的助人善举足以撼古今、传千古。

他出生在被明清两朝称为"船厂"的吉林市，他的家被称为"船厂牛家"，他叫牛子厚。

一

1796 年，大清乾隆皇帝以不越先祖在位时限为孝道，让位给自己的第十五个儿子爱新觉罗·颙琰。从此，嘉庆开朝，直至颙琰在 1820 年故去。此时，中国东北的"吉林乌拉"作为皇帝心中的重要城塞，已经从康熙到乾隆经营了上百年，其时，无论承接山水、俯瞰沃野的地理位置还是盛产"东北三宝"、孕育朝贡东珠的资源禀赋，吉林市都已经崛起于关外白山松水之间，名扬于关内官家瓦肆之前。为了生存而奔命的普通人千里跋涉而来，不足为奇。

就在乾嘉年间，逃荒到山西太原的牛子厚祖上发现，这里风光虽好，生计却难。一家人有上顿没下顿，贫困的愁苦分分秒秒都在吞食着人的身体和精神。本为甘肃人的牛家聚会商议，既然已经离家，绝不能困守天涯，改变贫困的现状，只能是继续向前，背水一战。他们决定化整为零，四散而去，各听天命。临别时，大家将家中唯一的铁锅砸碎，将碎碴分执在兄弟姐妹手中，作为将来重逢时同为"牛家"的凭证。

年轻的牛金玉作为牛家子孙，让自己的媳妇包好铁锅的一块碎碴，挑着一副担子上路了。东去的牛金玉，没有进入京城，那时候的北京也许并没有给流民以更多的活路，更何况，逃荒而来的穷人，很有可能在进入京城时受到这样那样的限制。穿过河北，牛金玉向着人们传说中的富足之地进发，尽管这里有更残酷的秋风，更冷峻的冬日。

史载，早在乾隆八年（1743），华北、西北等地大旱，灾民从山海关和喜峰口流亡东北。乾隆帝批准暂时开放他祖辈封闭的东北皇家禁区。然而不久，位于东北的皇家崛起之地再次被封禁。但这一次皇帝的命令没能阻住移民的浪潮，因为这是生命为了活着而发生的抗争。至嘉庆前期，东北的关内移民已经超过100万。起自乾嘉时期，一直持续到19世纪中期的道光末年的移民过程，被称为东北历史上第一次移民浪潮。牛金玉正是随着这一批人来到东北的开垦者。

广阔而未被开垦的东北土地接纳了他们。敏感的牛金玉听说了位于高山与平原交界处的吉林市，觉得这里有能够生存得更好的土壤，于是，偕妻子辗转而来。不用干别的，肥沃的黑土地里就能长出未来，只要把汗水播撒下去。牛金玉托关系、想办法，先在吉林市小东门外开荒种地，并经营一片不小的菜园子。没几年的时间，牛金玉已经拥有13垧地。旱涝保收的大东北，养育这些勤劳能干的外乡人，绰绰有余。这时候，两个儿子牛升云、牛升霄也已经慢慢长大。牛金玉听惯了人们关于进入东部山区采参、淘金的传奇，也很想让这样的传奇同样发生在自己的身上。于是，他开始带着儿子进山。运气属于勇敢和肯干的人，在历尽艰辛之后，他们有了不少收获。据传，老天爷眷顾牛金玉父子，他们在淘金的过程中，得到了一块重约一斤七八两的"狗头金"，这块由自然金、石英和其他矿物集合体组成的酷似狗头的天然块金成了日后牛金玉投资工商业的资本之一。

牛金玉的第一个店是离自己开垦的荒地不远的小东门边上的大车店。那个时代的大车店是旅人的必经之所，也是民间艺人的聚集地，更是商品货物的中转站。牛金玉的大车店也呈现百货样态，兼营油盐烟麻。当年的松花江水路就像今天的高速公路，承载着原始的物流业，舟船往来，络绎不绝，虽称不上千帆过境，却也是关外最为繁华之所。牛金玉的大车店自然也跟着生意兴隆，财源广进。与大车店一起经营的生活日杂货品大有超越主营业务的态势。1797年，在嘉庆皇帝继位的第二年，牛金玉在扩充油盐烟麻店之后，正式给他的第一个企业定名："源升庆"。

以"升"字为核心的"企业品牌"，并没有费牛金玉太多的思量。在牛家，祖上已经为牛金玉这一代及至以后十代，准备好了名字中代表着辈分的最重要的那个字，其依次排列为"玉升麟秉章，世绍永安长"。他的儿子名字中都有一个"升"字。老人家奋斗一生的目标，并不是让自己多么幸福和荣耀，而是要让自己的孩子过上更好的生活。而且，"升"字还有一个特殊之处，反过来看，恰恰是一个"牛"字。这是何等精巧的心思！

可以说，1797 年是牛家商业大发展的元年。自从定名"源升庆"后，牛家的生意就像"升"字表达的那样，不断升腾发达，蒸蒸日上。以"源升庆"为元点，牛家的生意越来越多，越做越大，大大小小的店铺开始在城市与乡间不断出现。但不管在哪里，他们所派生的"买卖"，在字号的中间都是一个"升"字。

在牛金玉的精明与开拓下，牛家的生意如日中天。到他于道光九年（1829）去世，牛家已经鹤立于白山松水，被称为"船厂牛家"，与山西亢家、沈阳郎家、河北刘家齐名，成为当年中国商界"北方四大家"。

牛金玉是"船厂牛家"的开创者，"升"字号企业的第一代领导者。他的儿子牛升云是继他之后牛家商业发展的第二代杰出人物。而他的孙子牛化麟则是第三代。可惜的是，光绪七年（1881），还不到 50 岁的牛化麟病故。从此，其子牛秉坤执掌"升"字号家业，而这时候的牛秉坤只有 15 岁，小小少年成了牛家的"大东家"，开启了牛家风云跌宕的第四代。

牛秉坤，字子厚。

二

公元 1866 年，在中华民国和中国国民党缔造者孙中山出生的同一年，牛子厚在中国东北的吉林市呱呱坠地。生于南国的孙中山接受海上传来的讯息，醉心于革命。诞于东北的牛子厚接受的却是祖上创业之艰、守业之要的训诫。从牛金玉开始的牛家三代人在大东北的土地上栉风沐雨，到了牛子厚，已经看不出甘肃或是山西的模样，而是地地道道的东北人了。

就在 11 岁的时候，家里决定，送牛子厚出家。至于到底什么原因，资料鲜有记载。经询专业人士推测，很有可能牛子厚在出生时，按生辰八字推算，犯"孤辰寡宿"之类，或长大有牢狱之灾的可能，因此要到庙上当一段和尚，从而消灾免祸。果然，13 岁时，牛子厚即还俗回家。

1881 年就当了如此规模巨大的商号大东家，成了大掌门，对一个 15 岁的少年究竟意味着什么？时下的 15 岁孩童，正是参加中考的年龄，他们未来的人生还要继续闭门苦读。难以想象，把一个全国知名的大公司的管理重担交到这样的孩童手里是一个什么状况。更何况，此时的"船厂牛家"商海遨游，正处鼎盛时期。

执掌牛家乾坤的牛子厚没有因为自己年龄小而碌碌无为，却更为勤勉和上进。为了磨炼自己的意志，牛子厚背着家人到"花子房"（花子，指要饭的穷人）住宿，又到穷人的破船里过夜。

一年四季，无论阴晴雨雪，他总是在凌晨三点半钟起床，然后到吉林牛马行等早市走一走，看一看，了解市场行情。上午就到各商号检查，然后到总号处理各类事务。

在牛子厚当家做主的第二年，也就是1882年，他有生以来第一次出远门，首次考察长春、沈阳、营口、唐山、天津、北京各大商号。1884年，又从营口乘船到青岛、济南考察。

经过实地踏查调研，深思熟虑，18岁的牛子厚开始更大规模地扩充牛家的商业地盘，这时候他瞄准的核心是金融业。公元1884年，他把牛家的钱庄从吉林市扩展至长春，在城内北大街附近开设钱庄"公升合"，资本总额为官帖300万吊。紧接着，又在南大街开设钱庄"顺升合"，资本总额官帖240万吊。还不解渴，很快，又把他的资本扩张延展到哈尔滨，开设钱庄"振升恒""义升公"以及"东升久"。牛家的"升"字招牌被资本的魔力一时间打造得熠熠生辉。

民间传说，1896年，中日"甲午战争"失败后，清王朝付不起日本的战争赔款，向牛子厚借款70万两白银。又传，光绪帝念及借款数额太大，终不安心，将宫中最大的一颗宝珠押在牛家。

还是在1896年，因吉林没有制钱能力，朝廷诏准在吉林机器局设银圆厂。由牛子厚出面，通过上海的"升"字号买卖，进口美国一套制钱设备入股机器局，据称，这是中国拥有的第一套机器铸钱设备，从此以后，吉林开始自铸银钱。

1907年，牛子厚41岁。当时，吉林商务总会进行选举，牛子厚当选"协理"，即商务总会副会长。20位会董中，牛家企业占据了 6 席。

1911 年，牛子厚 45 岁。而就在这大清的最后一年，据《游吉便览》等资料记载，仅在吉林市，牛家就有钱庄两家，当铺六家，杂货行三家，批发货店两家，中药铺一家，粮米铺一家，客栈一家。什么概念？换成现在的话说，就是两处银行，六家典当行，三个超市，两处批发站，一个药店，一个米面店，一家宾馆。此外，牛家还开办养猪场、养鸡场，兴办养鱼池，开发参场。其经营范围从柴米油盐到绫罗绸缎，从地方特产到狐貉貂裘，从金银器皿到首饰加工，从百草中药到米面粮油，从瓷陶木器到点心鞭炮，无所不有，无所不包。其商业地盘从吉林市出发，哈尔滨、长春、四平、沈阳、大连、营口、锦州、秦皇岛、山海关、唐山、天津、北京一路突飞猛进。不仅如此，牛子厚还将牛家的商号、作坊、钱庄、当铺等发展到沪、苏杭、齐鲁、两湖、两广、山西、重庆、成都、昆明、汉口等地，有300 多家。人们愿意用这样的话形容"船厂牛家"的"牛"：从吉林市到北京办事，牛家的人不用喝别人的一口水，吃别人的一口饭，因为沿途都是老牛家的"买卖"。

三

执掌如此庞大的商业帝国，在 100 年前信息不畅的年代，如何运筹帷幄，考验的不仅是个人的智慧、水平，更是这个商业帝国的运作模式和运行效率。

作为老板，牛子厚在企业中的定位是"财东"，他无须为直接的经营活动操心，也不必一头扎进具体的管理事务。他要做的，是用敏锐的眼光审视搜集而来的各种信息、行情，决定是否进一步扩张商号，或是及时转项经营，还要像现在的国资委一样，行使出资人的职能，决定企业经理的委派，并确定是否增加这些经理的"身股"。

"升"字号的总经理另有其人，也就是"源升庆"的大掌柜，他具体负责牛家的所有商业经营。有意思的是，牛家作为百年老店，从始至终的大掌柜都是河北人。第一个大掌柜叫刘寿清，从少年时期就跟着牛家"闯"天下，一直到80多岁病故，对牛家的商业崛起贡献极大。这位多福多寿的"大总管"最初并不在总部吉林市，而是在上海的分号。因为做得十分出色，牛家把他调至北京开银号。最终调来吉林，出任总掌柜。第二任大掌柜刘云，也是从上海分号做起。也许，上海等地的打磨与锻炼，让他们身上拥有了更多与闭塞的东北所不同的意识和机敏。第三任大掌柜叫孙毓堂，他"总理"大掌柜的位置长达30年，也算权倾一时。

按惯例，"升"字号企业各地分号、支柜的"掌门"每三年来吉林市向各自总号报账，最后到"源升庆"总号汇总。当大家陆续前来总号，也是"船厂牛家"最热闹的时候。

而聚拢大家来吉林的，不仅是强迫性的要求，更有其制度设计的黏性。在那个年代，商家分东家与西家，西家基本就是给东家打工的，有掌柜的，有管账先生，有伙计，有学徒，他们也持有股份。一般情况下，东家与西家是六、四占股，即东家要占到6个份子，西家是4个。可牛子厚的规矩是：共设15

个份子，牛家作为东家占 5 个，西家则占到 10 个。这样就让西家看到了更多的希望。

据记载，公元 1890 年春节，已经做了 9 年大财东的牛子厚听取三年一次大报账后，得知全国"升"字号企业获利极丰，十分高兴。1892 年，又闻获利巨丰。为鼓舞"士气"，给各赢利的大掌柜加了一厘份子。

<h2 style="text-align:center">四</h2>

处在风云变幻年代中的人，有时被迫成为拱卒的棋子，有时又被毫不留情地踏碎在蹄下。时代前行的"作品"往往都是一个一个具体的人被抢夺的命运垒砌。大历史之下，无论个人多有能力，都可能因为一个完全不属于商业范畴的疏忽，倾家荡产。

19 世纪末 20 世纪初的东北，日俄争雄，军阀割据。反映在民间的百姓生活方面，就是人们手中的钱币十分混乱。正所谓屯有屯帖、铺有铺帖，但凡有能力的银行、钱庄都各自发行了自己的钱币，"奉票""官帖"满天飞。此时的外国钱币也很流行。19 世纪 90 年代初期，沙俄侵略中国东北，抢掠资源与财富。占领吉林后，建立"华俄道胜银行"，发行"羌贴"纸币，以图垄断整个吉林的金融市场，并用"羌贴"疯狂收购各种农产品。

1896 年，中俄签订了《中俄合办东省铁路公司合同》，由于牛家的生意大，影响广，信誉好，俄国人遂把两亿盎司白银存于牛家恒升泰银炉的地下金库内，由牛家负责将银锭铸成元宝，用于给铁路公司的工人发工资。白银入库时，一部分其实被俄国以"羌帖"替代。后来，俄国人又逐步用"羌贴"把白银全部兑走。由于工人只要白银，发工资时，牛家就要再花高价把白银买回来。此时民族工商业者遭到的欺侮可谓登峰造极。

要命的是，公元1917年，在这个世界历史上的"红色元年"，列宁领导的十月革命推翻俄国沙皇大帝，"羌帖"宣告了自己使命的完结，从此一文不值，形如废纸。

这一下对牛家的伤害是无以估量的，直如釜底抽薪，让"升"字号大伤元气，步步下坡。

紧随其后，中国社会更加风云激荡，生意当中充满了政治与军事的玄机。

由于牛子厚的儿子牛翰章曾经到国外留学，此时学成归国，牛子厚也有他更感重要的事情要做，于是把"升"字号企业的大权慢慢移交给牛翰章。"船厂牛家"开始过渡到"第五代"。已经不同于过去小本经营的商业大船，又逢乱世，往往让人在经商过程中产生投机心理，年轻的牛翰章也不例外。几次铤而走险、更似赌博的投资，均告失败。"升"字号企业开始一家一家关店走人。

1929年，世界范围内的经济危机悄然袭来，毫无准备的牛翰章却在此时做起了黄豆生意，这生意说来也轻巧，只是通过电话买空卖空。但做买卖就要有钱做后盾，牛翰章大胆地决定款项由吉林的一家官银钱号贷款支付。结果，黄豆价格下跌，牛家已无偿还能力。面对灭顶之灾来袭，牛子厚将最小的女儿嫁给吉林公署参谋长熙洽的儿子，并求熙洽出面通融。最终，牛家将企业的铺底，并 1000 多间房产交给银行抵债。

好在，牛子厚通过自己的努力，保住了自家的住宅和个别企业。

1931 年，牛子厚三个儿子分家，像当年从山西出发来东北砸碎铁锅时一样，各分物件，各奔东西。从此，在中国商界驰骋百年有余的"船厂牛家"淡出历史舞台。

五

1912 年以后，大清的天光黯淡，民国的骄阳映照着松花江两岸。然而改变了的政治气候却并没有影响人们对牛家的敬意。因持续不断地积德行善，牛子厚"牛善人"的美名响彻白山松水。"中华民国"大总统徐世昌赞许牛家的行为，专制表德牌匾以赠。当时的永吉县长更是送牛子厚楹联一副：泊然与人无争，修世服畴，应共松江流泽远；富而好行其德，赈灾济困，料诸庐室感恩多。

"泊然与人无争"，也许来自于牛子厚的天性，而两年的"出家"生活更加重了这种属性，让他把一颗心安放于尘世之外，又牵情于尘世之中。"富而好行其德"，则更多来自家庭的影响和传袭，牛家从来以自家的经历出发，感叹世人生存之艰，一旦有了翻身的机会，就马上想到穷人的困苦，一心帮助他们渡过生活的难关。

牛子厚的父亲牛化麟就已经是典型的"吉林好人"了，对贫民"夏施单舍衣，冬设场赈粥"在他是常事，捐资助人，为官府做些老百姓需要的公益事业，都是这位老实厚道的商人极愿践行之举。

到了牛子厚，"行善助人"更成了他心中时时敲打的"木鱼"，看着贫民吃饱离去，就是这位巨商富贾眼里耳中的暮鼓晨钟。他在松花江边开设"粥铺"，穷苦人在这里无偿食用。为了人们的灵魂有所依托，还捐资修建了"凌云寺"。他甚至投身于残疾人事业，为盲人聚会提供专门的场所，名曰"三皇会"……

1900年，八国联军进攻北京，皇亲贵胄们乱作一团的时候，牛子厚怜百姓嗷嗷待哺之状，在前门设粥场，实施无偿救济。光绪皇帝为励其行，专门派人向牛家颁发"乐善好施"匾额。

牛子厚还是个大孝子。

母亲没有太多的爱好，在娱乐手段贫乏的年代，皮影戏是老太太最钟情的"物什"。但天天看皮影戏也不是办法，更何况马上就到了老太太的大寿之日？让牛子厚搓手着急的是，出产人参的长白山、养育鱼米的松花江，却没有"种"出更见艺术功力的精神产品。为了让母亲"品尝"到地道的艺术大餐，牛子厚把目光转向了京城。

1901年，牛子厚通过叶春善，也就是后来的京剧名家叶盛章、叶盛兰的父亲，把北京的"四喜班"请到了吉林市的"康乐茶园"。这可让老太太大开了眼界，舞台上的生、旦、净、末、丑成了老太太的最爱，那咿呀婉转就是娘亲心目中的"中国好声音"。

同样酷爱京剧的牛子厚灵光一闪：能否请生、旦、净、末、丑行行精通的叶春善"总其成"，开办一个京剧科班，由牛家出资，然后把北京、吉林市作为演出基地，既可以满足牛家对戏曲的喜爱，也可开一代之先，为京剧培养更多艺人。

经测算，牛子厚拿出 280 两白银作为科班开班用度。1904年，在牛子厚反复催促下，叶春善在家中招了六名学员，第二年，又招了十几名学员。叶用牛子厚提供的资金租了离家不远的一个小院，作为学员练功学戏之所。不久，又在宣武门外前铁厂七号租房屋一所，叶春善也将全家搬入其内。至此，科班的一切准备就绪。叶春善提请牛子厚为科班正式定名。牛子厚便在三个儿子乳名中挑出一个字连在一起，三个儿子的乳名是牛喜贵、牛连贵、牛成贵，京剧科班的名字也就成了"喜连成"。10年后，更名"富连成"。

从"喜连成"再到"富连成"，从 1904 年到 1944 年，这一声名显赫的京剧科班共办了 12 班，培养学员 700 多人。梅兰芳、周信芳、马连良、侯喜瑞、谭富英、裘盛戎、袁世海等众多名角大腕，都在这里学习过，可以称得上中国近代京剧大师的摇篮。

梅兰芳，这位享誉全球的京剧表演艺术家最早带艺入"喜连成"科班学习，学习时定名梅喜群，后改名梅兰芳。20 世纪30 年代，牛家衰败，梅兰芳不忘学艺初心，与京剧同道一起，为牛子厚在北京义演 3 天，用这 3 天的收入给牛子厚在北京宣武门外西河沿胡同购一所四合院，共有房屋 14 间。又用银圆1500 块购香木棺材一口，以备百年。

"寻商机难解郁闷唱口皮黄，闻此声激起我心中痴狂"，裴咏杰在京剧《牛子厚》中这样唱道，"每当我琐事缠身，心情郁闷，来上一段皮黄顿时云消雾散，心旷神怡；戏，唱尽人生百态，教我做人做事，教我忠孝节义，给我浩然正气"。全剧演到抗战末期时，梅兰芳前来探望已逾古稀之龄的牛子厚，听说梅兰芳为了不给日本人唱戏，故意蓄起了胡须，扮演牛子厚的裴咏杰深情吟唱："科班弟子个个都是金丹，国剧就是长咱国人的精气神儿"。再唱："戏可以不给日本人唱，功可得天天练，老祖宗留下的玩意儿，不能荒废了，我给你拉胡琴，你吊吊嗓"……一曲尚未终了，牛子厚溘然长逝。

1943 年，牛子厚病故于北京，遵嘱，家人将其遗体运回吉林市的松花江边风光大葬。安葬之处即今吉林省吉林市沙河子乡晓光村牛家的家族墓地。这里就在吉林市去往长春高速公路的迎宾大道边上。公元 2016 年 5 月，这里车来车往，川流不息，不远处，一个 JEEP 的 4S 店正在开门营业。

牛子厚无法预料，今天，他长眠的松花江岸边的这座城市有怎样的天空和气候。他也不会知道，因为他的存在，启发着无数专家、学者以及政府官员，让他们思考着、想象着、总结着"吉商精神"。并且看到了"吉商"的源头：有着多么庞大的商业缔造，有着多么浓烈的文化情怀，有着多么深厚的内在精神。一个"船厂牛家"的存在，坚定了人们在广阔的东北大地上打造商业精神的信念。

1866 至 2016，150 年弹指一挥。但牛子厚的故事也许还没有讲完。

吉林三杰：要把多少诗意交给这个世界

　　题记：吉林有三杰，老辈推为贤，或以勋业著，或以文字传。

　　公元 1872 年，刚满 8 岁，出生于今吉林省长春市九台区其塔木乡成家村的成多禄，逢本乡走出去的一位进士杨诚一来拜访他的父亲成荣泰。杨诚一听说成多禄有些悟性，问他：现逢秋天，可否以"秋郊"为内容作诗？成多禄脱口而出：满地高粱红，四山榆叶风。把杨诚一惊得连连赞叹，对成荣泰说，这孩子将来是大才！

　　公元 1880 年前后，一位十四五岁，出生于今吉林省长春市九台区尚礼镇二道沟，名为徐鼐霖的少年，被一群土匪绑架了。然而土匪的头子却发现这孩子很特别，没有什么恐惧之意，而且眉宇间透出一股聪慧之气。一问才知道，他是远近闻名的以高超医术及高尚品德著称的徐延璇的后人，而且此少年虽年龄不大，却熟读经书，学业优异，志在治国平天下。权衡之后，土匪头子做出了一个令众人惊讶的决定：护送徐鼐霖回家。

公元 1883 年，年方 23 岁，正值青春年华的吉林省双阳县人宋小濂参加科举考试的资格考试——郡试，得到此前任吉林府知府、时任代理长春厅通判的李金镛赏识，高中第一，被点为生员，即秀才。

三粒日后影响了东北大地诗情与风貌的种子就这样在黑土地上发芽了。

一

1903 年 12 月 28 日，慈禧太后皇城高坐，召见两年前任直隶知州、赏戴花翎加三品衔的程德全，了解东北黑龙江的各项事务，并就俄国在东北活动向其问策。程德全条分缕析，对答如流，深获慈禧满意，遂升其为道员，第二天，又加副都统衔、署理齐齐哈尔副都统。

这是一次破格提拔，同时也打破了东北重要官职不用汉人的大清惯例。

慈禧太后对程德全的召见不是没有根由。1900 年以剿灭义和团为名义的八国联军入侵中国，俄国大举出兵东北。战争结束后，俄国对东北垂涎欲滴，迟迟不肯撤兵。1903 年 7 月，俄国修建的中东铁路通车，东北形成了一个铁道大网络，以哈尔滨为中心，西至满洲里，东至绥芬河，南至大连。同年 11 月，哈尔滨至海参崴间更是开通了客运列车。如此建设功劳，更让俄国沙皇难舍，军队既已进驻，怎肯撤还。更何况，为争夺在中国的利益，日本和俄国正在酝酿一场战争。

如此危机时刻，朝廷太需要派一位能人赴东北处理各方事务了。而就在此前的 1900 年，程德全曾被黑龙江将军寿山任命为行营营务处总理，负责在前线监军，并与俄国人谈判。在反复周旋之中，程德全表现出了极强的才干，在很大程度上保全了黑龙江百姓的生命和财产安全，得到东北军民的赞誉。各方人士在战争结束后，即推荐程德全接替自杀殉国的寿山任黑龙江将军。但朝廷没有同意，因为那时的程德全官职太小了，也因为如此，才有后来升任其直隶知州、赏戴花翎加三品衔的任命。

齐齐哈尔副都统是何官职？地位仅次于黑龙江将军。受到朝廷恩宠，担负起东北千千万万黎民百姓命运的程德全再一次启程赶往黑龙江。而他心中首先在谋划的，却是要请几位贤人。

1904 年，在吉林市家中为母守孝的成多禄感国伤情，作《庚子塞上四首》诗，内有"深宵无限关心事，卷入胡天画角哀"句。正自惆怅之时，忽有一日，内兄魁升引了一人急急来见。当成多禄得知站在自家门前的就是赫赫有名的程德全时，惊喜不已。程德全拱手相请：此番赴任龙江，仰望贤才相助，专程赶来吉林相邀，希望成多禄出山鼎力相助。成多禄随即真诚相应，奔赴龙江，入程德全幕府。

幕府制度在中国已经延续千年。幕府原指古代将军带兵出征所制的府署，因使用的多是帷幕，故称其名，后来地方军政大吏的府署便都称为幕府，幕府中人即为幕僚，主要职责为咨议谋划、参与决策、掌握机要、典属文书、迎接宾客、经办庶务或代主巡行出使等等。

令成多禄兴奋的是，在程德全的幕府，他见到了自己慕名许久的吉林老乡宋小濂。其实，早在多年前的吉林城，宋小濂就曾与成多禄见过一面，但据后来宋小濂回忆，"心慕之而未及接洽"。像成多禄一样，程德全也把这位素有才情与智谋的才俊纳入自己的麾下。转过年来，又一桩喜事来袭：当年与成多禄在吉林崇文书院读书的同窗徐鼐霖也被程德全请来了。成多禄与徐鼐霖订交是在1890年。据徐鼐霖回忆："忆昔订交，自庚寅年，彼此少壮，握手言欢。"

此时，敏锐的程德全感到，欲稳定东北，必须设治添官，以实边疆，遂上书朝廷。获准后，他令宋小濂出任海伦厅，成多禄出任绥化府，徐鼐霖出任大赉厅。这时正是1905年，宋小濂45岁，成多禄41岁，徐鼐霖40岁。三个吉林人在黑龙江同时向人生的更高方向"出发"了。

二

被代理长春通判李金镛破格取为生员的宋小濂，本来希望继续走科举的道路，顺利入仕，以报国家。不幸的是，父亲却早早地去世了。为谋生计，1887年秋天，尽管天气已经一天冷似一天，27岁的宋小濂毅却然独闯天涯，投笔从戎，从家乡吉林西进，奔赴奉天投军。第二年夏天，由于卜奎有更多的军务需要，宋小濂又从奉天北上，来到黑龙江。

卜奎，也有写作卜魁、布魁的，是达斡尔语的音译，翻译过来为"勇士"之意，据说这本是一位达斡尔族头领的名字，后来改为地名以示对当年英雄人物叱咤风云的纪念。有清一代，卜奎是东北边疆的重镇之一，后更名为齐齐哈尔。

而此时昔日赏识宋小濂的李金镛正任观察使督理漠河矿务。就在宋小濂来到齐齐哈尔的那一年冬天，李金镛希望他能来漠河任随办文案兼交涉外事，助他一臂之力。由于漠河的自然条件太艰苦了，其荒凉令人落寞，其寒冷令人战栗，亲人朋友几乎异口同声，希望他切莫前往。然而，深感自己当时所处环境比漠河还要冷峻的宋小濂却执意前行。与寒冷比起来，他心中热切如火，他要有一个平台，展现自己的雄心与抱负。

才高八斗的宋小濂临行前作《留别》诗三首，以慰众人关怀之意，以示自己进取之情。

漠河矿务不同其他，其矿乃为金矿。这金矿更为特殊的情况是，它是从俄国强盗的手里夺回来后，历尽艰辛创办的。

光绪十年，即公元 1884 年，统治漠河一带的清朝地方官员才知道这里产金子，而他们的信息来自越境盗挖的俄国人。由于边境管理松散，《满洲纪》载："在 1883—1884 年间，俄人私行偷挖沙金的人数为五千至七千人，1885 年初，多达一万人以上。"《黑龙江述略》中也称："俄人在漠河山内召集中俄四千人，大事工作，造屋七百余间，立窑五百余所。"

在反复上奏朝廷之后，清廷出兵驱盗。为令边境殷实，始有自己开矿之意。由此，黑龙江将军恭镗得知李金镛才能卓著，便命他主导建立矿厂。这样，才有宋小濂的一次人生转折。

来到漠河之后，宋小濂尽心竭力地协助李金镛处理矿务事宜。更关键的是，他文采飞扬，以一支毛笔记下了创立金矿的百般艰辛，是为《北徼纪游》，内有记录李金镛"日夜经营，寝馈不暇，直到 15 年（光绪十五年）春始有起色，然而心力已交瘁矣"等句。1890 年，李金镛因病去世，只活了 55 岁。《清史稿》如此评价李金镛："披斩荆棘，于万山中设三厂，两年得金三万。事事与俄关涉，艰阻百端"。

俄国人一听李金镛病逝，立即卷土重来，强行占有金厂。费尽心思，经百般周折，最后清廷才收回金厂。由于宋小濂在辅助李金镛时的出色表现，被任命为金厂提调，成为处理金矿事务的高级人员。此后十多年间，宋小濂兢兢业业，与俄国人周旋，与荒寒结伴，将金厂建设得富有生机。如此直至 1904 年，任齐齐哈尔副都统的程德全求才若渴，请宋小濂到齐齐哈尔做幕府中的文案处总理。

与宋小濂比起来，来到齐齐哈尔之前的成多禄，经历似乎有些单一，仿佛一直走在进京科考考不成，再进京科考再不成的背运里。但他的才气却显然不同寻常。1880 年，16 岁的成多禄生平第一次参加考试，他来到吉林城里的文庙参加童子试，结果首场取得第四，复试、院试皆为第一。从此，他成了吉林城远近闻名的小秀才。1886 年，考 12 年才有一次的拔贡，又中第一名。恰在 1886 年，已经在吉林境内颇得大名的成多禄被送到吉林城中的崇文书院读书，成为经学大家顾肇熙的专课弟子。也是在此地，他遇到了一生的挚友徐鼐霖。

考试即能第一的成多禄带着家人与朋友的祝福，启程赴京科考。但就在考试的前夕，获知父亲病重的消息，随即放弃考试，转身回返。然而，等他回到故乡，父亲已经故去。

成多禄不甘心，他在等待着下一次进京赶考的机会。1893

年，成多禄第二次走入京城。正式科考前，他曾在国子监参加考试，800 多人同考，他名列第一。可在他做好了所有的准备，全力以赴于八月初八的考试时，却在走进考场的当天，突感风寒，一阵阵眩晕，几乎无法握笔，最后甚至不省人事。万般无奈，成多禄再一次无缘科考。

想着自己进京赶考的挫折道路，感受着大清帝国上空飘忽不定的历史浮云，成多禄再无兴致提笔应试，把一番心思全都花在了读史、吟诗、写字、作文之上。其才名随着浓浓的文墨变成了《重修乌拉圆通楼记》，变成了《乌拉古台歌》，变成了《甲午有感十首》。"乌拉部，贝勒家，层楼复殿飞丹霞，粉侯昆弟夸兀术，雌将风流说不花"，"城峨峨，山巍巍，风云苍茫天四垂"，"名将如飞今古同，军声和电走云风。休言阔绝中西路，千古江山此线中"，成多禄在中国的汉字中饱满着，在汉字的音韵中妖娆着，在历史的境遇中感叹着。

甲午战败之后，成多禄胸中燃起报国的烈火，1898 年，他到盛京将军依克唐阿的幕府效力。可惜，1899 年，依克唐阿病逝，不久，即逢八国联军之乱，俄国兵在东北肆无忌惮，趁火打劫。无奈之下，成多禄保护母亲逃难。1902 年，母亲去世，成多禄在家乡为母守孝，直至 1904 年程德全出现在成多禄的面前。

在从吉林赴盛京将军幕府的路上，成多禄有一位同行的人，他的同窗好友徐鼐霖。同成多禄一样，精诗文、善书法的徐鼐霖也才情万丈。入依克唐阿幕府后，他主办文案及交涉等事务。光绪二十五年，即公元 1899 年，他随盛京副都统晋昌奔赴前线抗击沙俄军队。1900 年，朝廷眼见打不过俄国，只好屈服，徐鼐霖等人成为替罪羊，因抗俄获罪，被俄军拘禁了一个多月才释放。后因程德全赴齐齐哈尔任职，徐鼐霖来到程德全幕府。

至此，三位吉林才子相会于中国北部的"边疆"之城（"齐齐哈尔"也源自达斡尔语，是"边疆"或"天然牧场"之意）。

三

1905 年出任海伦厅同知的宋小濂已经积累了大量的任职经验，对黑龙江这片土地也已经十分熟悉。海伦厅即今天的黑龙江省海伦市，西距齐齐哈尔 500 余里，南距哈尔滨 400 余里。

所谓同知，为知府的副职，正五品，基本负责该地的盐、粮、捕盗、江防、海疆、河工、水利以及清理军籍、抚绥民夷等事务。但海伦属新设置的地区，清代在新设置的地区一般设直隶厅，以同知为行政长官。也就是说，宋小濂出任的是海伦的一把手。赴任不久，程德全又向朝廷保奏他为道员，成为位列巡抚、总督与知府之间的地方长官。

由于此时俄国通过在中国东北建设铁路取得铁路附属地利益，常常强占中国的领土，1906 年 8 月，宋小濂被提升重用为黑龙江省铁路交涉局总办。

中国东北广袤的大森林所富含的资源太诱人了，俄国人持续发扬着一贯的强盗作风，能占就占，能多占就多占，还胁迫时任中国方面官员签订有损主权的协约。自负责铁路交涉事宜之后，宋小濂据理力争，绝不退让。史载，在与俄国人相持的两年多时间里，宋小濂与其谈判 140 多次，废弃前约，收回了已经被俄国侵占的中东铁路附近 90% 的林区，同时还增加了地租和木煤税，为国家挽回了诸多损失。这也成为宋小濂抚民实边的重大功绩。

1907 年冬天，宋小濂再次被重用，任呼伦贝尔副都统，后改任呼伦贝尔兵备道员。自此时起，在长达 1500 余里的边境线上，已经成为晚清边境大员的宋小濂带着亲兵卫队，风餐露宿，昼夜兼程，认真踏察巡视。随后，重设 21 座边防哨所，还在边境地区创办学校、设置警察。不仅如此，他还写出了《呼伦贝尔边务调查报告》，成为镇守中国北部边疆的一手资料。

在呼伦贝尔任职期间，宋小濂奉命与俄国官员共同勘定国界。俄国人仗着强盛，骄横霸道，内心膨胀，竟要将满洲里也划入俄国境内。不畏强权的宋小濂有根有据，大义凛然，寸土不让。

1911 年，宋小濂升任黑龙江民政长（相当于省长），同年又任黑龙江巡抚，其官职达到改朝换代前的最高点。民国建立后，宋小濂因熟悉黑龙江事务，同时其不屈的民族气节被广为流传，被任命为黑龙江省都督兼民政长。也正是由于宋小濂不断挫伤俄国人的锐气，使其利益得不到满足，俄国人便找借口，中伤宋小濂滥用警力，以齐齐哈尔查获的一起俄国间谍案为缘由，撒泼耍赖，要求中国政府赔款和惩办地方官，要求撤掉宋小濂的官职。中国方面不同意，俄国竟然真的调兵开赴齐齐哈尔，准备以武力相见。此时，民国初建，国威不足，无奈之下，1913 年 7 月，宋小濂被免职，回京。直到 6 年后的 1919 年，才又命宋小濂出任中东铁路督办，再理东北事宜。此间，宋小濂作《巡阅东省铁路纪略》，记载从纵横的铁路线所延伸出的东北历史风云。

然而，历史上翻云覆雨的时代，人总会成为各种利益的牺牲品。成就越大，诽谤越多的宋小濂在做了 4 年的中东铁路督办后，于 1923 年无奈向总统府递上辞呈，居京不出，这一年，他 63 岁。

四

诗性更浓的成多禄并不同于宋小濂，在去绥化赴任之前，他就跟程德全交底，此生并不想做什么大官，只愿与良臣相伴，与诗文共舞，因绥化刚刚开边设府，会助程德全一臂之力，努力开化当地民风，但仅以三年为限。

1905 年中秋刚过，飒爽的秋风裹挟着几分冷峻，顶戴青金石、身穿雪雁补服，已经成为朝廷从四品官员的成多禄跳下席棚马车，由厅升府的绥化迎来了它的首任知府。

"以经术饰吏治"，成多禄将平生所学儒家的治国之道，尽数在这片大地上铺陈。万事教育为先，他鼓励地方绅士、富人，捐资助学，大力建设学堂，办起第一所公办学校，把学问的大门向普通百姓敞开。据《绥化县志·教育志》载："我江省开化较晚，各地又都困于财力，绌于人才，或不无有志莫能之叹。绥化自光绪三十二年，多前府（即成多禄）莅任伊始即集合地方人士以群策群力排除障碍,劝募巨款,建设学校……风气渐开,向学者日众。"百姓以平安为要，成多禄上奏黑龙江将军府，请设警察局，增加警力，大力整治地方恶霸，平息民间的矛盾与冲突，这也使绥化成为黑龙江筹建警察局的首个城市。地方以衙署生威，成多禄想方设法筹集资金，全力修建，同时，重修城墙，扩大城规，拓宽街路，城市面貌焕然一新。为官清廉为首，成多禄严于律己，绝不占公家一分利益，反而将自己的有限收入时常拿出来救济一些百姓，被称为"清廉太守"。

《绥化县志·人物志》中对成多禄的功绩给以高度评价："知府多禄先生……任绥，扩充街基，修建衙署，整顿警务，经营不遗余力；与邑绅接，情文兼至，邑人歌颂之，久而不忘。"

然而，崇尚自由、诗性又有几分倔强的成多禄，仿佛与官场天生就格格不入，那么多的繁文缛节，他不喜欢，那么多的任人唯亲，他不喜欢，那么多的桌下交易，他不喜欢，那么多的弯弯绕绕，他不喜欢。让这个潇洒诗人更加不能忍受的是，此时他的顶头上司绥兰海兵备道道台大人是靠捐钱得到的官职，自私自大，而且嫉贤妒能，言语失德，丝毫不给人平等的尊严，整天仗势欺人，身边一批曲意逢迎之辈，对成多禄多有质疑与不恭不敬之词。

成多禄不想忍。

他开始找出各种理由请辞，但均未被批准。1907 年阴历九月，成多禄又一次请求辞职，又不准。成多禄一言不发，挂冠而去。并作诀别诗："抛却肘后黄金印，安肯樊笼受拘束。野鹤归来天地宽，袖中江河涤新绿。"成多禄坚持着自己道德的底线：与其降低操守，莫若独善其身。至此，他在绥化任上不过两年零一个月。

无官一身轻，成多禄给自己起新号以名志：澹堪。试想，在那动荡的年代，谁能担当得起那一份有如水波摇动的恬静与安然呢?! 据载，成多禄离开绥化时，已值白露节气，瑟瑟风中，百姓自发送行，从北二路一直延伸到西门外。

恰在此时，成多禄的伯乐程德全因东北官场易主告病辞职，成多禄听说了，找到在宦海中沉浮的程德全，以旧日幕僚的身份陪他南下。成多禄还为此专门写了一首诗以示心境："将军百战恧功成，囊剑相依万里行。更有曲江风义重，天涯无限故人情。"

1908 年，风云又变。光绪与慈禧去世，三岁的溥仪登基。不久，朝廷宣诏：任程德全为奉天巡抚，成多禄也再一次随入程德全幕府。后程德全就任江苏巡抚，成多禄继续追随，来到苏州。

然而，此时的清王朝已经只剩下一个残局。1910 年 10 月 10 日，武昌起义一声枪响，震醒了沉睡中的人们。程德全作为清王朝的封疆大吏，顺应历史潮流，第一个反水，宣布江苏独立。

这与成多禄的想法正好相反，在此之前，他曾经反复以忠君主张劝程德全三思，均未奏效。无奈之下，成多禄从江南黯然北归吉林，终日以吟诗应和为命。

1917 年，受自己的朋友宋小濂以及挚爱书法的僧人法安邀请，入住贤良寺东院，成多禄来到了京城。老朋友徐鼐霖此时也在京中，人重逢，诗重逢，雅兴重逢，又逢在那乱世，也算乐哉！

五

1905 年，出任黑龙江大赉厅通判的徐鼐霖并没有在这个职位上停留太久，随着宋小濂改任他职，他又被任命为继宋小濂之后的海伦直隶厅同知、候补知府等职。但徐鼐霖并没有真正到任，仍然在程德全幕府中密切关注着时局的变化，给程德全谋划为政之路。1907 年东三省总督易主，此前向清廷上洋洋十万言《通筹东三省全局折》，对治理东北成竹在胸的徐世昌驾临盛京。不久，程德全离职。恰在此时，未知如何是好的徐鼐霖接到了总督府的邀请，任总督署咨议厅顾问，后来又因才能出众成为以外交及文教为侧重的礼科兼学科参事。1909 年，再被任为钦差大臣内文案一等秘书官。

不久，对黑龙江事务及对俄交涉十分熟悉的徐鼐霖得到黑龙江巡抚周树模的赏识，任其为候补知府分守黑龙江兴东兵备道道员，整饬兵备。徐鼐霖的双眼密切注视着边境的动静，力主实施新政，以饱满的热情筹划边事，码头建起来了，桥梁架起来了，陆路通起来了，金矿忙起来了，税务加起来了，边防固起来了，曾经落后挨打的面貌一点一点被改变。为此，他作诗鼓励自己也鼓励同僚："船开昼夜为谁忙？才见朝暾又夕阳。莫谓筹边今已晚，补牢何至再亡羊。"有人评价他说："官辙所至，勤政爱民，不妄取一钱。遇有益民社之事，恒历艰犯难而为之，不遗余力"。

他的胸中不仅装着东北，而是装着整个国家，装着民族的伤悲以及崛起的梦想。眼望清政府《中俄瑷珲条约》割给俄国的江东六十四屯的壮美河山，徐鼐霖悲愤吟咏《登舟有感》诗："点检征衣作壮游，舟行猎猎满江秋。当年谁把鸿沟划，半壁江山一纸休。"他不甘心，不死心，用一支毛笔描绘着心中的锦绣。他以东北及中国北部边疆的现实为依据，在查阅大量资料的基础上，撰写了《筹边刍言——经营蒙藏以保存中国》一书，深刻地论述蒙古和西藏地区的历史源流以及有关如何做好筹边、建设的意见。卓有成效的业绩让朝廷觉得对边境安心和放心，赏加徐鼐霖二品衔，特授黑龙江民政使司民政使、筹防处总参议、军政处处长兼第二路统领官、都督府参谋长、文案处会办，还诰封他的三代为光禄大夫和一品夫人。

中国传统的报国荣誉、家族荣耀、事业荣声向徐鼐霖大步走来。

然而，两件事改变了徐鼐霖。1910年，徐鼐霖升任黑龙江民政使司民政使，后参加中东铁路理事会，主持勘测吉长铁路选线事宜。1911年，因俄国步步紧逼，肆意攫取好处，他坚持抵抗，绝不妥协，俄军首领以武力要挟清政府把徐鼐霖换掉。而此时的中国，已经烽烟四起，革命的浪潮从江南涌向塞北，国家处在急剧动荡的年代，辛亥革命随后爆发。处在历史节点上的徐鼐霖被迫离职。权衡之后，他决定进京居住，也好洞察时局。

结果，在京城一住就是六年多。

1918年10月，在东北时徐鼐霖曾经跟随过的徐世昌就任"中华民国"大总统，聘他为大总统顾问，徐鼐霖再度出山。一年之后，接民国政府令，任他为吉林省省长。此时的徐鼐霖53岁。

可这次任职上任后，徐鼐霖却得罪了人。回到吉林的徐鼐霖踌躇满志，想为自己的家乡做几件好事、大事，为统一步调，振奋精神，他发布《莅吉宣言》，准备从整理财政入手，振兴金融业，净化官场，发展实业，推广教育。1920 年 4 月，徐鼐霖在金融业动起了真格的，通过吉林永衡官银钱号发行了"永衡官帖"。让他没有想到的是，他的金融改革试水还没有走几天，就因为触犯了吉林当地士绅的利益，被联名控告贪污。

他的另一项举措也受到了阻力。军队支出是地方财政的一个巨大负担，为了减轻地方财政压力，他着手裁减军队，成立警察大队，拟实施军警合一。可这样一来，又破坏了军方的利益，引起军界不满，并向民国政府施压。1920 年 9 月，曾经的那个在筹边安民以及与俄国人争夺国家权利方面取得过辉煌成就的徐鼐霖，因为触犯了自己的部分同胞的利益，遭免职。在吉林省省长任上，他只干了 10 个月。

此时，55 岁的徐鼐霖对仕途彻底灰心了，他用诗文来了一个了断，回京与好友成多禄、宋小濂诗酒江湖，再不问政治。后来，虽民国政府又有启用徐鼐霖之意，但被他拒绝了。

六

北京西城区东北部，东起五福里，西至德胜门内大街，是为厂桥胡同。大约 100 年前，这里有一个院落，常常宾客盈门，时有诗文应和之声，举杯饮茶之态。诗文以及书家的圈子里，很多人都知道，这个院落的名字叫憩园，它的主人叫徐鼐霖，是他 1920 年退出政坛之后，以历年积蓄购置的。住进憩园后，他还给自己起了一个号：退思。息隐林园之意大显。

把院子命名为憩园，或许也与宋小濂有些关联。1913 年奉调入京的宋小濂给自己的居所起了一个同样颇有意味的名字：止园。在中国古代汉语中，止有停住不动之意，能主动把自己的人生安排在"停住不动"的意境当中，也是一种勇气吧。更值深思的是，在周代，一步的标准是八尺，而到了秦代，则以六尺为一步。"武"字则是"止"与"戈"两个字的组合，意思是半步（止）乃为安全范畴。或者这个止园，能让半生漂泊的人有一点儿安全感吧。

看着两位友人兼同乡都有了自己的园子，成多禄并没有着急，他还有些犹豫，居住在贤良寺中也很好。法安喜欢成多禄的书法，成多禄则喜欢法安的禅意，对坐参禅，直至星繁露重，人生精神深处的一开一合，令成多禄陶醉、流连。带着只有世外才有的安静和恬然，与宋小濂、徐鼐霖以及众多文人墨客相会时，在喧嚣之下的彼此精神取暖，才有了可以触摸的真实感。如此，整整六年。

在通往西四南大街的胡同东口，有一座砖塔，于是将胡同命名为砖塔胡同。这一命名还是元代的事情。延续数百年之后，砖塔胡同仍然存在，成为北京历史最悠久的胡同之一，遭到的破坏也最少，至今仍然保有古貌。而就在这个胡同西口的南沟沿 21 号，有一座生长着 13 棵古槐的园子。在 1923 年秋天的一个明媚日子里，59 岁的成多禄由贤良寺中搬迁至此。随后，他改变了这个园子的生态环境，第二年的秋天，人们看到槐树的边上，几垄火红的高粱挺直了脖颈。他为自己的园子写诗，也写自己，诗名为《初秋园居偶成》："时贤不至便萧寥，鸡黍何妨旧雨招。渐识秋心同蟋蟀，偶分字课入芭蕉。夕阳鸦点东西塔，古柳蝉声上下桥。说与红尘人不解，此身何必定渔樵。"

成多禄给自己购置的这座园子取名澹园，人生的水波继续在这里摇动而安然。

1924年春节，成多禄在大门上贴出了自己手书的春联："门迎白塔寺，春满黄金台"。同来为成多禄贺岁的宋小濂、徐鼐霖为此赞叹不已。宋小濂的止园、徐鼐霖的憩园与成多禄的澹园相距并不远，常能见面的诗友、同乡，都经历过历史的波诡云谲，都体会过人生的聚散悲欢，以此时的心境，或品茶论道，或饮酒闲谈，也许是人生最大的畅快事。

就在同一年，三人在宋小濂的止园拍了一幅合影，宋小濂年龄最大居中，成多禄其次居左，徐鼐霖最小居右。成多禄为照片题写了如下的诗句："吉林有三杰，老辈推为贤，或以勋业著，或以文字传。""即今三人行，必有我师焉；黄花复黄花，晚节同勉旃。"

此时，各界早已经将三人并称"吉林三杰"，其声名远播华夏。

七

对于诗文与书法的热爱，伴随着三人的一生。

三人中，宋小濂官做得最大，晚清时曾为封疆大吏黑龙江巡抚，民国时还出任了一段黑龙江都督，被授上将衔。徐鼐霖次之，但官职也不小，曾任吉林省省长。成多禄最小，只任过一段绥化知府，便辞职而去，1927年在教育部任过一段职，做过图书馆（北京图书馆）副馆长。但，若论诗、书，则成多禄最为卓著，其才情名动关东、享誉京城、影响江南，有"三杰"翘楚之称。与晚清、民国时期艺术大师吴昌硕的一段交往或可看出成多禄在文人眼中的地位。

那还是成多禄追随程德全在苏州生活的时候，时值1910年一个春意盎然的日子。晨起，成多禄仍然未改读书的习惯，拿起一本书来，边看边揣摩其中的情境。然而，南方的春天，外面温暖，屋里却凉。因为怕冷，成多禄回到卧室当中。正在此时，吴昌硕府的仆人来了，送来了一个礼盒。仆人告诉成多禄，吴昌硕前一天晚上喝醉了酒，早上还没有醒透，就急急地嘱咐他快点儿把这个礼盒给成多禄送来。

打开礼盒，一大一小两方精致的印章映入成多禄的眼帘，这让他多少有些意外。吴昌硕可不是轻易给别人刻印章的，拒人于千里之外的事情常有。而这回成多禄只求一枚，却得了两枚。

正待仆人要回去之际，成多禄烦他稍等一会儿。他伏案疾书，为吴昌硕赠诗，其名为《缶庐为我治印报之以诗》："窗前叶鸣风簌簌，畏寒闭关如猬缩。短童蹀躞持巨函，颠倒衣裳快披读。上言宿酒犹未醒，下有小印凸鱼腹。字青石赤如峋嵝，凝神求之辨曰禄。先生平生懒奏刀，十日一石犹鞏鞶。……为我一笑拈铁笔，如古兵法奇而速。大者径寸小黍粟，色绚琼瑶声夏玉。麟角真为世罕见，熊掌应亦我所欲。得陇犹有望蜀思，自笑贪婪心不足。更期圭卣赐联翩，黄金十斗珠百斛。苔阶屐齿何时印，杨梅煮酒宵深熟。"

如此诗情，让人读罢，心如玉抚，情如酒酣。想想吴昌硕，曾与成多禄一样，做了一段知县，就果断辞职，据说只有一个月时间，还为此专门给自己刻了一方"一月东安令"的印章，嬉笑怒骂之际，对仕途如何毫不纠结。他知道成多禄也曾辞官不做，性情恬淡，因而奉为知己。更何况，成多禄品行端庄，书法苍劲朴拙，气势非常。其诗更有古韵绝唱之感，一句《题缶庐集》"我身愿与梅花舞，明月高人自往还"，令人感觉情深义重，气场全开。

后世不仅流传着这样令人悠然向往的印、诗交往，也保存着当年文化大师互相交流的"物证"。从现有资料看，当今之世，所存吴昌硕给成多禄所制的印章至少有 11 方，其中 9 方在北京故宫博物院，2 方在成家后人手中。更令人唏嘘不已的是，故宫博物院所收录的吴昌硕印章一共只有近 70 方，而为成多禄所制即达总数的八分之一，足见两人互仰互敬的密切程度。

在成多禄准备回东北之前，吴昌硕还专门召集文朋画友在自己的住宅破荷亭为他送行，并在现场为成多禄画了一幅设色葫芦以作纪念。

回到东北，继而又入北京。1919 年，主张"偃武修文"的民国总统徐世昌在自己的府中组建"晚晴簃诗社"，京城十多位名士成为诗社的社员，成多禄即名列其中。以澹自号的成多禄颇得徐世昌的尊重，他这样评价成多禄："余维水以澹而始清，云以澹而始闲，花以澹而始幽，人以澹而始高"。1921 年，成多禄同一众友人组建了"漫社"，此时，他还是"九九社""嘤社"
等诗社的当家人物，成为"诗社之牛耳"。

1929 年，当年由徐世昌提议，收录有清一代诗歌的 200 卷
《晚晴簃诗汇》正式完成，成多禄共有 43 首入选。据后人统计，
成多禄共存诗 860 首，五言古，七言古，近体诗，竹枝词，等等，
诸诗体无一不涉。

正是在这位诗歌大家的笔墨里，原本在诗文中难见的东北
城市与风俗登上大雅之堂，流传在文人们的唇齿之间。比如《哈
尔滨竹枝词》十首，其一曰：

> 万家门巷绿杨烟，
> 麦子南风五月天。
> 要买白鱼渡江去，
> 大家齐上小轮船。

又如：

> 许公路下许公碑，
> 绿女红男簇一围。
> 满地杨花太无赖，
> 乱人堆里打团飞。

终其一生，辑印《澹堪诗草》两卷行世。

1925 年，求字甚苛、非大家不取的著名文化场所请成多禄

题字。他先后为北京琉璃厂"来熏阁""琴书处"以及隆福寺的"修绠堂"题写匾额。其字被评价为"满壁龙蛇争座帖""铁骑何如腕里遒""肥瘦书称绝，妍媸态横生"……他的书法功底极深，取法欧阳询、颜真卿、苏东坡，最善真书、行书。有人评价成多禄是可与金代王庭筠、清代卞永誉及铁保齐名的有史以来东北四大书法家之一。

早年也在黑龙江程德全幕府、与"吉林三杰"交集颇深的文人张朝墉曾如此评价诗笔双绝的成多禄："（吉林）自入中国版章，其间孕毓人物，大率以材武雄杰著闻，至若儒雅风流，诗名被海内外，信可追厨具而传诸后世者，则吾友成澹堪先生其首著也。"

与成多禄的诗相比，宋小濂的笔下以古风见长，但似乎少了一点灵秀，多了一些激昂，往往慷慨悲歌，直抒胸臆，气势磅礴。曾任奉天都督的张锡銮称宋小濂为"三硬先生"，其中一"硬"就是做硬诗。宋小濂诗《满洲里》就充分表达了他的硬派作风："我遂不自量，振策凌冰霜。当车奋螳臂，谓可全危疆。"而在另一首他与成多禄相和的诗中则写道："半生心事在筹边，黑水黄沙二十年"。在黑龙江协助李金镛开办漠河金矿的过程中，宋小濂曾与几位同僚在中国的最北部边陲组成了"塞鸿诗社"，让萧瑟的北风有了些许色彩。诗集《边声》和《晚学斋诗草》是宋小濂留给后世的一笔重要文化遗产。在诗文之外，宋小濂的书法也一样遒劲有力，雄浑肃穆，以颜真卿为宗。

"吉林三杰"如按年龄排序，徐鼐霖最小，乃为老三。他文思敏捷，下笔立就，著述颇丰。《憩园诗草》《憩园老人集》《憩园存稿》《宋小濂晚学斋诗集序》等，都是他的才情所现。在吉林市的北山上，有一座关帝庙，其正殿东侧矞鹤轩曾有他题写的楹联："图画本天成，试观四壁云山万家灯火；楼台从地起，且喜大江东去爽气西来。"为了发展家乡文化事业，他还在1927年出任新编《永吉县志》总裁，在4年时间内编纂完成，全志50卷80万字。

1920年，齐齐哈尔地方政府派员专程赴京找到了成多禄，希望他能为一个人书写碑文，而且，这还不是成多禄一个人的事儿，与宋小濂、徐鼐霖都有关系。因为，这个人就是对他们三人有知遇之恩的程德全。齐齐哈尔地方政府准备树立"清云阳程公以身御难碑"，为了纪念程德全在当年与俄国人以死相抗的爱国之举。

成多禄欣然命笔。在碑文的最后，他庄重地写上："故吏吉林宋小濂撰文，故吏吉林徐鼐霖篆额，故吏吉林成多禄书丹"。"吉林三杰"用诗情才气为他们的伯乐共同署上名字，共叹风云，共表敬意，共寄思情。而那当年的意气风发，好像已经恍如隔世。

八

1926年，正当"吉林三杰"在京城于诗文中游走之际，命运却跟宋小濂开了一个玩笑。在这一年的春夏交接之时，忽有一日，一个爆炸性的新闻被北京各大报纸争相报道，宋小濂死了，死于家中，他杀，凶手是其小妾以及与小妾私通的车夫，终年66岁。

悲伤之余,慨叹良多,成多禄连写四首悼亡诗。徐鼐霖闻讯,同样不能自已。

令宋小濂死后能够瞑目的, 也许是他的亲朋在商量之后所做的一个决定：归葬吉林。由于宋小濂没有后人,成多禄与徐鼐霖担负起了操办后事的责任。在去世一年之后,宋小濂遗体被运回吉林,在今船营区沙河子乡虹园村原吉林市铁合金厂西山分厂院内安葬,那时,此地还是荒山野岭。据说,成多禄与徐鼐霖为其确定的葬法是：在墓底筑水泥,上摆松木方,楠木棺椁放于其上。《清史稿》四总纂之一王树枏为宋小濂作墓志铭。墓前立花岗岩石碑, 正面为"清授光禄大夫建威将军宋公讳小濂字铁梅之墓",背面为"公生于咸丰十年十一月十二日酉时,殁于"民国"十五年夏正丙寅三月初十卯时,葬于"民国"十六年夏正丁卯五月初八未时,壬山丙向"。

失去了一位挚友的成多禄内心起了某些变化。在安葬了宋小濂之后,松花江水的滚滚波涛好像总是回响在成多禄的耳边,他想回来,生在这片土地,如有一日西游,他还要回到家乡的土里。而且,北京也不再像以往一样,仿佛一个翻天覆地的变化即将到来。更何况,此时他与哈尔滨的"遁园"诗社还总有唱酬,该诗社的主人马忠骏,也与成多禄一样,曾辞官不做,然后退隐林泉。

1928 年,成多禄正式从更名为北平的北京回来了,居住在吉林市的老宅。拖着略感疲惫的身躯,他还在这一年一度游走于吉林与齐齐哈尔、哈尔滨、沈阳之间。

冬天来了,"遁园"诗社又给他送来了诗。此时的成多禄已经染病卧床，在病榻之上，他写了一首《寄遁园》：

> 黄叶下纷纷，书来哈尔滨。
> 九秋相忆地，千里未归人。
> 病起灯无焰，吟成笔有神。
> 独留松柏意，奇气总轮囷。

这也是成多禄一生的绝笔。1928年的11月20日，头枕松花江的江流之声，成多禄于吉林市的家中逝世，享年64岁。

巨星陨落，风雪齐哀。诗友、亲朋在北京、沈阳、哈尔滨等地设置了接受唁文的专门地点。十分隆重的公祭仪式在吉林举行，并持续50多天。生前好友徐鼐霖主持祭礼，作《代漫社诸友祭成澹堪文》《祭澹堪文》，哀悼知己，老泪纵横。

停灵数日后，成多禄的家人决定将他的遗体运至今吉林省长春市九台区其塔木乡成家村成家祖茔。灵柩启行之日，一支卫队整装前来，一直护送到此行的终点。这是主政东北的张学良专门派来的。

失去两位诗情相应的朋友，徐鼐霖向天长叹，叹岁月无情，叹世事难料。而令他更感无奈的是，仅仅几年之后，东北竟然全部沦陷，他去宋小濂和成多禄的墓前凭吊都成了一种奢望。但年已近70岁的他并没有沉沦，而是通过多种渠道和方式募捐筹款，为跑到北平的七八千名东北难民解决吃饭和睡觉问题。他还出任吉林同乡会会长，筹办中学，让流亡在外的学生在此继续读书，还为成年者介绍工作……日本关东军司令长官与伪满洲国高官都知道徐鼒霖的大名，意图以高官厚禄劝他出山，徐鼒霖称病不允。后来他从前的朋友受指派亲往他的住所规劝，他指其鼻子大骂，并割袍断义。

1940年,75岁的徐鼒霖走完了自己的一生。遵照他的意愿，死后归葬今吉林省长春市九台区尚礼镇二道沟徐氏墓地。活着的时候，徐鼒霖就曾自拟一联总结自己的一生："念一身无过无功，地狱天堂，问阎罗何以处我？溯先世克勤克俭，朝乾夕惕，愿子孙勿忝所生"。

至此，那曾经在东北大地叱咤风云的三杰，又在他们的故乡吉林聚首了。尽管这一次，他们三个是以沉默的方式开始对话。但这对话至今未歇，或许还会永远不歇。

人生在世，到底要做些什么，才不会在死去的时候后悔？人与世界，又应该以什么方式建立起一种联系，才会在死去的时候与这世界真正融为一体？这世界，需要我们的人生给它多少美，它才会美美与共，赐我们那么多红红绿绿的江山？

"吉林三杰"是美的，因为他们尽量把他们的美交给了这个世界。他们在繁乱的历史风云里有一个恒定的精神宇宙，把握到了一种始终如一的情感表达，那就是他们身上的诗性。诗歌让他们找到了最后的归宿，无论止园，无论憩园，无论澹园，那都是他们的精神家园。在个体的诗性之外，扩充开来，就是他们的国家性，他们都爱国，爱得可以不要自己的生命，爱得豪情万丈，爱得历尽艰辛。

当然，他们也有美得模糊的地方。比如，宋小濂，有人根据公开的档案，发现了他当年在漠河金矿从政期间，竟然有贪腐行为，成了他一生隐蔽的污点；比如，成多禄，情至浓处，爱到酣时，一度怎么也不忍心，反对那个并不是让他十分舒心的朝代，甚至不惜与自己有知遇之恩的程德全分道扬镳。

人生不可重来。他们三人再聪明，再智慧，也无法像我们今人一样，站在百年之后，以今天的历史面貌系统、全面、历史地看待他们，把握他们。更何况，兴亡之际，翻云覆雨，谁又能破了红尘，抛了乾坤呢？成多禄《乌拉怀古》中有这样两句："老来别有兴亡感，不向西风诉不平"。也许"吉林三杰"交给这个世界的美，恰在这诗中。

冯占海：松花江畔的生死守望

1931 年秋季的一天，一面向日本侵略者竖起的"冯"字大旗，在位于今吉林省吉林市的松花江畔昂然挺立、猎猎飘扬；1963 年，又一个秋季，一代抗日名将的英魂在吉林市北山长眠，曾经在白山松水间扬刀立马的他，即便故去了，仍然惦记这片土地，希望永远俯瞰松花江这条飘展的玉带，镇守祖国的大好河山。

冯占海，一个注定被松花江记住的名字，正是他，打响了吉林省抗战的第一枪，也因此被称为"吉林抗战第一人"。当年的滚滚波涛裹挟着他的英气，让日本人感受到了中国东北大地的坚硬，感受到了华夏民族的子孙但有一口气在，绝不屈服的信心和勇气。"马占山，冯占海，一马占山，二马占海，山海关外，排山倒海"，曾几何时，人们口口相传这样的顺口溜，讲述着这位年轻将军的传奇人生。

1899 年，冯占海在辽宁省锦县降生。父辈希望他将来能有大山大海一般的气魄，做出惊天动地的伟业，遂给他起名"占海"，字"寿山"。1918 年，19 岁的冯占海立志从军报国，到沈阳投奔姨夫张作相。此时的张作相代理奉天陆军第 27 师师长。最初做勤务兵的冯占海胸怀广阔，不久即入东北讲武堂深造。1925 年，张作相代任吉林军务督办兼吉林省长，晋升陆军上将，冯占海奉调吉林。

1931 年 9 月下旬，甘心为日本人驱使的东北边防军驻吉副司令长官公署参谋长熙洽，在"九一八"事变后的一周左右时间里，三次命人持亲笔信函到今吉林省吉林市官马山一带找到公署卫队团团长冯占海，劝他投降。熙洽开出的"价码"先后是"任你吉海护路司令""改任你省城警备司令""不愿就官职可在日本留学，先给以数万元留学费用，而后一切费用由政府负责"。

士兵们有些慌，他们心中爱戴的这位英姿勃发、气宇轩昂的团长，面对如此诱惑会做出什么样的决定？很多人并不知道，冯占海表面稳住熙洽，暗中却在紧锣密鼓地安排如何渡江、如何据守、如何出兵。

不久，在准备充分之后，冯占海携全团官兵，正式向吉林省全省发出通电："日寇侵我国土，掠我省库，杀我同胞，熙洽卖国求荣，认贼作父，丧权辱国，罪大恶极……我吉林爱国军民，团结一致，同仇敌忾，坚决与寇逆抗战到底，恪尽保卫国土神圣职责，愿我吉林全省爱国同胞共勉之。"随后，一面绣着"冯"字的大旗被竖立起来，迎风飘展，它就像中国人昂起的头颅，态度决绝，义无反顾。

举起大旗之后，冯占海率部在吉林市一带的松花江畔与日本人周旋。由于时近冬季，给养及作战均十分艰难，冯占海决定向尚未被日本人占领的哈尔滨转移。1932 年 1 月，日伪军开始进犯哈尔滨，冯占海会同其他义师不断粉碎日伪军占领哈尔滨的梦想。为了形成一支有规模、有影响的抗日军队，冯占海与当时抗日爱国将领共同成立吉林自卫军，任副总司令兼左路总指挥。后来，由于部队装备及人员数量均与日伪军相差悬殊，哈尔滨失守。面对强敌，冯占海不但没有退缩，反而组织反攻，并一度歼敌数千，进入到哈尔滨香坊一带。但由于日伪军精锐采用偷袭战术，切断了吉林自卫军前后方的联系，冯占海成孤军奋战之势。此时的冯占海越战越勇，向吉林省吉林市实施战略反扑，并在此过程中，不断发展壮大队伍规模，达到一万多人。为使队伍团结一心，英勇作战，冯占海把军队改称吉林救国军，自任总司令，对吉林市正式开始反攻，松花江边一度被枪林弹雨占据。你死我活的多次战斗，致使日伪军头目做出"冯部是强有力的反'满'军队"的判断，不断增兵反击。由于孤军作战，孤立无援，在对吉林市多日反攻不下的情况，无奈从吉林战略转移，进入热河地区。

1933 年，听说了冯占海部的英勇及战绩后，时任国民政府军事委员会北平军分会代委员长的张学良，专程派人前往冯占海的部队进行慰问，并将冯占海部改编为国民革命军第 63 军（暂编 91 师），任命冯占海为 63 军中将军长兼 91 师师长。部队整编之后，冯占海率领他从东北拉出来的弟兄们立即投身到热河保卫战和长城抗战之中。

热河失陷之后，何应钦接替张学良管理此间军队。在何应钦的要求下，63 军被重新整肃，在军中设政训处。1935 年秋，政训处按南京的要求开始"清共"，准备对军队中有共产党员身份的人员实施秘密逮捕。冯占海偶然获得了这份人员名单，立即安排亲信通知名单上罗列的人员，并为他们提供离开的路费。巧合的是，在20年后的1955年，冯占海就任吉林省体委主任，在国家计委汇报工作时，一位姓黄的副主任见到冯占海，恭恭敬敬地把他让到沙发上，向他深深地鞠了一躬，并且用军人的口吻大声说："感谢军长当年搭救之恩！"。原来，这位副主任正是当年被冯占海暗暗放走的军中共产党员之一，这件事也成了一段被人广为传颂的佳话。

1937年，抗日战争全面爆发，91师作为首批征调部队奉命奔赴前线。在永定河一带的一次阻击战中，冯占海率领着与敌军武器装备相差极大的部队奋勇作战，损失士兵6000多人。在被迫南撤途中，日军利用空军优势，向91师撒传单诱降冯占海。冯占海不为所动。当年10月，91师转战到河南。由于士兵数量锐减，一时难以补充，被缩编后归汤恩伯指挥，坚持在开封黄河南岸作战。

1938年7月，冯占海的91师被划入汤恩伯的第31集团军，参加武汉会战，主要负责在万家岭地区打阻击。长期以来，很多人认为"武汉会战"中万家岭大捷的终点是1938年"双十节"。其实不然，"双十节"的时候，战斗仍在继续。当年，中国军队并没有全歼松浦师团，一方面残敌仍在抵抗，另一方面敌人援军正在驰往。为了掩护主力撤到外线作战，冯占海率91师与其他5个师一起，在修水河以北血战到底,时间整整又持续了一周。最终，不仅歼灭过万敌人，还完成了掩护全军转移到外线作战的任务。然而，是役，也让 91 师损失近万人，最后统计，除伤病外，所剩有生力量不足 2000，从松花江畔带出来的手足弟兄大部分壮烈殉国。

而此时冯占海所面临的内部情况更不乐观，上司汤恩伯并没把旁系部队放在眼里，而是用自己的亲信架空了冯占海。经过几天几夜的苦苦思索，心灰意冷的冯占海做出了一个决定，放弃军旅生涯，转而经商。

不久，他在昆明开办起了一家名叫同兴汽车商行的公司，做起了运输的生意。壮心不已的冯占海通过经商开展支前活动。当时，由于滇越已经被日本军队封锁了，所以滇缅公路是中国最重要的国际交通线，冯占海将自己商行里的所有汽车都用于滇缅公路的运输，这对沟通中国同英美盟国的抗日物资交流起到了一定的促进作用。

1946 年，冯占海举家迁往北平。1950 年，他被选为北京市西城区人民代表会议的特邀代表。同年，他加入中国国民党革命委员会。1955 年，受周恩来总理邀请，被任命为吉林省体育运动委员会主任。至此，冯占海又回到了他魂牵梦萦的松花江畔。

从 1931 年秋季揭竿而起，誓师于松花江边，到 1938 年 11 月被排斥离开他心爱的部队，在总计 7 年多的岁月里，冯占海力抗外辱，浴血奋战，不屈不挠。追随他的抗战官兵从最初的吉林边防军公署卫队团 3000 人发展到最多时候的数万余众。其兵锋所指，北到黑龙江南岸的富锦县，南到江西省南昌市郊，东至镜泊湖畔，西至太行山区，战斗足迹遍布吉、黑、辽、热、察、冀、晋、豫、皖、赣等 11 个省区。20 多座被日伪军占领的县治以上城镇被冯占海收复过。在冯占海直接参与和指挥的上百次战斗中，1万多名拥有当时世界一流军事装备的日军被歼灭，3万名以上的伪军被其歼灭、瓦解或改编。松花江上的战歌因为冯占海而响彻华夏大地。

1963年，冯占海患了癌症，而且已经到了晚期，周围的亲人、领导和朋友都没有敢把这个消息告诉他。但他已经知道自己命不久矣。尽管如此，他却不动声色，情绪也看不出什么变化，照常安排工作。一天，他与时任副省长张文海一起到吉林市检查工作。工作之余，冯占海请张文海到北山走走，散散步，说那里地势高，可以给他指指当年作战的进军路线。散步之后回到汽车上，冯占海打开自己的皮箱，拿出一个棕黄色的布包，边打开边说，老张，我请你看一件东西，怎么样，做工还不错吧?张文海大吃一惊,原来冯占海手里端着的竟然是一个骨灰盒。他要向张文海"托骨"：老张，我死后不要进入八宝山，也不要大办追悼会，国家经济困难时期刚过，不要为我多花钱。这北山是我抗日的发起地，俗话说"叶落归根"，我这片枯叶也要落在这北山上。我尸体火化后，就装在这个小盒子里，埋在这北山上……四时八节，儿孙们来看我,让他们记住一段屈辱的历史，发奋工作，强国强军!

当年9月，冯占海的心脏停止了跳动，遵照他的遗嘱，他的英魂长眠于吉林市的北山之上。

从吉林首举义旗，英勇对外，到战略转移，退守关内，到融入抗日的大布局，与外敌周旋到底，到转而经商理财，为滇缅公路运输做出特殊贡献，最后到新中国建设，于吉林北山向自己的老朋友"托骨"……冯占海，凭的是对这个民族的执着热爱，对这个国家的赤胆忠诚。松花江也将永远铭记，一位爱国将领对自己的生死守望。

缉熙楼：如果皇后有爱情

题记："她在或离开这里，就是为了一个故事的结局。"
——陈锐《长春的风花雪月》

一

婉容不知道什么东西是原子弹。她也不知道，1945 年 8 月 9 日在日本长崎炸响的这一颗，在多大程度上导致了日本人的最终投降。她只是在鸦片烟的缭绕里，迷迷糊糊地感觉到缉熙楼里的下人们这两天在不停地忙碌，为了什么，她不去问，也没有力气问。她更不知道，在皇宫里代表日本行使权力的日本人，正在不断敦促溥仪尽快离开长春，远走他乡，"再图大计"。"末代皇后"必须从缉熙楼里走出来，开始她一生中最后的颠沛流离。

正式出走是在 1945 年 8 月 11 日晚上 9 点多。一个"皇帝"的奴才遵照命令到地下室的锅炉房焚烧溥仪访日及伪满皇宫内不宜被人知晓的照片和资料，却不慎引发了大火。火光映亮了缉熙楼的窗棂，浓烟伴着暑热钻进来，呛得人咳嗽。溥仪慌忙从二楼西侧的卧室跑出来，急匆匆地钻进了停在楼门口的汽车。婉容的贴身太监也以最快的速度背着这位曾经艳惊四座的"美人皇后"从二楼东侧的卧房中踉跄着出来，踩着窄窄的楼梯，发出咚咚咚的声音。皇后面色烟灰，眼睛似睁非睁，头发披散，身上只着睡衣，凌乱不堪，形如鬼魅。

苏联人的威胁正在步步逼近。按照日本人的安排，伪满洲国的"国都"要从长春迁到吉林通化。与婉容同行的有溥仪的"福贵人"李玉琴、溥仪的妹妹、妹夫，以及几个侄子，加上若干日本人。一个长长的车队从缉熙楼的门口出发了，他们要前往长春火车站，从那里乘火车经过吉林市、梅河口到达他们想象中的又一个"新京"。

然而，形势急转直下，苏联军队迅即入境中国东北，不仅无法实现所谓"迁都"，在通化大栗子沟，溥仪还不得不又一次颁布"退位诏书"。颁毕，溥仪便和他的弟弟、妹妹、侄子乘日本人提供的一架小型飞机飞沈阳，准备在那里转大飞机，逃亡日本。临行，溥仪对他的"后和贵人"说，飞机太小了，你们乘火车去日本吧。福贵人问了一句，火车能到日本吗？溥仪不假思索地说，火车能到，顶多三天，你和皇后、二格格他们就见着我了。

溥仪的谎话遭到了报应，他刚降落沈阳，就被"布尔什维克"们带走，在苏联被囚禁五年。

哪来的火车接这些被留在通化大栗子沟的累赘！一行人继

续前行不久，就被一支共产党的游击队俘虏。皇后与游击队员们一起上路了。一些游击队战士听说她就是大清帝国的最后一个皇后，又是伪满洲国的皇后，悄悄到她的身边，要一睹尊容。战士们吓了一跳：一身破烂衣服不说，远远地就能闻到身上的一股臭味。有时候，她还会突然傻笑，痴痴呆呆的样子。更不堪的是，当她毒瘾上来，鼻涕口水稀里哗啦地淌下来，满脸满身全是。没办法，游击队为了让她活着，破例找一点儿鸦片给她。很多时候，她无法走路，大家就轮流地背着她。

就这样，从蚊虫叮咬的夏天走到了冰天雪地的冬天，又走到了繁花似锦的春天；从通化回到了长春，又从长春去了吉林市，并最终经过敦化，来到延吉；她的年龄也终于艰难地跨过了四十，代价是她的精神状态几近完全痴呆。终于，她将自己的最后一口气吐在了延吉市的一座监狱之中。相关人员在死亡登记表上写下了这样一行字："荣氏，伪皇后，于六月二十日午前五时亡去"。

"末代皇后"被葬在何处，无人知晓。有人说用旧炕席卷着扔在北面的山坡上了，有人说埋在南面的山里了。

好在，"六月二十日"正是东北春夏之交，花开锦绣，暖意熏人，总算能配上一些婉容昔日的姣好容颜和雍容气度。也许，这是老天爷对她的最后的好。

二

《诗经·大雅·文王》中有这样一句话："于缉熙敬止"。溥仪从中摘取了"缉熙"二字，给这栋位于长春伪满皇宫内廷西院的二层灰色欧式楼房命名。有两层意思，一是追求"光明"的前途，二是能够被大清的"千古一帝"康熙护佑，并能继承康熙的雄才大略，再统华夏，复辟"天朝"。

在今天的长春，伪满皇宫已经被埋进周边的高楼大厦之中。不远处则是长春市赫赫有名的黑水路、光复路批发市场。东北的人参、榛蘑、木耳等土特产正是从这里走进千家万户。在普通百姓心里，这两处批发市场要比缉熙楼著名多了。

1932 年初，被川岛芳子接到长春、刚刚住进缉熙楼的婉容，却与溥仪一起，做着一个美丽的梦。只是，她会感觉，这个缉熙楼有点儿小，满满当当地挤着那么多人。

二楼西侧住着她的夫君溥仪，卧室、书房、理发室、佛堂、卫生间和中药库分割了全部面积，家具多以红木为主。而她则住在二楼的东侧，比起溥仪来，要简单得多，一个卧室，一个书房，一个吸烟室，一个卫生间。

皇后应该感谢那颗原子弹，也要感谢苏联人，没有这两者的"驱赶"，她恐怕就要在这个狭窄的空间里待一辈子了。虽然后来死在延吉，但毕竟她看到了天空。

"囚禁"是从 1935 年开始的。在这一年的早些时候，溥仪发现皇后怀孕并且即将临产。在严厉的追问和调查之下，溥仪知道了皇后先后与两个卫士私通，一个是已经跑去日本的祁继忠，一个是还在伪皇宫内随侍他左右的李体玉。盛怒下的溥仪要和婉容离婚。

这一次，婉容没有对婚姻有任何求取，而是选择了勇敢地面对，只希望溥仪答应一件事：如果宫内不允许，就将她的孩子由外面的哥哥代养，希望溥仪给孩子留一条活路。然而，溥仪的家事却被日本人干涉，当宫内府次长的日本人和关东军不准许溥仪"废后"。

那一天，已经建成几十年的缉熙楼历史上第一次听到了一个初生婴孩儿的啼哭。一个小女孩不问前生不问来世，莽撞地降临人间。然而，只半个小时，婉容还没有从疼痛中缓过神来，认认真真地看上一眼，她的女儿就被溥仪派来的人抱走了。她知道的是，孩子由她在外边的哥哥代养，而且从此以后，她每个月都通过下人给她哥哥送去一笔养育孩子的费用。

她不知道的是，溥仪命人把刚刚出生半个小时的婴孩儿扔进了地下室的锅炉。孩子小小的肉身连同她的体温被无情的炭火瞬间烧化，那刚刚捕捉了她身体的灵魂在火焰中消失殆尽。

不知道那晚的夜空是否有流星闪过。缉熙楼的"身躯"却仿佛在那一刻，颤抖了一下。它见证了那一晚夜色中的惊恐。

都说，人在死亡的那一时刻，是会回光返照的。相信，"末代皇后"在吉林省延吉市临终前的一小段时间，应该从痴呆中清醒，脑海里一片澄明。她不会有其他留恋，她只会想到她的女儿。她或许会在心中默念：我的格格，你在哪儿呢？

至少，存了孩子的念想，在与生命告别的时候，她会获得一丝安然。

三

1922 年阴历十二月初一日子时，年方 16，已经出落得亭亭玉立的婉容与同年龄的溥仪举行大婚典礼，并正式入宫。婚礼惊动了四方。"中华民国"政府拨两万元作为贺礼。大总统黎元洪赠送礼物八件，前总统徐世昌还送来了一张富丽堂皇的龙凤中国地毯。张作霖、吴佩孚、张勋等大批军阀、政客均赠数额不等的现金及礼物。这让苟安于皇宫内的小朝廷，一时心花怒放。婉容也为自己的青春即将绽放为大清王朝的皇后感到一阵阵欣喜、紧张和激动。

新婚第一夜，婉容被安排到坤宁宫里的喜房当中。房间被布置得一片红。她戴着凤冠霞帔，低着头，按照家人以及礼仪官的嘱咐一声不响、大气也不敢出地坐在炕上，等着"皇帝"的到来。溥仪来了。给她的感觉，这个男人就在她的旁边站了一会儿，也没有来细细地看看她长什么模样。然后，"皇帝"环视了一下四周，又沉默了一会儿，便转身出门而去——他回他的养心殿去了。这一晚，"皇帝"再也没有回来。

不仅这一晚，婉容的一辈子，溥仪都没有和她同床。

溥仪后来在《我的前半生》一书中承认："我先后有过四个妻子，按当时的说法，就是一个皇后，一个妃，两个贵人。如果从实质上说，她们谁也不是我的妻子，我根本就没有一个妻子，我有的只是摆设……""很少和她说话，也不大留心她的事情，所以，我没有从她嘴里听她说过自己的心情，苦闷和愿望。后来发生的事情说明，她究竟是个人，有一般人的正常需要。她是在一种非常奇特的心理下，一方面有正常需要，一方面又不肯或者不能丢开皇后的尊号，理直气壮地建立合理的生活，于是就发生了私通行为，还染上了吸毒（鸦片）的嗜好。"

直白一点儿说，溥仪这段话的意思就是，他有机会成为"皇帝"，却没有能力做成男人。

被孤零零地扔在坤宁宫的婉容，除了眼前的一片红，她什么也看不见。午夜的皇宫，安静得像死亡一样可怕。她就那样静静地坐着，一动不动。她才16岁！这个夜晚对于她的一生来说到底意味着什么？她想起在自己当皇后这件事情上，父兄的坚决，那甚至是一种可怕的坚定。后来，为了能够让溥仪选上她，父亲找到了端康太妃。正是这位太妃的意见，才让自己有了当上大清帝国皇后的机会。

他这一夜没有来，她又能怎么样？"皇后"，还是要当下去吧！毕竟还小，毕竟青春还有无尽的可能，毕竟"皇后"二字可是让普天下众多女子艳羡的人生定义。

这样的生活在紫禁城里持续了两年左右，婉容孤独着，直到1924年，冯玉祥进京，小朝廷被要求搬出皇宫。

来到天津居住的几年，却让婉容找到了一些生活的感觉。她一改宫中的衣着，换上时尚旗袍，穿上高跟皮鞋，开始出头露面，容光焕发，过起了贵妇人似的自由生活。她的身影经常出现在各大百货公司，而且还做着摩登发型。她把青春的气息洋溢在天津的大街小巷。

本来，她并不太清楚溥仪与日本人的密谋。所以，当溥仪起行去长春的时候，婉容并没有跟着，她也不考虑跑到东北继续这段有名无实的婚姻。然而,特意赶来的川岛芳子正式告诉她,溥仪去东北不是普通的旅行,而是要建立一个新的"国家",名字都基本确定了:"满洲国"。到那时,溥仪将不再是逊帝,而是这个"新国家"的元首,你现在过去,就不是一个已经退位的"皇帝"的"皇后",而是真真正正的"满洲国""皇后"。婉容犹豫不决。但最终还是同意了这个没有归途的选择。

25岁的婉容从天津上路了,她随着川岛芳子转至大连,再赴长春。然而就是这次从天津到大连的路上,已经知道她与"皇帝"之间并没有发生关系的哥哥,为了换取利益,把妹妹的身子卖给了一位同行的日本军官。突破大禁的婉容因为享受到了青春的冲撞,也因为存了对"皇帝"冷落她的报复的念头,并没有感到不安,反而有几分激动和窃喜。

本来抱着对"满洲国"的憧憬来到长春的婉容,住进缉熙楼没几天,就感到了不自在。她和溥仪第一次到公园游玩的随意出宫被日本人劝回。从此,她的一举一动,与溥仪一样,都受到秘密监视,要听从日本人的安排。血管中流淌着青春激情的美人,难道就这样被深锁在缉熙楼里一辈子?婉容开始后悔,并着手策划出逃。然而,毕竟年轻,缺少经验和城府,1933年前后,她亲自设计的两次出逃计划均告失败。从此,她只能在伪皇宫的庭前欣赏花开花落。

1934年3月1日,让婉容稍感安慰的是,她在这一天被册封为"满洲帝国皇后"。

也正在这前后,她发生了一次严重的腹痛,治了很久也不见成效。她的哥哥给她出主意,说吸点儿鸦片可能管用。腹痛治好了，皇后却染上了烟瘾。

在孤独、寂寞，加上吸食鸦片后产生的缥缈的情境里，婉容更加不能自已。她先是与一个叫祁继忠的卫士发生了关系。不久，这个卫士找了个理由，跑去了日本，据说后来成了汉奸。然后，她又把卫士李体玉揽入怀中，那是个身材标准、眉清目秀的小伙子。

这一切，只有缉熙楼知晓。不知道那一砖一瓦是替皇后欢喜，还是为她担忧。

鼓起的肚子暴露了一切。当然，也有传闻说，有一天，溥仪传唤李体玉，却发现他嘴上有口红的痕迹。问他怎么回事。他回说，是这几日嘴唇干，怕惹主子不高兴，就涂了口红，让嘴唇红润一些。第一次瞒天过海之后，溥仪却在不久之后一个晚上，突然有事儿找李体玉，发现他并不在自己的房中。后来李体玉急匆匆地赶回来，还双手提着裤子……

1935年，婉容正式被打入"冷宫"。说是"冷宫"，其实还是在自己的房间里，只不过再也不许她离开半步。

一个29岁女人的生命中，再也不剩什么了。从此，她与鸦片相依为命。每天，她要吸食2两烟土，每次8个烟泡，配85支香烟。

很快，她就患上了精神分裂症，腿脚也经常不听使唤，病得严重时无法下床走路。长期被关在屋内，她双眼惧怕阳光，在光亮的地方看人时，要用一把折扇子挡住脸，从扇骨的缝隙中去看。病好一些的时候，她清醒起来，会突然号啕大哭，骂她的父亲为了自己当上国丈而断送了自己女儿的一生。

四

　　三国时，曹操的儿子曹植梦想自己在洛水边与洛神相遇，被其美丽绝伦的容貌深深打动，产生了思慕之情，缥缈迷离的爱恋让人万般神往。文采超然的曹植凭自己的想象创作了《洛神赋》，成为美好爱情的绝响。《洛神赋》中有这样一句："翩若惊鸿，婉若游龙"。1906 年 11 月 13 日，大清内务府大臣荣源借这一句对洛神美貌的惊艳描写，给自己刚刚出生的女儿取名婉容，字慕鸿。

　　小小的女孩子家出生在这样的贵族家庭，有着优裕富足的生活，显赫高贵的地位；又处在历史大变动、大转折之中，受到了东方与西方、传统与现代的多重教育。家里除了请名家教她读书习字、弹琴绘画外，还专门为她聘请了一位英语教师，这使后来的婉容能讲一口流利的英语。从十四五岁开始，婉容便因为其美丽的容颜、清新的气质、琴棋书画无所不通的本领，在八旗子女中声名远扬。她知书达礼，吟诗写词，令人一见难忘。

　　即便在缉熙楼里，整日吸食鸦片度日，她也仍不失俏丽风姿。当她悉心打扮起来，也会让缉熙楼满目生辉。

　　不仅美丽，她还善良。在与溥仪大婚的第二年，婉容向北京一个叫作"临时窝窝头会"的组织捐赠 600 元大洋，受到各界关注和赞誉。住在天津的最后一年，发生了一次全国性的罕见水灾，16 个省被波及。婉容从报纸上看到后，虽然已经出宫很久了，也不如以前那般生活宽裕，但还是捐出了自己的珍珠项链及若干大洋。

五

2006年，是婉容诞辰100周年，逝世60周年。经其弟润麒的协调，因找不到皇后的尸骨，便以招魂的形式，将其与溥仪合葬在河北清西陵外的华龙皇家陵园，并上谥号"孝恪愍皇后"。

这是圆了活人的愿吧。

远在1000公里外的缉熙楼已经成为伪满皇宫博物院的一个最重要的部分，每天迎接着大量游人的参观与评判。形象靓丽的解说员反复地向游客们讲述着伪满皇宫，讲述着溥仪，当然也讲述着婉容，这个中国的最后一位皇后。她们带着可怜与可叹的口吻告诉大家："这个倾国倾城的美人，当年如果不追随溥仪来长春做伪满洲国的傀儡皇后，怎么会有如此悲惨的命运呢？与婉容相比，淑妃文绣就幸运得多了。她与婉容同时入宫，是一位自强自立、思想比较进步的女性。1931年10月，因不甘于溥仪的冷落和婉容的侮辱，她毅然与溥仪在天津离婚，过上了自食其力的生活。而婉容则因爱慕虚荣，反成为溥仪及其封建制度的殉葬品。"

缉熙楼其实是个很怪的楼。它的朝向是坐北朝南，可很多人却觉得它面向的是西。缉熙楼所在的位置其实是个很容易转向的地方，这在南北称街、东西谓路，街道横平竖直的长春市来说，并不多见。不知道是不是缉熙楼根本不想回望那段令人心碎的历史，而故意扭过身去。一个虚妄的给日本人称臣的"儿皇帝"的梦想让溥仪升腾起恢复昨日河山的幻觉，也让婉容这个知道自己压根没有爱情的"儿皇后"一步步走向深渊。

好像这样一说，爱情显得不重要了。

而婉容，却以她真实的存在和缉熙楼里的悲惨风流说明，她真正需要的并不是"皇后"，而是爱情。可惜，她的命运没有给她这个。

皇后如果有爱情，还会去吸食鸦片，以致疯癫吗？她的情感世界远不如比她大三岁的陆小曼幸运，同样吸食鸦片的陆小曼不仅遇到了世纪才子痴男徐志摩，还遇到了那个不离不弃的翁瑞午。从1956年开始，陆小曼成为上海文史馆馆员，两年后，成为上海中国画院专业画师，并参加上海美术家协会，1959年，任上海市人民政府参事室参事，被全国美协评为"三八红旗手"，1965年在上海逝世。可皇后却只活了40岁。

皇后如果有爱情，缉熙楼不会这样阴暗。一个家，因为一个女人，才会充满温暖。这种温暖是因为有生活的美好，有欢笑，有锅碗瓢盆。没有爱情的婉容何必想着去布置那样的温馨的氛围。对于皇后而言，缉熙楼里只有思念亲人的撕心裂肺，只有想念自由的无可奈何，只有一味地让生命干枯。

皇后如果有爱情，缉熙楼里也不会再走来被溥仪称为祥贵人的"我的最亲爱的玉龄"，以至于这个来自北京一个初中的颇有见识的年轻女子，22岁就枉死在缉熙楼的一楼。也不会有再后来被叫作福贵人的李玉琴顶替溥仪身边空缺着的一个女人的位置。

谁能说，爱情不是命运的根由。

和平年代的人生好像有些平常，没有那些大的历史事件的映照，我们总是看不出"因为爱情"，我们是何等的幸福与富足。而倘若不去剥离那些历史大事件，我们也许就不会发现，她们曾经有一颗被怎样煎熬的心！

时间的列车轰轰向前，今年是中国最后一位皇后诞辰 110 周年，她用另一种方式让人们记住了她。

长春伪满中央银行：
一个"老实人"的生死换乘站

一

　　1948 年 10 月 17 日清晨，在位于吉林省长春市今天称为柳条路与同志街的交会处，有一幢二层的别墅静静站立，浅黄色瓷砖立面透露出一丝淡雅之气。被秋寒浸染的柳叶在泛黄之前反而更绿起来，好像拼命地告诉这个世界，它要用一生最大的勇气和最后的力气与主人告别。现在别墅的主人早已经不是原伪满总理大臣郑孝胥，而是黄埔一期毕业生、抗日名将、吉林省政府主席、国民党中将郑洞国。像上一个主人一样，郑洞国也十分喜欢这个别墅极具诗意的名字：柳下居。

　　但今天，郑洞国丝毫没有留意秋寒、柳叶，甚至没有发现不知什么时候逃进窗棂的"花大姐"，正趴在窗台上享受在这栋特殊的别墅中偷来的短暂的温暖和时光。至于昨天晚上自己到底睡没睡着，他自己也有点儿说不清楚，好像朦胧地睡了，也好像一直就没睡。但天刚微亮就瞪大了眼睛的郑洞国，却清晰地记得前一天上午，国民党空军飞机空投下蒋介石的亲笔信，命令郑洞国带领长春守军突围。然而，下午与部下确定突围的情形，大家却有诸多不愿，纷纷表示，士兵长期饥饿，早已经衰弱不堪，突围就是送死。郑洞国何尝不知道突围凶多吉少，但他没有其他选择。回到"柳下居"已是晚上，一根接一根吸烟的郑洞国，从来没有像现在这样绝望过。45岁，虽然还是大好年华，但他能够接受死亡。他不愿意接受的是如此委屈地被困在这个伪满洲国的"新京"当中已经近7个月。想不到，他不过活到45岁，就将以这样的结局了结自己的一生。

他知道，他的部下有人在酝酿投降，但他不同意，更不顺从。作为军人，他宁愿死在战场上。17日他接到了汇报：六十军军长曾泽生率领士兵起义，已经到城外投奔解放军去了。现在，连突围的行动能否进行也已经有些渺茫了。郑洞国决定，搬离"柳下居"，去长春最坚固的"银行大楼"做最后的坚守。

从"柳下居"出发，顺着今天的同志街向北，走路不到半个小时的路程就是"银行大楼"。这里一直是郑洞国在长春期间指挥军队的司令部。四楼是会议室，他把自己的卧室安排在三楼。

他的指挥部在地下室，那里有"银行大楼"的地下金库。

二

2016年12月2日，长春市人民广场周边的道路有些泥泞，气温回升导致前几天下的一场大雪几乎融化干净，到处流淌着和着泥土的雪水。匆匆的行人对广场里面发生的一切并不感兴趣，那里已经因为修地铁封闭了很久。他们不会想到，广场的中心安放着当年伪满洲国水准原点的石标。这里是整个长春地理坐标的基准点，是一个城市的圆心。而就在圆心的西北方向，不到 200 米的距离，有一栋建筑，十分宁静而庄重地矗立在那里，有些安详，也仿佛十分严肃，它上面的标牌号是"人民大街 2219 号"，这就是当年伪满洲国中央银行旧址。

1934 年 4 月 22 日，东北的春天刚刚降临，朴素的杨树还没有来得及发芽，这座带有多利安柱廊的古典主义建筑就开始破土动工。4 年之后的夏天，总造价 1000 万伪满洲国圆的大楼主体终告落成。1945 年日本遭到美国原子弹轰炸后，有人把这栋大楼的"异常坚固"与原子弹的破坏力相比对，称它可以经得住原子弹的冲击波！是亚洲第一坚固的大楼。

它的坚固当然吸引了郑洞国的注意，他毫不犹豫地把这里作为他指挥三军的司令部。

郑洞国一定不会忘记，他第一次走进这所大楼时受到的震撼。钢架整体混凝土浇筑的建筑结构令人安全感大增，而且其厚度也令整个建筑冬暖夏凉。有着厚重敦实檐口的大楼正门庄重典雅，10 根带棱凹槽的花岗岩雕成的门柱，拔地而起。大厅里有 28 根古希腊风格的天然大理石柱，脚下则是来自意大利的大理石地面。站在大厅里，抬眼看，有日本仙台工厂制造的瓷砖壁画，意大利进口的大理石壁炉、桌子，还有伪满洲中央银行第一任总裁荣厚所书的"基础"字样。一个内采光天井和两个外采光天井令大楼"内心明亮"，心情毫无压抑感。如置身光辉的闪烁着艺术魅力的殿堂。

面对解放军的长期围城，站在地下室金库大门前的郑洞国也许感受到了一点儿安慰：这是专门在美国定制的金库大门，长 4 米，宽 2 米，厚 1.5 米，轻的 15 吨，重的 25 吨。当年，经海路至大连，又通过火车抵达长春的金库门，从不到 2 公里外的长春火车站运过来，使用的是最原始的方式，动用了 30 匹马、50 个壮劳力和大量圆木，最重的一扇门运了 5 天！

从选择金库大门附近的房间作为指挥部那天开始，郑洞国的命运就和这栋大楼捆在了一起。

三

刚刚到银行大楼中安顿下来的郑洞国还没等喘匀气息，就不断地接到各种不利的消息：绝大部分国民党军都投降了，解放军已经进城，长春已经被一分为二。已下必死决心的郑洞国却变得异常安静起来。

很快，有人转交给他曾泽生的信："长市军民身受之痛苦，罄竹难书……为使长市军民不致无谓牺牲，长市地方不因战火而糜乱，望自反自省，断然起义。"郑洞国将信扔在一边，未予理睬。

另据相关资料披露，几乎就在同时，周恩来也给郑洞国写了一封信：

洞国兄鉴：

欣闻曾泽生军长已率部起义，兄亦在考虑中。目前全国胜负之局已定。远者不论，近一个月，济南、锦州相继解放，二十万大军全部覆没，王耀武、范汉杰相继被俘，吴化文、曾泽生相继起义，即足以证明人民解放军必将取得全国胜利已无疑义。兄今孤处危城，人心士气已背离，蒋介石纵数令兄部突围，但已遭解放军重重包围，何能逃脱。曾军长此次起义，已为兄开一为人民立功自赎之门。届此祸福荣辱决于俄顷之际，兄宜回念当年黄埔之革命初衷，毅然重举反帝反封建大旗，率领长春全部守军，宣布反美反蒋、反对国民党反动统治，赞成土地改革，加入中国人民解放军行列，则我敢保证中国人民及解放军必将依照中国共产党的宽大政策，不咎既往，欢迎兄部起义，并照曾军长及其所部同等待遇。时机急迫；顾念旧谊，特电促速下决心。望与我前线萧劲光、萧华两将军进行接洽，不使吴化文、曾泽生两将军专美于前也。

没有资料表明郑洞国最终看到了这封信。但他的部下却看到了。所以当郑洞国再次催促突围的时候，新七军副军长史说、暂六十一师师长邓士富等人都表达了反对。眼看突围不成的郑洞国不再言语，而是部署自己身边的兵团特务团，死守银行大楼。10月19日，国民党新七军全体官兵用身体中残存的力气放下手中的枪，其他各部队也相继投诚，只剩下郑洞国和他的特务团了。这时候的他向国民党东北"剿总"汇报了长春的全部情况，杜聿明发来电报表示，拟请蒋委员长派直升机接郑洞国离开，并问及有无降落之所。郑洞国复电："现在已经来不及了，况亦不忍心抛离部属而去，只有以死报命。"并向蒋介石发去一电："大局无法挽回，致遗革命之羞"。

21日凌晨，又一个未眠之夜后，伪满中央银行大楼外面，突然响起了剧烈的枪声。郑洞国做了一个判断，这是解放军开始向他的司令部发起了最后的攻击。郑洞国明白，那个时刻终于还是不可避免地到来了，他所身处的这所异常坚固的大楼就是他的葬身之处，是他踏上的生死换乘站。而这个枪声大作的早上，就是自己"成仁"的时候。他庄重地穿上戎装，果断地平躺在床上，伸手到枕头下想取出早已准备好的手枪，那将是他人生中打响的最后一枪。

然而，他早已经藏好的手枪却不见了。

耳中听到大楼外的枪声越来越近，生怕再稍迟一刻就会做解放军俘虏的郑洞国，慌忙站起身来，在屋内到处寻找可以给自己致命一击的坚硬器械，却一无所获。他欲要卫士的枪，却不料几个卫士一下死死抱住他。然后，他被卫士簇拥着，来到大楼的一楼大厅。当他进入大厅一看，却猛然怔住了：大厅内外已布满了解放军，兵团副参谋长杨友梅将军也在其间。看到郑洞国来到大厅，杨友梅和几个郑洞国的老部下冲上前来将他团团围住，并且用满含期待的眼神注视着郑洞国。郑洞国明白了一切。在后来的回忆录中，他这样写道："面对这木已成舟的事实，我只得勉强同意放下武器，听候处理。"

四

早在辽沈战役前，在西柏坡的中央会议上，朱德说："郑洞国这个人政治上不坏。"周恩来随后表示："这个人我还了解，属于比较老实，本分的人。"毛泽东最后拍板："想办法争取他起义"。

正是在这样的背景下，在国民党六十军起义后，中共中央军委给东北局、东北军区和第一兵团发电报：围长春各部队对郑洞国取威逼政策，暂时不予攻击，以促其变化。郑洞国系黄埔军校第一期毕业生，人老实，在目前情况下可争取起义、投诚，这对整个黄埔系的影响当会很大。应派适当人员与郑进行谈判。

1903 年 1 月 13 日，一个拥有祖房十多间，田地 30 亩，名叫郑定琼的湖南省石门县农民，迎来了他最小的孩子的降生。除以种田为业外，还兼做点儿小生意的父亲十分崇尚读书，颇有些文化功底的父亲给这个最小的儿子起名洞国，字桂庭。从 7 岁起，郑洞国就在父亲的启蒙下开始读《论语》，后入私塾，读《四书》《五经》等中国传统经典。仁义礼智信，温良恭俭让，很早就润泽了他的心田。

21 岁那年，由于错过了报名时间，颇有抱负的郑洞国为了获得黄埔军校的考试资格，冒着别人不用的名字应试，结果被成功录取，成为黄埔第一期学员。然而，性格中"老实厚道"的成分却让他坐立不安，不久，就向学校承认了自己冒名顶替的事实。学校原谅了他，给他恢复了真实的名字。据说，这在黄埔军校的历史上是唯一的一次。

进入黄埔也是郑洞国军旅生涯的开始。不久，他参加东征、北伐，并在 1933 年率部参加长城古北口抗战。后来，更是立下赫赫战功，他所参加的重要战役能够排成一排：保定保卫战、台儿庄大捷、武汉会战、昆仑关大捷、鄂西会战、第二次长沙会战……写一部几十万字的个人所经历的中国主要战事的军事生涯,绰绰有余。1943年,蒋介石将其调任中国驻印军队新一军军长,会同盟军收复缅北。

老实人的勇敢往往是惊人的。在对日抗战的古北口战役中,面对大批日军手持新式武器蜂拥而来,率第十七军二师四旅的郑洞国为表示必死的决心,脱掉外面的军衣,只穿一件白衬衫,提着手枪,跑在部队的最前面,领着士兵冲锋。官兵们见主帅如此,士气大振,个个奋不顾身,浴血奋战,硬是将强敌击退。

老实人心里如果揣着大局,那么,他维护大局一定是最有力量的。在被派往印度之前,中国军队与盟国军队之间的关系并不怎么乐观,美国人的傲慢与无礼让中国军人感受到了轻视和不尊重。郑洞国进入印度后,从大局出发,从细节着手,安抚军心,在维护国家尊严的同时,全力增进中美官兵间的理解。很快,过去一度紧张的关系缓和下来,合作的氛围日益融洽。美国史迪威将军这样称赞他在中国的盟友:郑洞国等中国将领有着深厚的爱国精神和温文尔雅的道德修养。1943年11月,从开罗会议归国的蒋介石与宋美龄专程途经郑洞国部队驻地,被昂扬向上的中国军队面貌所感染,向郑洞国传递了高度满意的态度。

老实人会严丝合缝地去完成一项上级交办的任务。从1943年10月开始,郑洞国协同盟军,历经胡康河谷战役、孟拱河谷战役和密支那围攻战役的重大胜利,印度经卡盟、孟拱至密支那之间的公路、铁路从此畅通无阻,盟国支援中国的各种战争物资不必再飞越驼峰。1944 年 8 月后，又先后攻克日军重兵防守的重镇八莫、南坎、芒友，与中国滇西远征军会师，正是从那一时刻起，中印公路全线打通！

老实人由于忠实做事，坚忍不拔，当然会被给以信任、委以重任。1945 年回国的这个老实人，蒋介石交给他的担子似乎更重了：历任第三方面军副司令、东北保安副总司令、代总司令等职。1948 年，当扩伪满洲国首都"新京"成为国共双方的必争之地，关键时刻，蒋介石命郑洞国出任吉林省主席。当年 3 月 25 日，郑洞国乘空军飞机降落长春大房身机场，并在励志社大礼堂宣誓就职。从此，开启了他人生中最灰暗的旅程，那是他一生中最艰难、最痛苦的一段日子。

老实人的朋友质量高，懂他的心思，念他的未来。在经历了伪满中央银行大楼"生死换乘"之后，他从杨友梅等人那里了解到了事情的大致经过：史说等部队中的绝对骨干力量都是郑洞国担任远征军期间的旧下属，他们不仅被郑洞国的指挥能力折服，也深深地敬重他的为人，平常相处，有如异姓兄弟。他们判断出郑洞国必将自杀殉职。因此早已经安排好郑洞国身边的人，把他的随身手枪"处理得当"，并紧紧地看住他，直待解放军来到他的面前，逼他与大家一起开启人生的新的旅程。

五

这个老实人却很偏：承认失败，认可归降，但有三个条件，一是不要让他去广播里、报纸上说话和发表任何言论（言外之意，即不会以自己的例子劝说其他国民党军投降，不去刺激蒋介石和国民党），二是不出席任何公开的宴会，三是以后什么事也不做了，解甲归田，做个平常百姓。经电请中央军委，围困长春的解放军兵团司令部负责人肖劲光和肖华同意了郑洞国的请求。他随即离开长春，直奔哈尔滨，过他一介平民的日子。

1950 年，在长春伪满中央银行换乘了另一辆人生列车的郑洞国，身体突然不好起来。于是，他从哈尔滨启程赴上海治病。路过北京时，周恩来总理接见了他。当年战场上的对手肖劲光和肖华暗示他，能否再次出山，攻打台湾。郑洞国拒绝了。他的理由是：实在不愿与故旧兵戎相见。又过了一段时间，对新中国有了新认识的他，先后担任过水利部参事、全国政协文史专员、国防委员、政协委员、常委和中国国民党革命委员会副主席。

离开长春后的郑洞国，先在哈尔滨，后到上海，1952 年迁居北京。而在其后的几十年岁月里，他再也没有回到长春。

刚刚住到北京的郑洞国才不过 50 岁，曾经跨越几千公里华夏大地，叱咤风云的人物，如今却闲散下来了。郑洞国一如既往地平静，他的工作不必坐班，参与一些民革的、政协的政治活动。但军人的习惯没有丢，鞋子永远都规规矩矩放在一起，起床就寝的时间一年 365 天没有太大变化。

他会和朋友们打桥牌消磨时光。他的牌友是张治中将军的女儿张素我，张素我的先生周嘉彬，还有那个当年他的老长官杜聿明。

他养花，蟹爪莲养得好，文竹剪接得漂亮。

他养小鸡，一公三母。

…………

让他颇感意外的是，他的长孙郑建邦在"文革"后考取了东北师范大学，到了那个让他命运急转直下的城市。不久，吉林省相关领导和部门就知道了郑建邦的身份，多次找到他，希望动员郑洞国回长春看看。面对着孙子转述的诚挚邀请，他这样说：当年，长春饿殍遍野，惨绝人寰的场景常常出现在睡梦中，此生此世都愧对长春的父老百姓，回去怎么面对啊?!

1991年1月27日凌晨，88岁的郑洞国在北京逝世。临终前他对着自己的亲人和朋友说："我现在对国事、家事均无所憾，只可惜没有看到祖国统一。将来国家统一了，国民革命就算彻底成功了。"

风雨依旧，山川不言。不知道在郑洞国人生的最后时刻，长春伪满中央银行大楼的影子是否从他的脑海中掠过。那个生死换乘站把他的人生拦腰斩断，一半波澜壮阔，一半风云不起；一半位高权重手握重兵，一半放手清闲眼观花草；一半是英雄皆用武之地，一半是闲人背凄凉之身；一半男人，一半老人……

也许只有那个"老实人"是他的全部。

一代文官宋振庭

题记:"向阳攀绝顶,高风鼓袂寒。袒胸披红雨,垂肩带远山。当年烽火地,今日杏花天。耽景追斜日,归途月如镰。"

——宋振庭《登青沟高峰口占》

一

延吉,吉林省延边朝鲜族自治州首府。这个东北亚的金三角地带,让人首先想到的是充满朝鲜族风情的舞蹈、歌唱、冷面、狗肉、榻榻米,或者是金达莱花漫山开遍、迎风招展,又或者是由于刚刚听到此地在古代开发初年,因地势原因,烟雾笼罩,久久不散,故称为烟集岗,后转音而为延吉的典故,便想象其地烟气冈冈的样子。

很多人可能想不到的是,接近100年前的1921年,正是东北初春时节,冬雪尚未完全化尽,还零星地覆盖着山背面的某段道路,一个拔高并厚重了新中国成立后吉林文化起点的人诞生于此。

宋振庭，一个有着文人风骨、士人情怀的高级官员，一个被大师名宿惊为"东北竟有此等人物"的博览群书式的人杰，一个深邃多思、表达灵动的思想大将，一个颇有个性、激情澎湃的关东汉子，一个重情重义、令人神交久矣的师长、朋友，一个因文气盛、伤人思悔的老人……

如果没有他，你可能欣赏不到有着乡土乡音，艺术表现力、感染力很强，创作了诸多经典曲目的剧种——吉剧；如果没有他，众多国宝珍奇可能还在流浪、漂泊，或者跟随了别的主人，吉林地域文化的高度会因为缺少远见卓识而受到损伤，吉林省博物馆也不会因馆藏之丰拥有如今在全国所处前列的地位；如果没有他，吉林省图书馆就不会那么快地在二十世纪五六十年代建成并开馆，如今也不会有 40 多万册（件）古籍在这里安家，历史的诉说会更多地与东北的这一文化边地擦肩而过；如果没有他，全国知名大型刊物《社会科学战线》的创办就会受到影响，就不一定会因其中许多文章以其改革的新观念引发广泛关注；如果没有他，被称为"民国四公子"的张伯驹将彻底改变人生后 20 年的经历，在那个天翻地覆的年代，能否依然从容、淡定，从事他喜爱的事业，实属未知……

这一切，从 1921 年开始。

皮匠出身的父亲崇尚读书的传统，完全靠自学达到看书读报的能力。识文断字，让那个年代的人打开的是另一个丰富多彩的世界，刚好，他们正逢白话文运动，文字从原来的古文中跳跃着、奔跑着，来到每一个普通人的面前，这已经不再是过去的贵族们专属的文化世界。中国人因为白话文的普及，接受着最广泛的启蒙。童年的宋振庭被父亲送去读书，读书时稚嫩的童声是他留给自己的最长久的老家的记忆。然而，日本人的侵略打破了一个孩子平静的读书生活。九一八事变后，由于父亲为抗联募捐鞋子，被当作反动分子抓起来，欲杀头示众。老百姓为平时其父为人为事所感，到日本军营请愿，才免于一死。从此，全家被驱出延吉，开始了流亡的生活。

然而，无论走到哪里，宋振庭都没有忘记读书。1936 年夏，他随其兄流亡到了北平。读书不辍的念头让他到处寻访，终于就读于六部口北方中学。正是在这个时候，宋振庭接触了马克思主义著作。同年，参加了中华民族抗日解放先锋队。1937 年，宋振庭与同学结伴，朝着他心目中向往的圣地延安进发，并进入抗日军政大学学习。转年夏天，他获得了人生的第一份工作，延安马列学院哲学研究室研究员，从此，他由学生转变为学人。

1939 年，被派到抗日前线，先后任华北联合大学教员、教育科长、哲学教研室主任，哲学，成为他人生的思想主题。18 岁就当了一所大学的教育科长，从学人变成了长官，没有深厚的学识底蕴是不可想象的。这次人生转折，与华北联大校长成仿吾有关，成校长听说了一个叫宋振庭的人，知识渊博，颇有思路、主张，经过一番考察，点名让他来到联大。

1942 年冬，宋振庭到晋察冀边区曲阳县委任干事。一年后又到中共中央晋察冀分局党校学习，参加整风、审干。也就是在这个时候，青春正盛的宋振庭不安分起来，像当年南宋的陆游一般，做学问的同时被舞刀弄剑所吸引，誓要到前线杀敌报国。

22岁的他，腰上别一支盒子枪，参加抗战，打游击。一次突围时跳崖，奇迹般活了下来，在一个山洞里困守多日，组织以为他牺牲了，还给他开过追悼会。

由于文字和文化方面的影响，1945年抗日战争胜利后，他被派回东北，任《东北日报》社编辑、第一版主编。在《东北日报》工作一段时间后，根据工作需要，宋振庭又回到自己的家乡——延吉，出任中国共产党在这里的第一任市委书记。1950年秋天，29岁的宋振庭从延吉市被调至吉林省人民政府，出任省政府党组成员、文化处长。1952年，省委宣传部长彭飞到中央工作，宋振庭接任了宣传部长。1979年3月后调任中共中央党校教育长、校委常委。1983年10月任中共中央党校顾问。

二

熟悉宋振庭的人都知道，他在与人交流的时候永远兴致勃发，有讲不完的话；而在他闲暇的时间里，他对知识的探求则永远兴趣盎然，从无停歇。文史哲是他的看家本领，但并不妨碍他百科全书式的阅读。他对戏剧感兴趣，有时候也唱上两嗓子；他对书画感兴趣，开笔作画不输名人，《水仙图》《雨竹》《虾趣》等画作后来竟拍出十多万元一幅；他对音韵、围棋、中医、经济，甚至佛法，都感兴趣，讲什么都能讲得头头是道。

他家里没有别的，只有书，书包裹着他，一圈，也涵养着他，一生。

吃饭前，他手里拿的是书，睡觉前，他手里拿的是书，出差了，他手里拿的还是书。他生活上并不精细，出门不是丢衣服就是丢毛巾，但从不丢书。熟悉他的人都知道，凡有关哲学、历史学、文学、音乐、戏曲、美术的书，他见到了绝不会错过，必须买到手里，买来就读，从不耽搁。

宋振庭曾经这样告诫自己：一个合格的干部不能做本职工作的外行。历史证明，他在理论界、教育界、文艺界、新闻界、出版界等等一个宣传部长所能涉及的所有方面，都是行家里手。

为了弄明白一些问题，书里找不到了，他就找学者和专家。在一些节假日或休息时间，历史学家兼古文字学家于省吾，文学家、诗人张松如（公木），历史学家、文学家杨公骥经常会接待这位专程登门求教的宣传部长。

有一段时间，宋振庭要弄清楚佛教唯心论方面的几个问题，但读过的书籍却让他觉得不能完全解决这些问题。于是，到了星期日，有了时间，他早早就会来到长春护国般若寺，和这里在佛学界很有名气的老方丈澍培讨教。有时，兴之所至，他会和澍培谈一整天，担心记不住或有启迪的地方，他还要记笔记。后来，他曾经和赵朴初长谈佛学，让这位卓越的佛教领袖慨叹：想不到我们的老干部还有对佛学懂得这样多的人！

为了弄清楚更多艺术问题，宋振庭还主动去结识北京和其他一些地方的画家、音乐家、戏剧家、曲艺家，如吴作人、谭元寿、骆玉笙等。他说，这些人都是老师啊，要向他们虚心讨教，只要有机会就应该登门拜访。

正是这样的学习，让宋振庭在很多方面都达到了炉火纯青

的地步。一次，北方昆曲剧院请他去看《牡丹亭》的彩排，在与
演员们交流的时候，他竟能将杜丽娘的唱词大段大段地背诵出
来，让众多在场的戏曲专家惊异不已。

越是好学，就越是诚恳和谦恭。在1962年6月25日，他
给低于他好几个级别的省博物馆负责人王承礼写信："你努力于
搞地方史，对事业有热情，很感动我，我也想有机会和你们学
一点，我个人浅薄得很，但什么都想知道一点，确是诚心诚意，
并不虚假……"

他笔力精专，《星公杂文集》《怎样自修哲学》《什么是辩
证法》《新哲学讲话》《思想、生活、斗争》《当代干部小百科》，
等等，思想被他的一支妙笔描绘得栩栩如生。在20世纪50
年代末，他还组织省内高校的知名学者编写了《马恩列斯的
哲学语录》《马克思哲学原理》等教科书。其中，《马克思哲
学原理》后来被教育部指定为全国大专院校哲学教材，曾先后
再版6次。

正因为宋振庭的好学，其纵横古今的学问与叙理精辟的见
识令人刮目相看。1961年6月，傅抱石和关山月借东北凉爽来
吉林写生。此时的宋振庭正是吉林省委宣传部长，他对两位艺
术家的到来给予了热情的接待。对于书画艺术的交流和长谈，
让傅抱石对宋振庭惊为天人。宋振庭对两位艺术家画作的评价，
让傅抱石长衣作揖，说，你把我最近的苦恼的问题点出来了，
你是我的老师。傅抱石事后对关山月说，想不到东北还有这么
一个人，地方官里还有这样懂艺术的人！

三

起于北地的朔风，从伫立在旷野中的村落木栅上吹过，呜呜长鸣，千百年来，不但雕刻了坚硬的大地，也雕刻了生活在这片大地上人们的嘴角和额头，那样的坚毅会让当代的艺术家们在画板上如何表达？伫立在长白山脉的座座山峰，向上追慕日月星辰，向下滋养林间万物，亿万年间最原始的生命力量在持续地累积和壮大，深沉而又浩远，峻逸而又挺拔，纯粹而又神秘，它所预设的人生构图，会让艺术家们用画笔怎样展现？

1961 年 9 月，宋振庭用自己的视野和智慧揭开了中国绘画史上又一页崭新的篇章。

就在这一年的 9 月，22 岁的赵华胜以唯一学生代表身份作为鲁迅美术学院和辽宁省美术家代表团成员，回到了他出生的地方——吉林省长春市，参加在这里举行的"首届东北三省美术家代表大会"。这位日后在中国美术界拥有鼎鼎大名的艺术家，永远也不会忘记这样一个场景：会上，吉林省委常委、宣传部长宋振庭做主题报告，在总结东北三省 1949 年以来美术创作等方面取得的成就和丰富经验之后，振聋发聩地提出，我们要创立"关东画派"。与会者立即给予了热烈的响应，会场上的掌声震耳欲聋，经久不息。"要敢于画大画，画重大题材的画""要有豪迈的关东画风为自己的特点，画出关东特色"……仿佛宋振庭当时发言的声音仍在耳边。

何谓"关东"？辽宁、吉林、黑龙江三省从在中国的地理方位上来说，人们习惯上叫作东北，而若以山海关为界，山海关以东的区域即为关东，其实仍然说的是这三个省份。

宋振庭点出了东北画家们的心声，更关键的是，准确地说出了中国东北画的面貌和特点。也就是从这个时候起，赵华胜和他的老师王盛烈，在已经创作了大量代表性画作的基础上，有了某些精神方面的遵循。这种遵循让他们持之以恒地坚持着自己鲜明的艺术个性，坚持着严肃的现实主义、民族精神和地域特色，继续把他们眼中的乾坤世界，通过他们的双手在灵魂的层面实施"冶炼"，创造出中国画的"东北风骨"。

然而，宋振庭的深意还远不止这些。从王盛烈等人创作的作品中总结出的关东画的风骨，还主要体现在人物画方面。比如，王盛烈的《八女投江》、王绪阳的《黄巢起义军入长安》、贾庆余的《瓦岗军开仓分粮》、许勇的《戚继光平倭》、赵华胜的《电缆工人攻尖端》等等。这是一大批人物画的精品，在全国产生的反响非常强烈。可是，想要建立和完善"关东画派"，人物画还仅仅是一个方面，还需要有山水，有东北的山水，有东北的大山大水。

而东北的大山大水集中在吉林绵延千里的长白山脉，集中在黑龙江高高耸立的兴安岭内外。可是，长白山的神秘，兴安岭的富饶，松辽平原的肥美，长期以来并不处于中华民族政治、经济、社会与文化的中心，绘画艺术当然也就同政治经济一样被边缘化，从没有产生过自己的艺术流派，更谈不上举世闻名的艺术大家。资源富饶的关东，成了艺术贫瘠的所在。

历经千载，时代终于给了东北机会。一方面，从1945年开始，延安鲁艺的师生开始奔赴东北，佳木斯、哈尔滨、沈阳等地纷纷建立起东北鲁艺，大批年轻的革命文艺战士成长起来，这些青年正是日后"关东画派"的火种。1949年，学校曾更名为东北鲁迅文艺学院。1953年，以东北鲁迅文艺学院美术部为基础，在沈阳组建了东北美术专科学校，1958年，学校发展成鲁迅美术学院。王盛烈等画家都是鲁美的艺术家。

另一方面，在宋振庭的大力招募下，吉林艺专聚集了一批从北京等地来此的画家，比如孙天牧、史怡公等。而1961年9月在召开"首届东北三省美术家代表大会"的时候，宋振庭已经获知了潘素同意前来任职的消息。不仅如此，宋振庭手中还握着一张王牌，那就是他几年前从吉林省一所县城的普通中学挖到吉林艺专的本土画家王庆淮。有了这些人，就有了"关东画派"中山水画的可能。

正是此前东北人物画作品的积累和具有山水画基础的人的积累，才让宋振庭有胆量敢于首提创立"关东画派"。而他自身对绘画艺术的追求及个人的生命历程也奠定了他能够熟练总结和掌握艺术规律继而提出开创一个艺术流派的能力。时至今天，我们仍然能看到很多宋振庭的画作，其中不乏与潘素等人合作的佳品。在他生命的后期，还举行过个人画展，一些作品甚至拍出10万元以上的价格。

更关键的是，宋振庭懂得关东的山水。1921年，宋振庭出生在吉林省延吉市，这里四面环山，离长白山的主峰只有百余公里。1936年，在长白山脉生活了15年的宋振庭因为日本的侵略开始了流亡生活，而他首先要做的，就是穿越数百公里的茫茫林海，走出大山。特殊的人生际遇，会让人对身边的山林溪水有着特殊的感受。经历过大山大水的洗礼之后，人的精神境界又会瞬间放大数倍。

他不是一个仅仅匆匆而行的赶路人，高超的艺术天赋和领悟力让他记挂着路上的风景，那风景经与心灵的碰撞，势必迸发出别样的火花。

宋振庭的振臂一呼，让中国的东北产生了一个绘画艺术的流派，那是无产阶级掌握政权后在全国诞生的第一个画派，那更是东北自有记录以来的第一个画派！

在宋振庭的号召下，吉林的艺术家们摩拳擦掌，孙天牧深入到汪清等地体验生活，创作了大量划时代的画作。一位吉林本土的名叫王庆淮的画家则更深、更远地走进了关东的山水，他后来创作的《林海朝晖》成为"关东画派"的高峰之作。

四

在近代史上，长春是个很特殊的城市，曾经在十多年的时间内沦为伪满洲国的首都，殖民文化在一定程度上影响着这里的人们。为了彻底消除伪满统治时期的影响，繁荣和发展新文化，从1952年宋振庭接手宣传部工作开始，仅仅6年的时间，在他的全力推动和支持下，吉林省哲学社会科学研究所、省文联、省博物馆、省作协、省歌舞剧院、省京剧院、省艺术专科学校、省戏校等等多家文化单位和艺术团体相继成立。

所有这些，都是今天吉林省各种文化事业的起点和源头。而筹建省博物馆是宋振庭接手的吉林省文化事业上一件顶天立地的大事。

虽然长春曾是伪满洲国的都城，溥仪的宫中确实也珍宝满屋，但绝大部分文物都随着这中国最后一个皇帝成为囚徒，被运至苏联，又返回辽宁，吉林并未沾光。溥仪没有来得及带走的，以及之前伪皇宫中被偷盗出的，也基本都已经流散民间，下落不明。对于手中没"货"的吉林省来说，建设博物馆意味着从头开始。

宋振庭先从资金入手，没有真金白银，做不了博物馆。他协调财政每年必须拨出足够的专款用于文物收藏。很多文物界的人士一听说是从吉林来的人，都高看一眼，他们知道，这个省重视，有足够的财力支持，要拿出好东西。

为了快速收集到有价值的文物，宋振庭没有坐在办公室批公文、发指示、听汇报，而是无数次带着省博物馆的业务人员去北京琉璃厂及全国各地鉴选文物。当时，国内文物市场对张大千、溥心畬、王一亭等画家的作品并不太认，所以这几个画家的作品价格相当低廉，少有问津。而且，当时张大千人在台湾，由于政治的原因，其作品更是没有人敢过问。宋振庭却对身边的人分析说，张大千的艺术在将来会有让你们想象不到的大价钱。他坚信这些作品将来一定升值，让博物馆抓住时机，大批购进。目的是买断他们的作品，如果有人想要了解、研究张大千、溥心畬、扇画艺术、书札，没有别的办法，只能到吉林省博物馆来。结果，大量的张大千、溥心畬作品和历代名人书画成扇、书札册页来到长春，被收藏、厚待。其中齐白石、张大千、溥心畬等人的作品都在百件以上，是大陆藏张大千、溥心畲绘画最多的收藏单位，扇面成扇作品达 1000 多件，名列全国博物馆收藏扇画作品前列。1952 年春节，吉林省博物馆正式宣告成立，1957 年正式向广大观众开放。其刚刚亮相，就引起国内同行的侧目。

这正是践行了宋振庭给博物馆确定的书画征集、收藏理念："兼容并蓄、各家备格、成龙配套、自成体系"。在这一理念的引导下，更多的珍贵文物迎风踏浪，向省博物馆奔涌而来。一批流落民间的宫廷收藏被征集回来了。1962 年征集到金代张瑀的《文姬归汉图》。1963 年征到董其昌的青绿山水《昼锦堂图并书记》。此外，还陆续征集到元朝张渥的《临李龙眠九歌图》，特别是北宋苏轼的《洞庭春色赋》《中山松醪赋》二赋卷，清朝丁观鹏摹《张胜温法界源流图》等许多书画名迹。短短几年，在宋振庭的主持下，省博物馆竟然积累了万余件书画精品，它们光彩照人，艳丽无方，支撑起吉林文化的崭新高度。

如今，在吉林省博物馆有一件金末元初著名画家何澄所作的《归庄图》卷，是何澄传世作品的孤本，在美术史上占据重要地位，是极为罕见的故宫流散书画中的珍品，价值连城。这件画作其实是宋振庭当年与妻子变卖手表等家用在北京买来自己收藏的。北京有关单位听说了，曾以两件宋画为代价，希望换得此画。但为了丰富吉林省博物馆的馆藏，宋振庭毫不犹豫地拿出来，让给了吉林省博物馆。

五

1959 年元旦刚过，长春进入到一年中最冷的时候，最低温度常常达到零下三四十度。就在天寒地冻之时，一个叫作"新剧种创编组"的临时团队成立了。这个团队里有写剧本的，有设计唱腔的，还有导演，一大帮人每天晚上就聚集在吉林省宣传部长宋振庭的家里，连弹带唱加争论，不到后半夜很少离开。

关于这个团队的成立，有一个非常流行的说法：1958 年，东北各省区域协调会召开，周恩来总理亲临会议。谈到东北的文化创作，南方各省的地方戏很多，东北却很少，有名的更少，几乎没有。他鼓励大家加大艺术工作力度，改变钢铁、电力、煤炭、大豆、高粱都位居全国前列，赫赫有名，而艺术作品却令人知之甚少的局面。

正是在这次会上周总理的鼓励和指示，让宋振庭立即行动起来，拉起一支人马，立志要创建一个具有吉林地方特色的新剧种。

想一下创编出一个新剧种谈何容易！但宋振庭有信心，他把目光锁定在了"二人转"上。

然而，把二人转作为创编新剧种的基础或者"母体"，在当时是有争议的，原因并不复杂，很多人认为二人转粗气、俗气、土气，本身不是什么阳春白雪，难以登上戏曲的大雅之堂。但宋振庭却坚持认为，吸收传统二人转的精华，就可以实现登上大雅之堂的新剧种的梦想。

宋振庭的选择是明智的。就像没有能够植根的土壤，植物不能存活一样，任何一个剧种如果失去了人民，也必然走向最终的消亡。为了让最终创编的新剧种能够登上大雅之堂，宋振庭告诉这些在他家里"折腾"的团队成员们，要坚决把二人转中的脏口、带有性暗示的"双关语"、色情挑逗、互相贬损、粗俗的语言等等完全去除。更关键的是,他要求大家,头几个新戏一定要依据二人转的传统剧目做,这样就会使新戏创编减少阻力、避免走弯路,可以集中力量突破主要的问题。

经过几个月的艰苦努力,在当年的9月,秋风刚刚刮起的时候,吉林迎来了新剧种的收获之时,"新剧种创编组"的第一个实验剧目《蓝河怨》上演了。这个剧是在多年流传的深受老百姓喜欢的二人转《蓝桥》基础上创作出来的。通过《蓝河怨》的首演,"创编组"解决了新剧种的小生、小旦、彩旦、小丑等行当的问题,并把二人转中的"柳调"做了大胆的改造和运用。

然而,虽然把《蓝河怨》当作新剧种的"第一块基石",宋振庭却并不满意,因为他觉得作为地方戏曲,这个剧还没有让新创编的剧种"过戏曲关"。他在思考着,琢磨着,一段时间内,甚至着了魔,连做梦都在考虑剧情和内容。他是想创编一个比较大的袍带戏,那样的话,行当会比较全,能够真正为新剧种奠定基础。

1959年秋,《蓝河怨》开始在省内一些有条件的地方巡演。当剧团来到通化地区的时候,适逢宋振庭在这里视察工作。北方的秋天,透出的冷峻着落在漫山树木之上,便拥有了五颜六色的枝叶渲染的群山。此时宋振庭的心情正被自己连日来反复琢磨的一出新剧的剧情激荡着,他觉得,这幕新剧也许能像秋染群山一样,让新创剧种的色彩绚烂起来。

一天晚上,顶着秋凉,宋振庭来到剧团所住的招待所看望演员。他随意地在房间里的床上一坐,倚着靠在床头的枕头,听大家说完了演出的感受后，向众人讲述了他近段时间以来日思夜想的新构思。

宋振庭把故事的背景设定在明朝的万历年间：集宁县知县袁如海被称为"弯腰知县"，老实厚道，为人懦弱。袁如海的夫人封氏却与他正好互补，精明干练。二人育有三个聪明伶俐、貌美如花的女儿：袁玉桃、袁玉李、袁玉梅。长女袁玉桃已经嫁给了总兵府文案赵运华；次女袁玉李聘给甥儿燕文敏，尚未过门；三女袁玉梅则精通诗书，文思敏捷，聪慧过人。一天，次女袁玉李去赶庙会，路上巧遇总兵方亨行，方亨行被其美貌打动。残暴专横的方亨行，立即迫使赵运华做媒人，逼着袁如海答应这门亲事，准备中秋节时正式迎娶。夫人封氏听说后，勃然大怒，但思虑多时觉得不宜强辞，只能智斗。于是，她找到三女儿袁玉梅，商量计策。后通过巧计使方亨行在庚帖上写下了"銮驾迎亲"字样，获得了方亨行轻视皇威、欺君犯上的罪证。袁玉梅遂女扮男装，进京告御状……

跌宕起伏的剧情吸引着大家，每一个人都想不到，天天日理万机的宣传部长会创造出这么婉转的故事，但他们都明白，这个故事拿到舞台上表演再好不过了。

说完故事，宋振庭又给大家讲人物的设定，情节的设置，场次的安排，以及剧幕演出过程中的每一个细节，甚至连舞台提示和上下场诗，都做了详尽解说。大家兴奋起来，他们觉得，宋振庭哪里是在讲剧情，其实已经把一整部剧全都想通透了，把每一个需要具体操作的实践环节都安排完了，给他们分配一下角色，他们就可以上台演出了！

一种抑制不住的激动情绪撞击着演员们，大家的脸上洋溢着满满的期许。而这时，已经到了午夜以后。然而，那对于新剧种创编的心情，仿佛仍然意犹未尽。宋振庭告诉大家，他想好了，这个新剧就叫《桃李梅》。

1960 年，在众人的期待之下，在一班人马细致润色之后，《桃李梅》正式问世，走上了艺术舞台。从此，个性鲜明、不受欺压、聪明智慧的"桃、李、梅"三姐妹形象成为中国戏剧界的经典。由于该剧剧情跌宕，矛盾冲突处置合理，引人入胜，且东北地方特点突出，大方、生动、热烈，观赏性强，很快在长城内外唱红，很多南方剧团还进行了剧种移植，让《桃李梅》的故事从东北走向江南。

《桃李梅》公演之后，吉林省的这一新兴剧种也有了真正的名字——吉剧。这也是吉剧史上的第一座难以逾越的丰碑，成为后来数十年经久不衰的保留剧目。

六

1958 年，有"民国四公子"之称的张伯驹头上被戴了一顶崭新的帽子：右派。当这个最初仅是无形的、思想和精神层面上的称呼真正落下来的时候，我们最终的物质生活、我们的美满家庭、我们的尚有着无限憧憬的未来，就马上受到巨大的影响，仓皇起来，迷惑起来，暗淡起来。就算精神上有着强大的支撑点，能够不俗、不恶、不卑，也一样不能逃脱明天无望、暂无归途的窘迫。而那个年代可能最珍贵的是，内心中还能不离不弃自己的一方精神家园，甚至还能带着这一方精神家园，远游天际。张伯驹正是心怀这一方精神家园，呼应着宋振庭的召唤。

已经被扣上右派帽子的张伯驹不宜在北京更多逗留，把心情交给天涯可能是最好的选择。宋振庭给予了最热烈的回应，发信主动邀请，希望张伯驹能够携家眷同来。张伯驹感受到了这个昔日苦寒之地传递出来的温暖，遂乘火车出山海关，直入东北腹地长春。让张伯驹更感意外的是，这位吉林的文化大员不仅热情地接待了他，而且执弟子礼，以师视之。不仅如此，经省委同意，宋振庭还安排张伯驹任吉林省博物馆第一副馆长，并安排其夫人潘素到吉林艺术学院入职。

如此安排，这里面有宋振庭对文化本身的尊重，像张伯驹这样的鉴藏大家在文化人的眼里，是一等一的宝贝；有宋振庭的浓厚感情和胆识，安排这样的位置给一个右派，一定暗藏着某种政治的风险；有宋振庭对吉林文化建设的期许和愿望，让张伯驹就任一个省级博物馆的副馆长，其实对于张伯驹来说，根本就不算什么，然而对吉林文化的未来却可能发生重大的推动作用。因此，宋振庭直言不讳：张伯驹要留下，我们底子太薄，文风不盛，和经济建设不相称，要有文风，就要有人才，生活上要多照顾，可以给个研究员或副研究员，工薪不要太低。

带着精神家园来到东北的张伯驹当然会给吉林的文化带来让人难以想象的绚丽。到省博物馆工作后，张伯驹很快组织了一个类似周末沙龙的聚会，来的人都是全国收藏鉴赏界有头有脸的人物。这让长春的天空一时间飘浮起文化的五彩祥云，围绕着文物收藏和文化建设，大家各抒己见，品头论足。宋振庭看在眼里，喜在心上。与此同时，宋振庭不失时机地邀请吉林大学于省吾、罗继祖、裘伯弓、单庆麟等教授以及长春应化所的阮鸿仪等先生，就省博物馆的书画征集、陈列展览等项工作建言献策。

与宋振庭的多次交流、交心，也让张伯驹从内心深处完完全全地认可了这个新中国并不多见的文官，认可了这个懂自己、懂文化的人。人生得遇知己，难也；人生得遇如此知己，运也！张伯驹很快热爱上了这里的人，这里的天空，这里的文化事业。在宋振庭印刷好的白纸居多的文化书页里，张伯驹毫不吝啬地书写着属于自己的篇章。他慷慨地无偿捐献了数十件家藏珍品，较有代表性的有元代仇远的《自书诗》卷、颜辉的《煮茶图》卷、宋代赵伯骕的《白云仙乔图》卷、元代赵子昂的《篆书千字文》卷、明代薛素素《墨兰图》轴、唐人写经《大般若波罗蜜多经》、唐人楷书册等等。甚至，他把离京时虽经邓拓挽留却无法舍得的《百花图》也捐献了出来。《百花图》是宋代杨婕妤的作品，被认为是现存最早的女画家之作，价值已经不是金钱所能衡量。及至今天，吉林省博物馆的专家仍然自信满满，《百花图》仍是吉林藏画中最有分量的宋画。不仅自己捐，张伯驹还动员周末聚会的朋友们捐。据载，仅 1963 年到 1964 年 9 月一年多的时间，省博物馆就征集到书画精品 20 多件。

宋振庭与张伯驹的友谊一直延续了一生。1982 年 2 月 26 日，张伯驹逝世，宋振庭亲送挽联："爱国家，爱民族，费尽心血，一生为文化，不惜身家性命；重道义，重友谊，冰雪肝胆，赍志念一统，豪气万古凌霄"。当年 7 月，宋振庭又专门给当时的中共中央总书记胡耀邦和吉林省委时任书记强晓初写信，把潘素的相关情况说得一清二楚，请求组织处理好潘素的有关事宜。不久，胡耀邦就做了批示，吉林省为潘素落实相关政策，正式任潘素为吉林艺术学院（前身为吉林艺专）的美术系教授，有关部门还补偿了张伯驹和潘素在"十年动乱"中的经济损失。甚至，政府还拨出专款，修缮潘素的旧宅。一个新的职务很快被任命，潘素成了北京中国画研究会理事。不仅如此，宋振庭还推选潘素成为全国第六届、第七届政协委员。

当然，这些都是后话。回到20世纪的五六十年代，吉林艺专的史怡公、卜孝怀、孙天牧等大画家都不是本土的画家，但他们知道吉林有个宋振庭，知人善任，并且在宋振庭直接或间接的邀请下，他们来到了彼时交通闭塞的关外，然而，他们心甘情愿地在这里工作和生活，因为宋振庭营造了一个能够充分发挥他们特长的环境和天地。有一个懂业务、重情义的"门内汉"时常关心他们的生活，肯定他们的成就，时常来看望他们，与他们说话聊天，没有任何领导人的架子，这比什么都让艺术家们暖心。

有很多本来临时来东北帮忙的专家也因为感受到了某种美好而留了下来，并且一留就是一辈子。吉林省博物馆的郑国、刘俊普就是比较典型的两位。他们原本在北京故宫工作，因为工作需要被派到吉林锻炼，结果却在吉林扎根，一直工作到退休。原吉林省吉剧团的老同志回忆说，当时为了创排吉剧，一批大学毕业生来到长春工作。宋振庭竟然亲自到火车站接他们。然后还把他们领到家里吃饭。

即连本土画家王庆淮，如果没有宋振庭的发现、关心和提携，恐怕后来很难成长为吉林省美协主席，在更高的层面推动"关东画派"的成长和完善。而在王庆淮于 1982 年在北京去世之后，宋振庭不顾自己也已经身染沉疴，对王庆淮的家人呵护备至，给以多方面的支持和关怀。他甚至亲自冒着酷暑联系火化及购置骨灰盒等事宜。在向王庆淮遗体告别时，他的泪水更是夺眶而出。

在东北二人转的发展史上，王肯是个响当当的人物，因为他对二人转的历史、理论以及曲目整理、编排、创新等方面的贡献，被称为二人转的教父。然而他却被早早地打成了右派。在 1959 年下半年，求贤若渴的宋振庭为了创排吉剧，跟别人打听王肯的下落。有人告诉他，王肯在吉林省西北的偏远城市白城子改造，在那里修公路。

宋振庭立即安排赴白城的行程，他要亲自会一会这个与二人转有着千丝万缕联系的传奇人物。整整坐了一天车之后，宋振庭终于来到了白城子，他马不停蹄，找到相关部门，直接来见王肯。两人见面后，大聊特聊东北的戏曲，聊东北二人转，聊创排吉剧的路径。宋振庭大感快意，迄今为止，他还没有碰到过一个像王肯一样对二人转，对新创排一个剧种有这样深刻认识的人，有这样远见卓识的人。"跟我回长春！"宋振庭临了对王肯说。

随后，宋振庭找到相关负责人说，这个叫王肯的人，我要带走。负责人说，那不行，他在这里改造，省里要带走，我们同意，但必须得有手续。宋振庭说，手续我给你们后补，人我必须带走！

第二天，王肯坐上汽车，与宋振庭绝尘而去。王肯在后来的回忆录中说，他是被宋振庭"救"回来的。

宋振庭后来曾对朋友说起自己在当年招揽四方贤士、振兴东北文化的事情。他说，"文革"中那些造反派说被他"网罗"重用的艺术家当中，卜孝怀、张伯驹、包桂芳、佟雪凡……还有王庆淮，现在他们都先后作古了，而这些人都是确有真才实学、不可多得的人才啊！

人，其实是文化的全部。宋振庭就像痴迷他的书籍一样，也对这些文化的建设者们给予了他人生中最多的尊重和热爱。

七

其实最早他并不叫宋振庭这个名字。他的原名是宋诗达，他还用过星公、史星生、林青等笔名。有这么多的笔名，一个最重要的原因，当然是，他一生笔耕不辍。

他被封为"著名的杂文家"，其杂文被评价为"针砭时弊，嬉笑怒骂，纵横挥洒，脍炙人口"。且看他给《文史知识》写的一篇发刊词中的几个段落：

"记得列宁有一次在波兰的火车上，和一个波兰的知识分子对面坐着谈话，他问那个波兰人关于波兰作家显克微支的事。但让列宁吃惊的是，那个波兰人竟然不知道显克微支是谁。正像美国人不知道华盛顿、林肯、富兰克林，英国人不知道莎士比亚，中国人不知道鲁迅是谁一样。列宁对这件事非常吃惊。

"在十月革命后，列宁下过这样的断语：'在一个文盲众多的国家里，绝不可能建成社会主义。'他在《共青团的任务》等文章中多次说，如果不了解整个历史的优秀文化成果，侈谈什么共产主义文化，那是十足的胡说八道（大意）。

"人们也许马上问我：目前的中国不就是一个文盲众多的国家吗？据各处农村的统计，农村大部地区文盲占百分之六十到百分之七十，我们不一样在搞社会主义吗？那么列宁这个话是否是普遍真理呢？

"我说，正因为我们在建设社会主义，正因为我们吃了偌大的苦头，才更证明列宁的这句话是真说对了。

"你不信吗？你认为一个占人口百分之五十以上的文盲国家能搞社会主义吗？那么我问你以下这些事情是怎么发生的？

"像我们这样一个有十亿人口的大国，竟然有那么好多年，天天批'唯生产力论'，天天在报刊、广播、讲话、开会中说，知识就是"罪恶"，知识就是'私有财产'，知识愈多愈'可恶'，知识分子就是'臭老九'，愈无知识愈好，交白卷的是大英雄，烧书的，打砸抢的，搞流氓活动的是'革命行动'。这一切为什么会发生？

"再比如：为什么上几亿人口一下子变成了狂热的宗教徒：早请示，晚汇报，背语录，喊'最！最！最！'在那些日子里，我们整个民族一下子就像疯狂了一般沉浸在造神运动中？"

文章逻辑清晰，层层递进；语言简洁有力，铿锵传神。多年来，他把自己的思想传递到手中变成握笔的力量，共出版《新哲学讲话》《什么是辩证法》《怎样自修哲学》《星公杂文集》《宋振庭杂文集》等多部作品。

"文革"中，宋振庭被下放到农村，别人下放可能成了遭罪，他却用来进行艺术的追求。由于有了时间，他拿起画笔，描绘心中的自然情景、思想万物，其用笔往往豪放大胆，张力四现，用墨更是淋漓酣畅，笔意昂然。后出版《宋振庭画集》。

恰恰因为身上还有着旧文人的属性、旧书生的意气，宋振庭在一些政治运动中，也整过人，说了一些过头话，也有一些过失。晚年，他为自己的过失真诚地道歉。在写给夏衍的信中，他这样说道："在长影反右，庭实主其事，整了人，伤了朋友，嗣后历次运动，伤人更多，实为平生一大憾事。""对此往事，庭逢人即讲，逢文即写，我整人，人亦整我，结果是整得两败俱伤，真是一场惨痛教训。"写这封信的时候，宋振庭已经63岁。"病废之余，黄泉在望，惟此一念在怀，吐之而后快，此信上达，庭之心事毕矣。"可见，宋振庭对以往的过失，是何等耿耿于怀。

宋振庭身上的每一个细胞都是属于文化的，从一开始就热烈地燃烧。这种燃烧加重了"烟集岗"的浓度，让他的老家为他取得的成就骄傲自豪。当小小少年流亡到北京街头的时候，他的文化属性与抵御外侮迅速结合，救国图存成为他人生的主题。然而战火没有挡住他思想的光亮，被慧眼识珠者选送到华北联合大学从事哲学理论研究。在短暂的战场烽火之后，文字的魅力再一次把他唤回到新闻纸前。继而回到他的故乡，当了一段本地官员。最终，新中国建设中文化的力量促使他进入地方官员的高级别层面，并把自己对文化的理解彻底点燃，然后尽情地在文化的大地上放起大火。这种力量，只属于宋振庭。

像北方大地上一株高大的柳树，他往往最早听懂春风的心思，而暗暗释放出绿意，随风的摇摆其实是向周围的万事万物挥手示意。他的树干非常粗壮、坚硬、挺拔，他的丝绦却柔和、体贴、敏锐。他要告诉你态度，他能听懂你话语。

他是千年士人藏侠气，他是一代文官宋振庭。

董速：走过"南泥湾"的那簇东北"榆树花"

题记：榆树的花很小，却在前一年秋天就打好了花苞。

一

她是好学、好读、好强、好胜的女人，她是生逢乱世却不会随风零乱、颠沛流离却不肯疏离社会、遭遇困局却不愿陷于困局的国民，她是热爱真理、热情工作、热忱待人的官员，她是把生活描绘进小说、把生存升华为艺术、把生命凝固成历史的作家，她还是温婉大方、温柔贤良、温暖心田的妻子。

而这一切，都从中国东北大地上的一片榆树林开始。

在东北松辽平原的腹地，长春、哈尔滨、吉林三座城市构成了一个重要的三角区域，恰好位于世界著名的"黄金玉米带"上。这个三角区域的中心就是吉林省榆树市，作为县级市，由于多年来产粮全国第一，人们更多地记住了黑土地上大面积种植的玉米。可在200多年前，这里却是榆树满山坡。

公元 1810 年，即嘉庆十五年，清王朝在如今的榆树地界设官为伯都讷厅理事同知，驻地在伯都讷，也就是今天的吉林省扶余市伯都讷乡。第二年，设官为分防巡检，驻地则位于遍地生长榆树的大孤榆树屯。公元 1906 年，时为清光绪三十二年，在大孤榆树屯设立榆树县。名为"榆树"，即因此地树木榆树居多。

在榆树林边长大的孩子，质地都有些坚硬。他们以各自不同的方式为自己眷恋的这方热土增加荣耀。在榆树有了自己的名字和治地 12 年后的 1918 年，一个日后愿意把自己称为"小花"的女作家，一位总是被别人亲切地唤作"大姐"的女领导，一名颇有见地、敢于为自己做主，把名字从董雪蘅改为董速的女共产党员，在榆树县黄家烧锅屯出生。身为女子，她给这个县城带来的荣耀又有几分与众不同。

1925 年，穿过县城周围浓密的榆树林，走过土石高垒的护城壕，就进入到了这个距离松花江仅有几十公里的小县城。与中国南方的小城比起来，虽然这里开化较晚，但并不影响人们对功名的向往、对文化的渴望，他们把自己的理想很精致地摆放到城市中的重要位置。在城内东南角，一座魁星楼巍然挺立，据说是光绪年间一位姓于的翰林修建的，目的是希望县里多出状元郎。

就是在这一年，刚满 7 岁的董速随家搬来县城。一个瘦弱的身影出现在魁星楼前，她有些好奇，她还只是一个刚刚从榆树林里钻出来的小姑娘。然而，在她面前，魁星楼的故事却最先、最立体地走进她的思绪，也走进她尚感朦胧的未来的人生。带

着魁星楼给她的最初印象，董速随哥哥上了县城里的小学。从此，
琅琅读书的童音，在她敏感、细腻的感情中穿梭。

1930 年 3 月，12 岁的董速以优异的学习成绩考入位于当时
省城吉林市的省立女子中学，又三年，考入省立女子师范学校。
恰恰在这个时候，中国东北进入到了历史上最悲伤的时刻，由
于日本人的入侵，每一寸国土都在悲咽。15 岁的少女没有把自
己圈进青春的小情绪，反而生发了更加浓厚的爱国思想，求知
报国的愿望比任何时候都来得强烈。

凝望魁星楼是片刻的，生逢乱世，为了寻找人生的根据，
她首先要经历的，只能是颠沛流离。

由于日本人较早占领了吉林省城，在城中大规模搜捕反满
抗日分子，喜看进步书籍、对日本人绝不屈服的董速，被迫在
当年 8 月离开吉林省城，向北，穿过自己的家乡，转入哈尔滨
女子师范学校。短暂的平静，为她换来了宝贵的读书时间，她
如饥似渴地阅读革命书刊，在其中寻找一个国家、一个民族、
一个独立的人存在于精神层面的"真气"。

随着日本人的不断北进，并最终增强对东北全境的控制，
突然有一天，校方负责人找到董速，称学校已经掌握了董速阅
读大量革命书刊的事实，鉴于此前已经三令五申，她仍然屡教
不改，决定把她列为"危险分子"，必须即日退学。

那一片一片的榆树林，就作为对家乡的怀想吧。在家人
的支持下，董速做出了人生的一个最重要的决定，流亡北平。
1934 年，来到北平的董速，顺利考入东北中山中学。这位 16
岁的花季少女，她再一次一头扎进革命书刊的海洋中，感受着

抗日洪流中思想浪潮的碰撞、英勇行为的催生。而此时，一个叫作共产党的组织慢慢地在她的精神世界里清晰起来，她被鼓舞着、振奋着。每二年，大规模的学生爱国运动爆发，12月16日，高喊着救亡图强口号的董速与数万名师生、市民走上北平街头，用自己的脚确定了自己未来的人生方向。

1936年7月，通过自己的刻苦学习和不懈努力，18岁的董速考入北平大学女子文理学院文史系，开始了她对中国文化与历史的追索。然而，这个时代却无法给她太长的安静的攻读时间，仅仅一年之后，日军占领北平城，大批学者、军政要员、青年学生离开这座古都，开始大规模南渡。董速义无反顾，辍学赴武昌参加抗日。

正是在武昌，董速的命运发生了重大转变。1938年6月，她怀着万分激动的心情，在这里加入了向往已久的中国共产党。两个月之后，她受新四军四支队的派遣，来到河南省确山县竹沟镇。组织上给她的职务是妇女救国会主任，她的任务是把妇女们组织起来，同仇敌忾，抗日救国，此时，她才刚刚20岁。穷人的孩子早当家，从大东北到北平，从北平到武昌，已经行走了大半个中国的董速，早已经不是一个稚气少女，而成长为一个待人和蔼可亲、做事雷厉风行的女革命者。

三个月之后，很好地完成了组织上交办任务的董速从河南确山来到了延安，先后在抗日军政大学、女子大学学习。由于表现优秀，在学习期间，任抗大八大队救亡室主任、同学会主席。1939年9月至1942年3月，任女大班主任、指导员，后又在中央统战部、中央研究院从事名人传记编写和文艺研究工作。1942 年 4 月，根据大生产运动的需要，组织上派董速到八路军三五九旅任随军记者兼旅直供应处副指导员。

也就是从这个时候起，从东北榆树林里走出来的董速，终于可以不再颠沛流离，她的人生因此揭开了新的篇章。70 多年之后，她的家乡早已经不见了魁星楼，但却在入城的地方，高高耸立着一块新的牌匾："天下第一粮仓"。吉林榆树以自为自信的态度，要继续状元郎的理想。

她像她的故乡一样，不管做什么，一定要做到最好，她更要把最好留在延安。

二

"花篮的花儿香，听我来唱一唱，唱一呀唱。来到了南泥湾，南泥湾好地方，好地呀方。好地方来好风光，好地方来好风光，到处是庄稼，遍地是牛羊……"1943 年，由贺敬之作词、马可谱曲的一首名叫《南泥湾》的歌曲，让八路军三五九旅的名字响彻中国西北大地，时至今天，仍然家喻户晓。

董速是南泥湾发生翻天覆地变化的见证者、参与者。自从 1942 年 4 月来到三五九旅任职，她也拿起了自己心爱的笔，充满热情地记录下那最美好的时光。

南泥湾位于延安东南黄龙山地区，离延安 40 多公里，与金盆湾、九龙泉、临真镇、马坊等集镇接壤，纵横长达百公里，后来人们将这些地区统称为南泥湾。

董速工作和生活的地方在金盆湾。远处起伏的山峦引人遐想，婉转的曲线仿佛正在经过大自然的弹奏，优美的曲调在心中鸣唱。几条山川则由近及远，蜿蜒伸向未来，那是人们走向明天的希望。在董速居住的窑洞前边不远，是一条清澈的河流，叫作清水河。夏天，董速和战友们不知多少次地到河边捞鱼，然后挑水浇灌她们在不远处种下的南瓜和西瓜。偶尔农闲无事，一群人还到河对面的山崖上采摘木瓜花、野百合花。当秋风吹起，她们伴着像雪花一样飞舞的芦苇花，收获结出来的各种果实。冬天来临，她就带着大家到河边割蒿子、砍柴火。革命乐观主义精神在山梁上、流水边、窑洞旁弥漫着。

董速用她的笔热烈地赞美着，她在报告文学《在革命的摇篮里》这样写道："自从三五九旅到南泥湾屯兵垦田以来，这古老的山野就充满了新生的活力。看哪，无数的窑洞，一排排，一层层，错错落落，从它里面闪出的灯光，好像天际的星群。山冈上川地里全给茂盛的庄稼披上了绿色的新装。清水河畔，还有新建的油酒厂、造纸厂和木料石。""历史重新记载着这里的新生。南泥湾，这陕北的江南，完全变了样，山峦好像更威严了，河水好像更清澈了，这里的一草一木，都好像在点头微笑，就连鸟儿的歌唱也好像变了声调。"

大生产运动一个高潮接着一个高潮。轰轰烈烈的开荒大竞赛在营和营、连和连、个人和个人之间接连不断地展开。开荒的数字纪录往往保持很短的时间就被打破：今天一人开了一亩半，明天一人开了两亩半，后天竟然有人开了三亩半！从旅长到团长，再到战士们，刨土挖地，编筐抬粪，烧水送饭……大家以打仗的状态进行生产，到处都是打动心弦的新闻和消息。

这些历史的瞬间浇灌着人们的心田，也滋润了董速手中的笔。一篇一篇报道，一篇一篇报告文学从她的心间喷涌而出，不断变成《解放日报》上的文字，鼓舞和激励着更多的人。

董速用她的笔，从现实出发，记录了这样一个故事：

有一天，在旅直供应处的鞋厂里，董速遇到了给人家做过童养媳、才刚刚 13 岁的刘景兰。小丫头梳着两个小撅辫，两抹鼻涕还没有来得及抹去。人们逗着她，和她说笑。她却不怎么讲话。晚上，董速把她安排和自己住在一起。小丫头却翻来覆去地睡不着。董速索性起来，和她拉家常。原来刘景兰憋着一肚子的委屈无处诉，一肚子的愿望无处讲。董速耐心地听着，不断开导着，终于让小丫头破涕为笑，安心睡去。从此，两个人成了好朋友，董速就像大姐姐一样关心她、照顾她。没到两年，刘景兰就成长为女工组长。

其实，这时候的董速，也不过二十四五岁而已，但她的成熟、稳重、亲切、和蔼已经给所有人留下了深刻的印象，她就像一个自家姐姐一样，抚育她身边的年轻人，抚育她心中的南泥湾。后来，董速把这段经历写进了报告文学《在革命的摇篮里》。

事隔多年，董速仍然惦记着这个小丫头。在 20 世纪 50 年代后期，利用去北京开会的机会，董速还在向人打听刘景兰的近况。有人告诉她，刘景兰在西北的一个工厂里已经当了总支书记了。董速感到由衷的高兴，她感慨地说，在党的抚育下，她必然会成为党的好女儿，必然会的。

1944 年春天，董速由南泥湾调回延安工作，1945 年 2 月，到八路军后方联合政治部工作。抗日战争胜利后，董速随"东干队"回到了吉林省。

三

离开自己的故乡已经十余年了，董速也从那个花季少女变成了一位经验丰富的革命战士，让她欣慰的是，她惦记的那些榆树依然挺立。

此时的吉林还没有完全解放，但国民党的军队已经在不断收缩。董速回到吉林的第一份工作是任磐石市政府教育科副科长，职责是组织群众支前、拥军、建政。她充分发挥在延安时期积累的政治工作经验和组织工作经验，把相关工作开展得有声有色。后出任中共吉南地委宣传科科长、中共双阳区委宣传部部长等职务。

随着震惊中外的辽沈战役落下帷幕，东北全境解放。1949 年 3 月，由于卓越的能力和出色的业绩，董速引起了中共吉林省委的注意，调她到中共吉林省委宣传部工作，先后出任科长、处长。1953 年，出任副部长，分管理论和文艺工作。那一年，董速 35 岁。

人在成长的过程中，有很多时候扮演的是助手的角色。有人说，如何当一名出色的助手，大有学问。董速，并没有去钻研当好助手的诀窍，她的每一句话，每一个行动，都是天然的，素朴的，没有任何雕琢。当然，她也不懂雕琢。然而，她却用最优秀的成绩诠释了助手的真正含义。

对于新中国来说，20世纪50年代，是一张白纸写乾坤的时代。董速在没有太多经验可以遵循的情况下，协助时任部长宋振庭，出色地完成了建立省、市、县三级业余党校的工作。为了让理论学习和意识形态工作更有成效，她从理论学习、理论教育、理论宣传、理论研究入手，带领大家编写各类读本。为了自上而下地建立起党的宣传网络，在宋振庭的主持下，全省从省直机关到广大农村，成立了一级一级的宣传工作网，县级以上设辅导员，县级以下设宣传员。党在一个时期的方针政策、国内国际形势、当前的中心任务等等，都通过这些宣传员和辅导员的讲解，深入到每一个干部和群众的心里。各级党组织还定期召开优秀宣传员、辅导员代表会，奖励那些宣传战线上有成绩的优秀分子，群众性的宣传工作搞得生气勃勃，家喻户晓。而这，没有董速这个强有力的执行者，是不可想象的。正是宋振庭的才华横溢、高瞻远瞩，董速的扎实细腻、认真较真，使吉林省的宣传思想理论工作进入到了一个红红火火的新阶段。

文艺事业也是一样。长春是新中国电影事业的摇篮，怎样好上加好？吉林没有具有地方特色的剧种，怎样把吉剧真正培树起来，修成正果？省内艺术培养还停留在当年日本人控制时期的层面上，如何造就一批新中国的艺术人才？宋振庭在思考着，董速也在思考着。而一旦确定了思路和方向，董速就成了坚定的执行者和落实者。很快，省艺术专科学校建立了，省戏曲学校建立了，吉剧正式走上了演出的舞台……董速的心血为吉林初期的文艺工作涂抹上了靓丽的色彩。

对于董速来说，她协助的省委宣传部部长宋振庭是光芒四射的，她从内心敬佩这位比自己还小三岁的部长。在回忆文章中，董速这样写道："他的为人，他的精神和风格，他的工作热忱和能力，都给我留下了永远难以忘怀的印象。"（《"七尺从天大唱归"》）然而，董速并没有消失在宋振庭的光芒里。在宋振庭刚刚接任部长的一段时间里，由于办公条件有限，董速和宋振庭在一个办公室里办公。"宋振庭同志的缺点毛病不少，我和他共事也曾发现他工作中常有失误和错误。发现了，就给他提出来，他大都接受了。"（出处同上）

在同宋振庭一起工作的近20年里，他们把一生中最主要的时光和心血，用在了吉林省的文教事业上，他们之间相互支持，相互砥砺，结下了深厚的友谊。1985年，当董速获知了宋振庭去世的消息后，无法控制自己的感情，颓然地坐到椅子上，头脑里刹那间一片空白，过了好长时间，两行热泪才缓缓流下来。

不仅在协助宋振庭工作方面，董速做得十分出色，在她自己以独特视角、独立完成的各项工作中，也让人刮目相看。在做好意识形态工作的过程中，董速特别注意搭建有形的载体和平台。1962年，董速了解到一个关于辽源矿务局的新情况。矿务局下面有一个太信矿，矿里一位负责宣传工作的职工在清理日伪时期死难矿工的尸骨时，在一具尸骨的肋骨下发现有一个油纸包，打开一看，是死难矿工的工票。这个发现让董速久久不能平静。她到吉林省辽源市详细了解了情况后，对市委宣传部长说："死难矿工墓这个阵地很重要，要保护好。我们要以史为鉴，生动活泼地进行经常性的阶级教育。"

回到省城长春，董速立即协调省财政厅，拨出专款，修建死难矿工墓"方家坟"，并建立起阶级教育展览馆。短短一年时间，所有的工作全部完成。1963年11月，"全省阶级教育工作经验交流会"在辽源市召开，辽源矿务局、丰满发电厂等相关单位介绍教育经验，苦大仇深的老工人作阶级教育报告，人们群情激昂，爱国主义情绪高涨。在"方家坟"建成不到一年时间里，省内参观、凭吊者达到47万人次，省外超过90万人次。中央新闻纪录电影制片厂听说了，专程赶来拍摄了影片《矿工血泪》。

四

鄂华是我国著名作家，从17岁就开始发表文学作品。20世纪60年代，刚刚30岁出头的他已经在文坛有了一定的影响力。然而，从1964年下半年开始，意识形态领域火苗乱窜，各种批判和斗争此起彼伏。就是从这个时候开始，《吉林日报》按上级要求，集中火力，针对鄂华的小说《邻居》，展开"人性论大讨论"，在短短几天时间里，陆续发表十几个版的批判文章。

董速看到了，找到报社总编辑，明确表示不同意这样批。然而总编辑也没有办法，因为谁都阻挡不住，这是"上面"部署的。没办法，董速对报社总编辑说："讨论要对作品，不要对人。鄂华是个好作家，现在还在下面体验生活，搞创作。"

就在这个节骨眼儿上，忽有一天，董速接到报告，团中央组织部派人来要见她。原来，团中央有几件事，举棋不定，希望能征求一下吉林方面的意见。一是北京儿童艺术剧院将鄂华的长篇小说《水晶洞》改编成多幕剧，已经排练完成，可现在开始批他的小说《邻居》，那《水晶洞》还能不能上演？二是国庆15周年时，有10辆彩车要通过天安门供国家领导人检阅，《水晶洞》这部多幕剧恰是10辆彩车之一，按原计划安排是否合适？三是团中央本拟邀请鄂华上天安门观礼，吉林方面同意去还是不同意去？面对团中央派来的同志，董速毫不掩饰自己的观点，在详细介绍了鄂华的情况后，斩钉截铁地表示，完全同意上演《水晶洞》。

1964年国庆15周年那天，鄂华登上天安门观礼，亲眼看见《水晶洞》剧彩车通过了天安门，微起的秋风吹动他的头发，他的眼里闪烁着泪花。

是什么让董速本来如水的性格，此时却坚硬如铁？是什么让她在极"左"的形势下，敢于冒政治风险？坚持真理，坚持实事求是，除此无他。

她的性格，不仅坚硬，而且坚强、坚韧。

"文革"期间，董速被造反派拘留，子宫瘤大出血，被送到长春208医院动了大手术，可她连哼都没哼一声，怕家人担心，她不让任何人告诉家里。

1966年冬天，天气严寒，冰冷入骨，气温破天荒达到零下36摄氏度。在这样的天气下，组织上派董速去吉林省永吉县插队落户。她二话不说，一个人毅然出行。在她插队的口前生产队，她大冬天挎个筐捡粪积肥，一冬一春，竟然堆起了一个巨大的粪堆。开春了，她就跟社员一起踩格子；插秧季节到了，她就到田里插秧，一脚水，一脚泥；夏天，她又出现在菜田里，和社员们一起干活。

这样的生活，整整持续了两年。她在农村的田野里，过完了自己 50 岁的生日。

1970 年 10 月，董速被调到省委干部学习班参加领导工作。1971 年 12 月，任省委干部学习班副主任。1973 年，又调回省委宣传部任副部长。后接任省委宣传部部长。1983 年 4 月，任省人大常委会副主任。

五

就在 1983 年这一年，已经 65 岁的董速又拿起了那支她酷爱的笔。

其实，做到副省级领导的董速还有另一个身份：作家。"文革"后，她兼任省文联主席、名誉主席，省作协主席、名誉主席，为中国文联委员、中国作协会员。她在文学海洋里的耕耘和故事，以及她的一些生活轨迹，被《当代女作家作品选》《中国当代女作家》《中国文学家辞典》《女兵列传》等永久记载。

那还是 1941 年，她才 23 岁，就发表了自己的第一篇小说《卖血记》。1949 年前后，她以饱满的热情创作了《里外一条心》《张玉兰》等一批短篇小说，并于 1951 年由东北人民出版社结集出版。

1983 年的拿笔，是她中断了接近 20 年的重新拿笔。而这一次，她却像又回到了年轻时候，仅仅在两三年的时间里，就创作了《化作春泥更护花》《她在痛苦中前行》《风云人物》等十多篇小说、报告文学，以及近 20 篇散文。1988 年 1 月，时代文艺出版社出版了《董速中短篇小说选》，收录了 13 篇作品。

从革命工作中走来的董速深深地践行自己的一个主张，任何一部文学作品都不能凭空想象。因此，她最在意的是文学作品中艺术真实和生活真实的统一。她的作品，无一例外，都直接或间接地向生活的土壤取材，生活是文思的源泉，会让创作保持活力和张力。

为了写好小说《一个老委主任的自述》，董速在动笔之前走访了三四个街道委员会，综合了几个委主任的特点。写《没有走完的道路》之前，她走访了多个副食品商店，还和营业员聊天、谈心，观察她们的生活和工作。《风云人物》和《敌后硝烟》两部小说的写作，她更是走访了众多从那个时代过来的老同志，听了大量有关当年情况的录音，看了无数历史资料，故事最终虽取材于间接，而素材本身却是历史的真实。

对此，董速的自我评价是："这些写作上的特点，是因为三十多年从事党的宣传工作的结果。这个工作训练我随时注意社会脉搏的跳动；时代风貌的变化；感受生活的节奏和旋律。尽管我的观察和感受还很不深，不透，而心中的主旋律还是清楚的。"（《〈董速中短篇小说选〉后记》）

然而，"岁月的河流，悠悠荡荡，把我推进了生活的晚年。"董速写道，"时间有限了。我要以'老骥伏枥'的精神，争分夺秒，再写一些。虽然在扩大表现生活的幅度上和增强对生活的敏感程度上，都有些困难，特别是在思维的驰骋想象上，明显的不如年轻时代，因此，深湛的作品难以出现，只当留点生活记录和思想轨迹而已。"

1992 年 9 月 21 日，董速在长春病逝，终年 74 岁。她用手中的笔给她的人生画上了句号。

六

董速喜欢花。曾几何时，家里的院中，栽着几棵海棠，春季会开放鲜艳夺目的花朵。在窗前，还有一片丁香，扑鼻的芬芳陶醉了人的心脾。还有扁竹莲、虞美人、百合、白玉簪，在有点儿狭窄的空间争芳斗艳。

身处花香深处的董速，却对花与香有着不一样的理解。她在一篇文章中这样写道："我的创作，既没艳花，也没硕果，虽然被列为当代中国女作家之一，不过是人们给我的称誉而已，我很高兴又不安。""我觉得一篇作品给读者的，不应只是一股香气，或一杯淡水，更不应是晦涩难懂或离奇古怪的东西，而应是结结实实的有益于人们身心健康的精神食品。"谈到自己的作品与她认为的优秀作品比较，她说："我赶不上了，也不想赶了。反正在百花园中，是提倡和允许各种艺术之花存在的，尽管有的不怎么鲜艳。"

董速对"艺术之花"的思索，其实也是对"人生之花"的关照。她，从偏僻的乡下走来，凭着爱国热情，凭着对生命价值的执着追求，走出吉林，走出东北，走过北平，走向中原，再走到革命圣地，最后走回她梦起的地方，用全部的爱和努力，以一个女人的细腻、坚韧走完没有前人可以遵循的道路，全心全意地为一个崭新的国家搭建一砖一瓦，还坚持用那一支会说话的笔，记录历史的点滴和瞬间、言语和表情。这样的女性，究竟是一朵什么花？

1954年，是董速人生旅途中值得纪念的年份，由于工作关系，她与时任省委秘书长王季平相识。1955年，经省委批准，她与王季平举行了简单的婚礼，开始了稳定、幸福的家庭生活。后来任吉林省副省长的王季平在回忆录《平凡的轨迹》中这样评价董速："她温文尔雅，端庄大方，有理论基础，性格好强好胜，工作从不落后，为人和蔼，善于做干部思想工作……"这样的女性，又是一朵什么花？

说她是女性，可她还有着坚韧的品性，厚重的性格，通达理顺的胸怀，这到底该是一朵什么花？

不艳丽，甚至会让一些人忽略她的存在；无花香，她不会一味地吸引你，只会轻轻地开放；坚韧异常，她早在前一年的秋天，就已经准备好了花苞，等待了一个冬天，积蓄着不一样的生命的质量；她报春而来，探寻春天的蛛丝马迹，叶子尚未发芽，花已开放，终于较早地泄露了那一丝娇羞的春光；她为食春而去，在她褪去后，迅猛长大的榆树钱，让从前的贫穷者，在春天最早吃到花的果实，从而让生命开始了一个新的转弯……

在中国的东北，只有一种花，符合以上的所有特质，那就是董速家乡的榆树上开出的花朵。但那不是一朵，总是一簇一簇地展现在人们的面前，正所谓簇生、有短梗、花萼4～5裂、微呈紫色。

　　不张扬、不美丽、不虚华的榆树花像极了董速，她不仅给人们带来了春天的温度，还给人们带来了急需的食粮。而她身上散发的精神境界则超越了花朵本身，清香四溢、温暖娇柔、美艳绝伦。

高清海：清风云海高大人

一、引子

1956 年，对于刚刚成立 10 年的吉林大学来说，年纪轻轻，在众多国内知名大学面前，还属于小字辈。然而，在几任校长，特别是前一年刚来到这里任职的匡亚明等先生的苦心经营下，这所地处北方苦寒之地的大学，却在不间断地显露出他的非凡气度，一批蜚声中外的学术大师正从漫长冬季封冻的坚硬大地上伸展出他们的芽脉，其呈现出来的勃勃生机，像春风一样，足以改变冬天的色彩。

就在这一年的五六月间，春风又一次在长春市斯大林大街（现已改为人民大街——作者注）和解放大路交会的吉林大学校园里荡漾，她"洗涤着"整整一个冬天落下的尘垢，呼唤藏在世界深处的灵魂。出生于江苏省丹阳市的匡亚明先生感受到了作为南方人在祖国东北迎来春天时的由衷喜悦。眼望高大的柳树垂下的万道绿色丝绦，先生满怀激情，用心之所感，目之所及，手之所触，脚之所到，去建构他心目中理想的大学蓝图。

一所大学的好运，在于遇到能把做学问的人才像挖菜一样挖到大学这个篮子里的校长。求贤若渴的匡亚明不仅挖来了像于省吾那样已经赫赫有名的大家，还更进一步，要在自家的院子里种出参天大树。早就听说哲学教研室有一位讲师，把枯燥的哲学课讲得有声有色，深入浅出，有一种逻辑的美，语言的美，思想的美，匡亚明一直想亲自体验体验。这一天，在查看了这位讲师的课程安排之后，匡亚明来到他的课堂。由于匡先生平常总是在教学楼里转，经常到老师和学生中间获取一些信息或征求一些教学的意见，随时到哪个教师的课堂上听课也是常事，所以并没有引起大家的过度注意。

可就是这一次到课堂上一坐，却让匡亚明吃惊非小：眼前的年轻人声音洪亮，语言生动，把晦涩难懂的哲学理论用一个又一个活泼的事例讲述得清晰明了，一堂课下来，从头至尾，娓娓道来，没有一句废话！

哲学课竟然能上得如此醉人！匡亚明为自己的学校有这样的人才而激动不已。他三步变作两步地径直来到哲学教研室，找到负责人刘丹岩教授，想听听这位年轻人的基本情况。刘教授告诉先生：这个小伙子的个人能力很强，已经出版了一本专著《什么是唯心主义》，而且已经被翻译成朝鲜文。此外，还有三篇学术论文。

带着这位年轻人发表的作品回到办公室，匡亚明认真地阅读起来。深刻的思想，创新的精神，清晰的脉络，几次让匡亚明拍案叫绝。这坚定了他从课堂上走出来就一直萦绕在脑海的想法：破格晋升他为副教授！

　　然而，匡亚明的想法却遇到了一些阻力。年纪太轻，资历太浅，又不是党员，只专不红，一些人对这样的晋升有意见，甚至向上级部门反映。匡亚明没有低头，他力排众议，最终破格晋升了这位年轻人。为此，匡亚明专门在哲学教研室召开了一次关于这位年轻人破格晋升副教授的大会。他开宗明义：今天开会两件事。一、提他为副教授是我特批的，谁有意见可以直接找我谈，不要在私下议论；二、你们谁有那样的教学水平、学术功力，我也可以晋升他，如果真有能力，别说晋升副教授，晋升教授都可以！

　　后来，匡先生还专门向上级部门写信说明了情况。在匡亚明的年谱中有这样的记载：1956 年 7 月 2 日，主持校委会会议，当讨论到拟提升一位讲师为副教授问题时，匡亚明校长作为学术著作审查人首先发言，表明了支持培养新生力量的态度。……1957 年 8 月 3 日，就学校部分教师学衔提升问题，给高教部杨秀峰部长写信。

　　这位年轻人名叫高清海，时年 26 岁。

二、清风

　　虎林，猛虎出没的山林。字面的意思让这个位于黑龙江省东部完达山南麓的地方，有了几分英雄气概。此地临乌苏里江，古为肃慎地，原来是清政府的虎林厅，民国初年改为虎林县，最初由吉林省直辖。

民国初年，辽宁省义县人高玉山因家境困顿，生活无以为继，随几位兄弟来到虎林独木河闯荡天下。有胆有谋、性情豪爽的高玉山不仅与人为善，还识文断字，深受当地乡亲的爱戴，成为当地保卫总队第一分队长。1929年，东北军第24旅旅长、依兰镇守使李杜任命高玉山为该旅自卫团临时警备第一队队长，其任务是带领100人驻守虎林县城。

转年1月，高家的喜事降临，夫人为高玉山生下了一个儿子。高家在欣喜之余，为这个在冬天出生、目光炯炯的后生起名高清海。

然而，小小婴孩来到世间不久，就经历了民族大难，"九一八"事变完全改变了中国东北的命运，也让每一个东北人面临新的选择，无疑，战争年代的任何一次选择可能都随时与生命紧密相关。

1933年2月末，一直在积蓄力量、待机反抗日本人统治的高玉山利用虎林日军防守空虚的间隙，迅即控制县公署和警察署，切断电话，揭竿而起，并在虎林成立东北国民救国军，就任总司令。

此时，刚刚过完三周岁生日的高清海也许还不知道父亲的这一举动意味着什么，但一定会为父亲的勇武故事欢欣鼓舞，并将家里被父亲浸染在每一个角落的英雄气息一点一点融化进自己的血脉。无须耳提面命，自有金戈铁马。尽管，父亲的举动已经将他们全家的脑袋枕在了刀刃上。

1934年1月，又是一个冷峻的冬天。过完四岁生日的高清海迎来父亲在黑龙江的最后一场与日伪军的战役。因为实力悬殊，战后，高玉山带领士兵退入苏联境内。从此，高清海跟着父亲开始了漫长的随军生涯。后转至新疆伊犁地区，并在新疆度过了十多年的时间。

小小少年在父亲的影响下不间断地识字读书，努力学习，立志报国。1947年8月，高玉山终于返回东北，然而刚刚60出头的他已经病入膏肓，不久去世。足以告慰这位抗日英雄的是，他的儿子高清海在他去世的第二年考入东北行政学院（吉林大学前身）教育系深造。

继续着父亲的坚忍不拔，高清海很快就在学校里脱颖而出。1950年，他被选中保送到中国人民大学研究生班攻读逻辑学和哲学。学习的最终"成果"有两个：一是能把重要的教科书从头到尾背下来，二是两年后回到吉林大学哲学教研室成了一名哲学教员。

1956年，他在教学与研究中的出色表现，让他赢得了教育家匡亚明先生的青睐，破格晋升为副教授，而且因为争议被教育部知晓。

对于别人，也许这样的成名足够炫耀一辈子。可对于高清海来说，却显得异常平静，早早出名只是意味着增加了他理论研究的国家意识、民族意识、责任意识。他又一次扎进哲学的世界当中，找寻着我们民族自己的声音。

20世纪50年代，对于中国人来说，是一个高歌猛进的年代。在哲学研究领域，苏联模式哲学大行其道，举国推崇。年轻的高清海，受刘丹岩教授影响，开始意识到这其中的教条主义。父亲在他血管中留下的军人气质在这个时候发酵了。他没有拐弯抹角，也没有审时度势，而是孤身犯险，写文章直接对革命导师的观点进行批判。此时是 1957 年，正处于晋升副教授的被争议时期。

敏感时刻，又"不识时务"，以独特而深刻的理论走入人们视野的高清海，从一开始，就与众不同。

这样做的代价是，1959 年，他被取消马克思主义哲学的教学资格，调整到欧洲哲学教研室，不再受重视了。可这个年轻人却又一头扎进西方哲学的理论里，像一条在哲学大海中遨游的鱼。

1966 年，"文化大革命"开始了。正当壮年的高清海，离开了讲台，走进了黑屋，遭受批斗。后又被下放农村改造思想。然而，精神的世界却让高清海能够看到光明，他白天参加农业劳动，晚上享受精神家园给他的安慰，哲学，是他生命中更重要的粮食。后来，他对自己的学生说："你既然选定了这样一条道路，就应该勇于坚持真理走下去。"多年以后，高清海在给自己学生作品写的序言中有一段话被人反复引用："读万卷书，行万里路，破万重关"。

1978 年 3 月，又一次春风吹起。在破格晋升副教授 22 年之后，高清海被正式评为教授，开始了他向又一个学术高峰的迈进。仅仅过了一年，由高清海主编的《欧洲哲学史纲》就正式出版了。紧接着，由于学术成果斐然，1981 年，他出任吉林大学哲学系主任，1983 年，成为国内首批博士生导师，随后，成为国务院学位委员会哲学学科组成员。还是在这一年，高清海被任命为吉林大学副校长。

学而优则仕，这是多少中国知识分子的梦想。举目历史的苍天，知识改变命运，既是进路，也是归途。但这万千中国士人的选择，却仿似并没有激起高清海多大兴趣。在两年之后的1985年，高清海找到时任校长唐敖庆主动请辞。他没有因为成为副校长而深感荣耀，却因为成为副校长而身心受累。琐碎低效的行政事务，在一位哲学家的眼里，实在让他倍感牵强。

辞职之后的高清海，创造了一个属于自己的哲学世界，也创造了一个属于自己的80年代。在短短的几年间，他的哲学思想喷薄而出，学术论文和著作一部紧接着一部。进入90年代，高清海的哲学思想更加深邃，哲学著作更加厚重，老先生仍然保持着旺盛的创造力。

此时的高清海先生，不但是时刻在思想的哲学家，更是智慧的生活大师。在给自己的学生证婚时，他说：你们都是顶尖聪明的人，但我希望在婚姻生活中，彼此都糊涂一点儿。

2004年，一向身体硬朗的高清海病倒了。一种不祥的预感袭来。病榻上的他自言自语："我一生只想为人服务"，"如果我不能再搞哲学了，活着有什么意义"。不久，由于病情加重，高清海由家人陪同，正式住院治疗。事前，他这样叮嘱妻子："如果听到我向单位提什么要求，一定要向学校解释，那是病人已经神志不清了，不要当真。"

当年10月，一代哲人乘风而去。

生于冬天，走于秋末。也许这是他钟情的季节。他宛如阵阵清风，既滋润人的思想，也滋润人的心田；既催生人的坚强，也催生人的超越；既结成人的格局，也结成人的理想。

三、云海

每年9月，吉林大学哲学社会学院的新生们从祖国各地来到吉林长春，他们会接过未来日子里让思想得到洗礼的各类哲学教科书，而最多见的很可能是一本《欧洲哲学史新编》，很快，他们就将在逻辑清晰、语言精练、思想深邃的哲学世界里畅游。

细心的同学一定会发现，书的主编是高清海。而经先生之手编著的哲学教程，正如云海一般宽广博大、瑰丽无穷。

《什么是唯心主义》《剖析唯物主义》《论辩证唯物主义与历史唯物主义的关系》《唯物辩证法的实质和核心》，早在高清海30岁之前，他就已经出版了四本哲学专著或合著。20世纪80年代，由他主编的改变传统哲学教学模式的《马克思主义哲学基础》问世，奠定了他在中国哲学界不可撼动的历史地位。

然而，仅仅这些还不足以证明高清海先生的思想贡献。正如一位哲人如此评价吉林大学哲学系：这里不仅是有哲学课的地方，还是真正有哲学的地方。

20世纪80年代，改革开放给中国带来了无尽的思想活力。然而最体现思想力的哲学却仍在延续着传统苏联式哲学教科书的体系。《马克思主义哲学基础》正是变革传统教科书理论体系的产物，它为中国走出"文化大革命"的阴影和快步走入开放型社会提供了强有力的理论支持。社会的发展中，唯一的不变就是变。

高清海哲学研究的一个显著特点就是，他时刻都把哲学同这个时代紧密联系在一起。从20世纪90年代开始，市场经济越来越多地改变着中国人的生活方式和思想方式。高清海对这种影响给予了及时而又强烈的关注。他把市场经济问题放在哲学的视域下进行研究和解读，精辟地讨论市场经济与人、市场经济与哲学的关系，做出了"市场经济发展的根本作用在于促进人的解放"的重要论述。

高清海说："我一生只想为人服务"。落实在自己的哲学研究中，就是先生对人的哲学研究。而这要追溯到20世纪80年代。关于人的哲学已经萦绕在他的心里很久了。经过深思熟虑，他在1988年正式提出"人学"研究问题，这在中国还是第一次。8年之后，他又提出一个关于人学的新的理论，他将其命名为"类哲学"。人有两种生命存在方式，一种是"种生命"，有似先天本质；一种是"类生命"，有似后天实践的不断叠加形成的人的最终属性。人是哲学的一切奥秘之源，对于人，关键不在于把它看成什么，而在于怎么看。

哲学，最终让高先生倍感牵挂的是，中华民族要有自己的哲学理论。2004年，高先生生命中发表的最后一篇文章见诸《吉林大学学报》，题目为《中华民族的未来发展需要有自己的哲学理论》。他这样反思我们的现实：长期以来，我们的眼里只有别人，只有洋人，只有古人，就是没有自己。那么，我们能不能够"有自己"呢？他认为，当然能够有自己，而且，经过改革开放30多年的发展，我国人文社会科学已经具备了一定的基础和实力，完全具备创造属于自己的哲学理论的可能。

正是这些深入的哲学思考，让高清海的哲学著作达到近20部，学术论文100多篇。其中，《哲学与主体自我意识》在1995

年获得国家教委优秀著作一等奖,《哲学的憧憬——〈形而上学〉的沉思》获第二届国家图书奖提名奖,《马克思主义哲学基础（上、下册）》早在 1988 年，就已经获得了国家优秀教材奖。此外,《论哲学的发展问题》《论哲学观念的转变》《人是哲学的奥秘》《从人的生成发展看市场经济》《突破真理论的传统狭隘视界》等论文，无不字字珠玑，影响深远。

1997 年，先生出版六卷本《高清海哲学文存》，将毕生的哲学思考集中编著。2004 年，又出版三卷本《高清海哲学文存·续编》，为其哲学世界画上了一个完美的句号。

这笔哲学财富已经摆在中国哲学的书架之上，封存在中国哲人的记忆当中，注定将会有无数的哲学研究者不断挖掘他的思想宝库，并继续思索，发扬光大。

四、大人

1993 年到 1994 年期间，在吉林大学当时的南部新校区的阶梯教室里，一个高大而偏瘦的身躯推门走进，来到讲台前，从包里拿出讲义，正襟危坐，洪亮的声音清晰地传递到教室的所有角落，哲学，又一次像户外的阳光一样，抚摸着每一个年轻人的脸庞。

讲台下是吉林大学哲学系 92 级本科生。里面还夹杂着专门来蹭听的 93 级学生。在当年看来,这是一次多么平常的哲学课；而如今，再也不会有这样的场面出现了——一位哲学家在给本科生上课！

　　时隔 20 多年之后，还经常能听到当年的这些本科生，相聚闲聊时，炫耀高清海先生给他们上课的幸福。那时先生已经在课堂上讲了快 40 年，年龄已经六十三四岁。

　　如此师者，怎能不桃李芳菲。

　　也就是在 1994 年前后，高先生的门徒，渐次星光闪耀。当年大学校园最火爆的是学者的学术报告。一些知名学者的报告会往往是这样的场面：巨大的阶梯教室没有座位，很多人都站着听，站不下，就站到走廊里听。获知讲座的消息后，为了占座，提前一两天就把坐垫、书包放到座位上……而在这样为数不多的知名学者里，高清海的学生，占有绝对的多数。

　　有人在一段时间做过这样的统计：在国内主要的哲学杂志和比较权威性的文摘期刊上，如《新华文摘》，几乎期期都有高清海学生的论文；在全国重要的哲学理论研讨会上，差不多每次都有高清海的学生参加，在会上作重要学术报告。他的 40 多名博士如今已经成为国内著名的哲学教授，活跃在吉林大学、黑龙江大学、辽宁大学、东北师大、中央党校、北师大以及复旦大学、中山大学等著名学府。人们这样评价他们：有吉大风格，学术上有创见，思想上有活力，而且往往都表达能力强、思想层次深，还"风度翩翩"……

　　孙正聿、孙利天、张文显、邴正、孟宪忠、刘少杰、陆杰荣、高文新、胡海波、贺来、王福生……任何一个高清海的学生，都在努力开掘一片出类拔萃的天地，他们遍布全国，成就非凡。

　　很多高清海先生的博士生都有一个感受，那就是老师的教学方式与古希腊的哲学家，中国古代的先贤圣人，十分相似：

师生们经常会在生活中问答互动，一个问题一个问题地问出来，一个问题一个问题地回答出来，慢慢地就接触到了问题的实质，这就像剥洋葱一样，一层一层地接触到事物的最原始样貌。而在此过程中，大家的所有注意力都被调动出来。高先生在哲学的殿堂中，从不设防，与大家敞开心扉，直击心灵，学生们则自由自在，无拘无束，尽情发挥自己的想象，尽情交流自己的想法。如此的师生对话，如此的哲学对话，深刻而灵动地，甚至发散式地接近着思想的最高境界。

他反复对弟子们说，要经常性地反思自己，绝不要因为自己对哲学有了一点儿见解，有了一些不同的体会，就沾沾自喜，如何学是一个深刻的学问，它的深刻性表现在，一定要超越第一阶段的思考。当一个人有了体会的时候，往往只是直接的第一次体会，那只是接触高深理论时的年轻人的最初喜悦。实际上，一个深刻的哲人要把自己的这种初体验当作批评、反思、再思考的对象。这样一来，所写的文章会更加深刻，思考可能会更加尖锐，思想可能会更加系统。

他坚持开放治学，并不排斥与自己不同的观点。他的一位高徒在做研究生毕业论文时，选择了对黑格尔哲学理念进行剖析。而他的观点与老师截然不同。与身边的同学交流之后，大家说，你不是找死吗，哪有写论文与导师观点不一样的？那岂不是与导师开战？他忐忑地找到高先生说，我的观点和您有一些出入，也不知道这样立意可不可以？高清海笑着说，那有什么不可以呢？学生说，我非常不安，因为觉得有点儿离经叛道。高清海说，你如果什么都接受我的观点，什么都与我一样，那你这一辈子就不会有大出息，充其量你就是一个小高清海。老师的最大欣慰是学生能有自己独立的思想，能超越老师，那才是老师最大的希望。最终，高清海给这位学生的论文一个很高的评价。

有人这样评价高清海的为师：在学生亢奋的时候，能适当降温，在学生犹豫的时候，能积极鼓励，这样的老师才是真正意义上的"导师"，他决定了学生一生的命运。

2016 年是吉林大学建校 70 周年。在漫长的岁月里，吉林大学的师生有一个公认的说法，这里曾经有两位著名的学者，他们不但贡献了精彩的学术思想和成果，还贡献了重要的学术梯队，一位是理科的唐敖庆教授，他带出了一大批院士；另一位是文科的高清海先生，他带出了一大批中青年哲学家。1995年，因为教书育人成绩显著，高清海获得香港柏宁顿（中国）教育基金会首届孺子牛金球奖。

有人把高清海称为智者，有人称他为哲学家，有人称他是导师。

在中国的历史上，很多时候把自己的上级官员称为"大人"。高先生也许并不会喜欢这样的称谓，因为乍听起来，有些盛气凌人，高高在上。但事实上，他最终落脚的哲学的思想却与人有关，而且是大写的人，这正是"类生命"的含义之一，也是"类哲学"的研究对象。而且，他是学生们思想与生活的老师和导师，是他们心目中的"大人物"。更何况，他还是个大个子！

所以，高大人，这个称谓提供了另一种理解先生的进路。

五、尾声

2000 年是高清海七十寿辰，在学生接他赴宴的路上，他总结了自己的三个人生节点：

第一个节点，年轻的时候没有留在北京，而是回长春工作，长春是一个适合做学问的地方，这是个安静的地方，所以能成就我的学术生命。

第二个节点，很早就出名，很早又被打倒，很早出名有意义，很早被打倒也有意义，很早出名的意义在于有了对自己的自信和责任感，成名后的学者考虑问题和没成名的一般学者，境遇、身份、责任感和使命感都会有不同，身份意识、使命意识、责任意识都非常强烈，很早打倒的意义在于，断绝了一切欲念，升官发财或是做别的，都没有什么希望了，那就认真做学问。

第三个节点，不让教马哲，改教西哲，让我通读了西方哲学，从而能够更加丰富自己对马克思主义哲学的研究。

如此通透、理性、绝无患得患失之意的人生总结，听来让人感慨良多。

4 年之后，2004 年的 10 月 14 日，可能会痛入骨髓的疾病却没有听到病人一次呻吟令医生和护士吃惊非小的高清海，停止了关于这个世界的思考。

学生们对先生的感觉，仿佛他永远也不会与死亡扯上关系。先生的突然离去，让他们无所适从。

学生胡长栓的反应是：山也会死吗，海也会死吗？

学生孙利天说：老师不能审稿把关了！

学生胡海波仰天叹息：我爱真理，我更爱老师！

⋯⋯⋯⋯

长春电视台有一档栏目办得有声有色、极负盛誉，名叫《发现长春》。在高清海去世后，栏目组遍访他的高徒，拍了一部四集专题片。专题片给高清海一个让人想象空间巨大的题目：远行者。

2016年10月，在高清海离开他的亲爱的学生们12年之后，微信朋友圈里仍然在转载当年他去世时学生写给他的纪念性的文章。

他的塑像被摆放在吉林大学东融大楼一楼大厅的里侧。先生安静地站在那里，不说话。

1954：
看日本关东军司令部如何参与一场吉林大变局

这是一座呈"H"型的楼，说是倒"工"型，也可。

如果把一个音乐家请上楼顶，给他两个金属棒，他的随意敲击可能会发出动人的叮当声，甚至里面竟然深藏着韵律。他敲击的不是泥土，而是铜，是来自朝鲜的铜制的瓦。瓦身沉重，透露着这座建筑的坚固，能够承载千军万马的喊声与嘶鸣。颜色灰黑，显示着它是一处与众不同的权力场。

用手抚摸楼梯两旁的栏板，光滑细腻，触手生温，既饱含波涛，又安于宁静。那是来自台湾的海底石，不知道经历了几千万年海水的摩挲，不知道曾有几千万个海洋生命从它身边经过。

那些建筑用的木材，裸露的和隐藏的，很多来自南洋，那是在大海烘托的陆地上最好的硬木，把赤道附近的温度与阳光，用自己的躯体做贮藏罐，带到地球北方的苦寒之地，然后一年又一年地消费着曾经的美好。地板是核桃木条块铺砌而成的，坚硬而有质感，让皮鞋懂得了撞击的悦耳。

院子中簇拥着葱郁而茂密的花木，青松让院子中的男人挺拔了心胸，丁香让楼宇里的女人吸纳着香味。不远处，一口水质绝好的井，被一座抽水机房覆盖。

楼下的地下室，还有一条长长的，向北行进的地道，终点是1公里之外的火车站。

这座楼就是1934年建成的，如今坐落在吉林省长春市的原日本关东军司令部。在它建成20年后的1954年，卷入了一场吉林的大变局。

一

在1953年到1954年间，一个重新划分东北省域地界的方案被酝酿并最终实施。在重新划分地域的会议上，地方政要云集，各方唇枪舌战，以各种缘由为自己的区域争得更多的地块。争论十分激烈，甚至发生了争吵。然而，吉林，这个东北的腹地，并没有足够的优势，能够比过与当时的苏联有着漫长边境线的黑龙江，以及胸怀辽阔海域的辽宁。最终，没能争过南北两省，由1931年"九一八"事变前东北的一个大省，变成了一个小省，面积被大大缩小了，相应地，人口也少了，国民经济产值也低了，成了三省中的"小兄弟"。

1954年，长春最先接到当时中共中央东北局的通知，由"特别市"改为"吉林省辖市"，中共长春市委接受中共吉林省委领导。

没过多久，中央政府正式颁布《关于撤销大区一级行政机构和合并若干省、市建制的决定》。根据这个决定，东北行政委员会向整个东北各级政府发布命令，实施东北行政区域大调整。

把这个调整形容为"翻天覆地"，一点也不为过。

史料记载，原黑龙江、合江、松江省合并为黑龙江省，省会设在哈尔滨市。此前，哈尔滨是吉林省的省辖市。

原辽东、辽西两省合并为辽宁省，省会设在沈阳市。

原辽东省的通化市、辽源市和通化、集安、柳河、辉南、临江、长白、靖宇、抚松、海龙、东丰、东辽等13个市、县，原辽西省的四平市、梨树县、双辽县，原黑龙江省的白城、洮南、瞻榆、开通、安广、镇赉、大赉7县等划入吉林省，并在通化设立1个专署，下辖通化市、通化、集安、临江、长白、抚松、靖宇、柳河、辉南、海龙等9个县；在白城设立1个专署，下辖白城、大赉、安广、洮南、开通、瞻榆、镇赉、乾安等8个县；原延边朝鲜自治区地域不变。

至此，吉林省共辖长春、吉林、四平、辽源4个市，白城、通化、延边3个专署，44个县、区。

此时的吉林省，省会不在长春，而在吉林市。基于多方考虑，吉林省需把省会西迁长春。这就需要在长春给省委找一处办公楼。

二

因为无耻的侵略才有了关东军。

作为日本陆军的一个重要的组成部分，关东军正式成立于

1919 年 4 月，由于侵略并驻扎在中国东北辽宁境内大连一带的"关东州"而得名。随着对东北全境的不断进逼，关东军司令部后迁至辽宁沈阳，再迁入长春。最鼎盛时期，这支军队编有 31 个步兵师团，11 个步兵和坦克旅团，1 个敢死队旅团和 2 个航空军，共约 120 万人。

1932 年，由于扶植伪满洲国成立及在中国进一步扩张的需要，日本人开始在长春设计和施工新的关东军司令部大楼。整栋大楼建设用了 2 年左右的时间，耗费 170 万元费用。建成后，地上 3 层，地下 1 层，中间塔楼 5 层，共占地 7 万余平方米，建筑面积则达 1.3 万多平方米，221 间房间分布其中。建筑的整体风格是东西文化结合的"兴亚式"，其中间的塔楼则是日本大阪城阁楼式样的"简约版"，又称"帝冠"。整栋楼布局合理、庄严肃穆、精巧豪华。

对未来的幻想，以及武器弹药的尖利，让这个来自东洋岛国的小个子民族，变得昂扬起来。本庄繁、武藤信义、菱刈隆、南次郎、植田谦吉、梅津美治郎、山田乙三等 7 任关东军司令官在 14 年左右的时间里，正是在这个如今位于长春市人民大街和新发路交会的场所发号施令，编排着一个又一个侵略的理由，屠杀着一次又一次的崛起。

结束了一个又一个白天的狰狞之后，他们会来到向西步行 10 分钟左右路程的司令官邸休息。如今，这个昔日的官邸仍然完好无缺，掩映在长春市松苑宾馆院内高大的青松之下。

1945 年 8 月 11 日，日本侵略战争大势已去，关东军司令部院内冒起浓烟，各类文件、档案被付之一炬。时任关东军司令官山田乙三再也不能继续前任的往日辉煌，而是跟随着他的国家，品尝着战败者的耻辱。他摘下塔楼上悬挂的"菊花章"，弯腰向苏军投降。后来，被远东军事法庭判处最高刑期25年。

浓烟散尽，苏联红军驻中国东北总司令部相中了这个离火车站只有1公里左右、设施设备一应俱全的办公大楼，打着嘟噜的俄语钻进了楼边的草丛。

1946年，国民党接收长春，苏军开始撤离。从1946年到1948年的两年间，国民党新一军、新七军军部先后设于此地。

1948年10月中下旬，原日本关东军司令部又一次被惊醒，长春解放。中国人民解放军空军九航校占用了这个坚固的军事指挥场所，新中国飞机的轰鸣让这个曾经自负的建筑开始震颤起来。

三

正是关东军司令部的存在，改变了中国东北的格局。

1907年，清帝国在沉重的喘息声中，感觉到来自"西伯利亚"和"日本海"的双重压力，设置奉天（辽宁）、吉林、黑龙江三省，以期在龙兴之地还能众志成城。

短短5年之后，民国骤起，大清亡国。1914年，民国政府成立热河特别行政区，1928年，改为热河省，东北四省至此成形。

1932年，东北成为日本支配下的伪满洲国国土。在其存在的14年间，以长春的关东军司令部为核心，不断加强殖民统治。为了便于管理，日本人把东北化整为零，将东北四省划分为热河、吉林、龙江、黑河、三江、滨江、"间岛"、安东、奉天、锦州、兴安西、兴安东、兴安南、兴安北、牡丹江省、通化省、北安省、东安省、四平省，共 19 个省。

1945 年，日本人战败，国民政府接管东北，形成了一个 9 省方案，即，辽宁、安东、辽北、吉林、松江、合江、黑龙江、嫩江、兴安。但此方案并未被实际操作。

1949 年，新中国成立后，东北被正式改设为 6 省 4 市，6 省为辽东、辽西、吉林、黑龙江、松江、热河，4 直辖市为沈阳、抚顺、鞍山、本溪，还有 1 个旅大行署。

1954 年 6 月，中央人民政府委员会通过决议，撤销辽东、辽西两省，恢复辽宁省。撤销松江省，其行政区域并入黑龙江省。而具体的变化则如前文交代。

到了 1955 年 7 月，热河省被撤销，承德市及该省西南 8 县并入河北，东北侧 5 县 1 旗并入辽宁，北部 3 县 3 旗则划入内蒙古。沈阳、旅大、鞍山、抚顺、本溪、长春、哈尔滨等直辖市分别降为东北三省的省辖市。这才是今天我们看到的东北格局。

相比中国南方特别是中原一带的省份，东北在清末到新中国成立后的 1955 年，格局的变化是频繁而巨大的。特别是日本的侵略，伤害了中国人的感情，撕裂了东北的国土，那划分为19 个省给人的破碎感，深深植入一个民族的整体记忆。

四

给吉林省委到长春市找一个办公楼的重任落到王季平的

身上。

王季平，一个因为林彪的一句话，一人独闯关东的河北汉子。

1945 年，日本投降之后，王季平任中共大名市工委宣传部长。一天，林彪、李富春、萧劲光等带骑兵从大名路过，闻讯而来的王季平恳请林彪给大名的同志们作形势报告，当晚，夜宿市委机关附近的一户百姓家中。晚上相聚闲聊，林彪说："东北是个好地方，你们去东北吧！"王季平说："想去，但组织上没有通知我们。"林彪说："你们向组织上请求嘛。"

就是这一句话，让王季平动了心。第二天，他向地委写了请求去东北的报告，没想到很快就批准了。因为种种原因，王季平只身一人前往东北寻找组织。出关要经过国民党军队的重重封锁，历经千难万险的王季平竟然独自一人，奇迹般地来到了东北。在出任几个县的宣传部长后，就任省委办公室副主任，并于 1953 年任省委秘书长（后任吉林省副省长——作者注）。

把省会定在长春，涉及省委、省政府、省军区及所属省直机关办公和家属由吉林市向长春市搬迁。省领导选择了有韧劲、能吃苦、稳重、细心、和蔼的王季平。

临行前，时任吉林省长栗又文对王季平说："这么大一个省领导机关搬迁，可不是容易的事，要客气，不要让长春市感到过分为难。争取占个位置，能办公就可以了。就像乘电车一样，先挤上车，只要有下车的，腾出一个座位，我们就占领一个座位，以后我们成了坐地户，慢慢地就会宽松起来。"

王季平拿着介绍信，坐车穿越一道道山梁，走过大片平原沃野，从吉林市来到长春。时任长春市委书记傅玉田热情地接待了他，并很快召开了全市的动员大会，专门安排副市长李承昆协助王季平选择办公、宿舍住地。选来选去，他们为省委办公楼选择了原日本关东军司令部。

然而，当王季平找到当时关东军司令部占用者的时候，却碰了一鼻子的灰。

五

此时的原日本关东军司令部的占用者是空军九航校。王季平来到航校，见到相关负责人，说了省委想用这栋楼作为办公楼的计划和打算。但航校领导根本不予理睬。这位领导告诉王季平，他们是中央军委直属的单位，房产权的转让他们自己无权处理。

没办法，王季平又找了另一处办公场所，然而当那个单位很快电告北京上级机关后，北京来电说：他们的国际电信设备都安置在那里，坚决拒绝变动地方。"万般无奈，我只好本着栗省长的指示精神，选择了一个原日本商店的楼房（即现在的省建筑设计院）作为省委常委办公楼。"（王季平《平凡的轨迹》，吉林人民出版社，1991年12月第1版）

让王季平感到安慰的是，省政府办公楼的安置非常顺利，双方一接触，很快就定下来了，也就是与关东军司令部一路之隔的原日本军占领时的警备司令部大楼。

时任省军区司令员黄思沛告诉王季中，他们考察后，相中了人民广场北、斯大林大街（现人民大街——作者注）东侧的一座大楼。那白瓷砖贴面的大楼门口，悬挂着电力学院的牌子。王季平前去交涉，对方也很无奈地说，这栋楼房临大街，用临街的楼房做学校，本来就不大合适，可是在长春也找不到很相当的地方调换给他们。

王季平转回身又与省军区商量怎么办。省军区开会研究后确定，他们在吉林市有"八百垄驻地"，可以用来交换电力学院的大楼。那"八百垄驻地"可不一般，而且十分适宜办学校，因为那里曾是"九一八"前张学良办的东北师范大学旧址。（后在"文化大革命"中，省军区搬走了，吉林日报社搬进了这座大楼——作者注）

过了一段时间，省委办公楼终于又有了转机。1955 年，时任省委书记吴德进京开会，找到中央军委领导同志，确定了一个方案：由中央军委拨给空军九航校几百万元建筑经费，在工农广场（今天的人民大街与东南湖大路交会）东侧建起了更加宽敞的航校校园。这里就是日后的中国人民解放军空军第二航空学院，今天的中国人民解放军空军航空大学长春校区。

到了这时，吉林省委才正式搬进了原日本关东军司令部。

王季平在他的回忆录里还写下了这样一段话："1958 年，毛主席来我省视察，临走之前，和省、市党政军领导干部在省委办公楼前合影留念，毛主席指着大楼，风趣地说：'你们住上太上皇的房子了。'"

不一样的人民创造着不一样的命运。

长春"赵林公馆":
一位省委书记的"鸡窝批判"与一家媒体的"建筑美学"

　　从位于吉林省长春市朝阳区的新华社吉林分社办公楼出来，向西步行五六分钟有一个饭店名叫"社会主义新农村"，向东步行十几分钟有另一个饭店名叫"向阳屯"，这一"村"一"屯"十几年来威名赫赫，顾客从来都是川流不息，他们要来看看穿成红卫兵一般的服务员，读读贴满墙壁的二十世纪六七十年代的报纸，尝尝那独具匠心、充满东北真谛的土菜。但他们可能不会思考这饭店名字里的政治体味或者政治体会，因为，那份朝圣或者朝拜的心情已经淹没在浓厚的商业氛围当中了。

　　"一村""一屯"所在的区域可大有来头。

　　在70多年前未能建完的真正的伪满皇宫、曾经被叫作地质宫广场、如今被命名为文化广场的东边，在当年溥仪登基后举行祭天活动的杏花村公园西边，在整个城市最高大上、最繁华的重庆路商街与同志街交会口的南边，在老吉林大学、今天改做其附属中学大院的北边，是长春市著名的省委高级干部住宅区东朝阳路、东中华路一带。

而就在东中华路上，新华社吉林分社略呈砖红色外立面、设计十分精巧的五层办公楼玲珑而别致地立于街边。很多人并不知道，在它的身后，还隐藏着一个二层的小洋楼，里面更是别有洞天。

这个小洋楼，就是20世纪60年代长春市非常有名的省委代理书记赵林的住所，后来的人们习惯上把它称为"赵林公馆"。说它有名，是因为当年"赵林公馆"被确定为"修正主义腐败典型"，接受参观与批判，特别是"公馆"院内还有一个"豪华"的鸡窝，让参观者们记忆常新，让批判者们口诛笔伐。至今，年龄在六七十岁的本地住户还能忆起当年来到这里看鸡窝、批赵林的场景。只是，如今小洋楼原有的一些配楼已经不见，周边的平房也完全无踪，老人们总是说不准鸡窝的准确位置。

本来，在"赵林公馆"的边儿上还有一栋一模一样的建筑，是前吉林省委第一书记吴德的住宅，如今已经消失不见。

今天的小洋楼已经归新华社吉林分社使用30多年。由于四周被高楼包围，其所处的位置，恰在东中华路与东朝阳路中间。不在路边，所以不易被人看到。走进小洋楼，立感门厅高大，只是有一点暗，墙边摆放着新华社吉林分社几十年前使用过的新闻采编设备，算是历史的陈旧物什，供人猜测和回想。向右侧一转，是一个较大的会客厅，巨大的吊灯与东侧落地式玻璃窗辉映，既古典又现代，表达着这一居所的高贵与堂皇，据说当年赵林曾经在这个房间里召开过省委常委会，在没有新的办公楼之前还做过新华社吉林分社的采编室。如果进门厅后不向右转，而是向前直行，则是一道长廊，右边是较大的饭厅。在二楼，南侧是几间卧房，当作招待所使用，里面的家具颇有品位及讲究。中间则是一处漂亮的阳光房，里面无论冬夏，生长着茂密的绿植，也算是一处微缩的"茂林修竹"，米色的休闲椅摆放其间，让人坐下来，既可品茶，也可赏绿。北侧又有房间若干，是员工们的单身宿舍。

20世纪60年代初期，允许省市委的主要领导兴建体量合适的别墅。据说，"赵林公馆"共花费资金30万元。鸡舍是后追加的，有几十米长，带暖气，为此增加投资2000元。别墅独门独院，高二层，建筑面积共约四五百平方米，配有工作人员居室、仓库等附属平房建筑，整个院子占地接近3000平方米。

赵林并不是吉林人，而是江西吉安人，原名也不叫赵林，而叫罗惠民。赵林在共青团方面的工作十分出色，从20世纪20年代后期开始，曾先后任团吉水县委书记，团上海吴淞区委书记，团北平市委书记，团唐山市委书记。抗日战争时期，历任山西太原"抗日民族解放先锋队"总队长、中共太原市委书记、晋西北区党委书记、晋西区党委副书记兼社会部部长。解放战争时期则任中共晋绥分局常委兼城市工作部部长。新中国成立后，历任中共川北区委副书记，四川省委第三书记，吉林省委第三书记、第二书记、代理第一书记兼吉林省军区政委。

住进"赵林公馆"的赵林，并没有感受到这栋建筑给自己带来的幸福感。对于他来说，这栋楼是他的一个空洞的家，因为，从1967年至1976年，他同他的一班"战友"李砥平、栗又文、于毅夫、严子涛等，长期由群众监管或关押审查。而在此之前的 1966 年 12 月 4 日，长春市红卫兵二总部在距离"赵林公馆"步行不过 20 分钟的体育馆召开"彻底揭发批判以赵林为首的吉林省委资产阶级反动路线大会"，然后，红卫兵径直来到这座小洋楼开始抄家，能拿走的都拿走了。1967 年 2 月 9 日、10 日，省红革会、长春市红卫兵二总部召开"斗争、声讨赵林大会"时，宣布撤销赵林党内外一切职务。随后，他开始了长达 10 年的"囚禁"之路。

也就是在此期间，"赵林公馆"的鸡窝成了批判赵林的关键词。老老少少，男男女女，被组织起来到鸡窝前面参观，站在那里"丈量"这位省委书记同穷苦大众之间拉开的距离。

奇怪的是，时过 50 年后，问了很多人，都不大记得鸡窝的具体位置，而记得的人，表述的又不一致。比较倾向于建在整个院落东侧的说法，那时候如今新华社吉林分社主体办公楼的位置还只是"赵林公馆"的花园部分，所以在小洋楼东侧，南北通透，盖一个长长的鸡架，最有条件，也符合一些人说鸡窝有几十米甚至上百米长的可能性。但如果按过去阴阳地理风水的说法，鸡窝似乎建在西侧更好。然而西侧原本是有几栋二层小楼的，好像没有多余的地方建起长达几十米的鸡窝。当然，即便建在东侧，也没有什么特别的坏处，据说那里属于卯地和辰地，也是比较适宜的。如今，在小洋楼东侧是一排车库，是不是当年由鸡窝转化而来，并未有确凿的证据，但车库里所有的车要斜着身子摆放，正着放长度不够。很显然，在当年的设计中，这里肯定不是车库。

"文革"后，赵林获得了平反，1978 年 12 月被从吉林调离，履职山东。1979 年 4 月兼任省政协主席，12 月兼任省人大常委会主任、党组书记。1982 年 9 月至 1987 年 11 月任中共中央顾问委员会委员。2003 年 5 月 11 日因病在山东济南逝世。

就在赵林逝世的第二年，由于放弃了搬迁的计划，新华社吉林分社在这个省委代理第一书记曾经居住过的地方开始了一个大动作：重新装修 10 年前于"赵林公馆"花园位置上建起的五层办公楼，连带"赵林公馆"，也要做旧如旧，修补历史与时间给它们带来的陈旧与伤痕。

历时一年多的时间，"赵林公馆"基本恢复了当年的"雄武"，变成了前文陈述的样子。虽不算富丽，却能称得上堂皇，虽然不高，与现代化的高楼比起来，却不输气势，里面更见其从前的稳重与庄严。而作为新华社吉林分社办公楼的五层前楼，则发生了翻天覆地的变化。

原来白色瓷砖的外立面不见了，换成了呈砖红色的外墙，据说是仿照吉林省委办公楼，也即原日本关东军司令部外立面的设计。多年以后，国内能够烧制这种质地和色泽的外墙装饰材料的公司已经极为难寻，是费了九牛二虎之力才好不容易找到的。如今，这一色彩让新华社吉林分社的五层办公楼在冬天的长春给人一种暖意，在夏天的北国则不显高调，而让人多了一缕沉思，突显了某种高贵。说是砖红色，似乎也不准确，是红色向咖色的过渡，中间那个最让人舒服的点。当天光变亮，它会显得有些暗，含蓄起来；当天光变暗，它又仿佛张开翅膀，亮丽起来。这种颜色在西班牙的很多城市见过，在加拿大的小镇见过，在英国的乡间见过。

这栋办公楼占用了原来"赵林公馆"的花园，而装修后的楼宇却在大楼一楼的中厅恢复了花园的"名誉"。原来，办公楼的中间是空的，直通楼顶，新装修后，设计了两个尖角错落的玻璃顶，一大片阳光从南面的尖角照进四楼南侧的"茶室"和户外平台，与一大丛一大丛的"竹林"相互辉映；一大片阳光则从北面的尖角直直洒进一楼的中厅，这时的阳光也会觉得惊艳，这里竟然有一处中国传统建筑中的影壁墙，影壁墙的后面隐藏着一座拱形木桥，下有清澈的水流，锦鲤在其中优雅地摆尾，"岸上"还有一处假山，各种姿态曼妙的草木满布其间……这哪里是东北的城市，简直就是江南。

站在中厅往上看，西侧办公室的窗台与窗形都是欧式模样，北侧则统一为比较大气的拉开式窗棂，有种日式建筑的美。

无法想象，一栋北方的建筑竟然将夏季那么完整地包裹在自己的体内，让这里的人整年都能完成自己职业生涯中最美丽的深呼吸。

建筑美学，给这座建筑里的人们带来的，是生活中的人生美学和工作时的政治美学。在生活和工作中，建筑里的人们追求观点深刻，而不追求犀利尖刻，他们能够经常激情四射，但也时刻稳扎稳打，他们敬畏历史，也尊重当下，他们善对自己，也厚待他人。如今，吉林省的政治、经济、社会、文化等方方面面的新闻和信息，正是从这里走向全国、走向全球，而那些新闻信息里则带着温暖、美丽、大度、深刻与平和。

躲在五层办公楼后面的"赵林公馆"，也仿佛比任何时候都冷静，它默默地以食堂、单身宿舍、招待所等新的身份与身边的松树、杨树安然相守，当然，也在与它眼前的五层办公楼相守，这是它的使命，也是它的本分。

而"赵林公馆"与新华社吉林分社办公大楼的彼此伫立与相互注视，却好像是一场已经结束、又似没有终点的对话：政治与生活的对话，工作与奋斗的对话，人生与命运的对话，历史与现在的对话，瞬间与永恒的对话，丢掉的与留下的对话……

找不到那鸡窝，就找不到吧。在西边的"社会主义新农村"，在东边的"向阳屯"，服务员都会告诉你，他们那儿有新鲜的"笨鸡蛋"。无往不胜的商业时代，吃到了鸡蛋，谁还在乎鸡窝在哪里?!

查干淖尔：中国最后一个渔猎部落的冰上传奇

2016 年冬至之后，在位于中国东北的吉林省，冰雪裹严了大地，老百姓称为"鬼龇牙"的寒冷正式到来。

凌晨 5 点，渔把头张文已经起床了，他要带领由 55 个人组成的渔猎团队，从西山外的渔村出发，赶着马车，到查干湖的冰面上，把一张长达 2000 米的大网送进冰层里面，而这一网可能会给他们带来数万公斤大鱼的收成。

就在大约 1000 年前的辽代，圣宗皇帝耶律隆绪也会在这个季节专程来到今天的查干湖水域，"卓帐冰上，凿冰取鱼……春尽乃还"（《辽史·营卫志》），开创了有史料记载的冬捕先河。

一条"冰鱼"穿越时空，把渔把头张文和皇帝耶律隆绪联结到了一起。虽然，千年以前没有今天的发达和繁荣，但他们仍然可以隔空对话，因为那时有与今天一样的冰雪，以及从雪线上升腾起来的火红的贴着人心窝的太阳。车轮与太阳在同一个高度，而且都在大地上转动，那日出，是冰湖上的马拉出来的。

查干湖，蒙古语为"查干淖尔"，意为白色圣洁的湖，位于吉林省西北部前郭尔罗斯蒙古族自治县境内，拥有 500 平方公里的广阔面积。包括张文在内的冬捕队共有 4 支，200 余人，都是当地的渔民。由于延续了千百年来捕鱼的传统方式，他们也被称为中国最后一个渔猎部落。

一

"冬捕可以追溯到辽代，"吉林省著名民俗专家曹保明说，"在宋辽时期，查干湖称为大水泊。据史料记载，辽代从圣宗皇帝开始，一直到辽代末年的天祚皇帝，每年都千里迢迢到查干湖渔猎，还利用这样的机会会见部落首领，举行'头鱼宴'。这就是辽代的'春捺钵'。"

"捺钵"是契丹语的译音，意思是皇帝的行营。辽代的帝王保持着先祖的习俗，一年四季居处无常，进行游牧射猎活动，称为"四时捺钵"。

冬天在冰下的鱼因为寒冷而生长缓慢。辽圣宗忘不了的是那条来自冰下的鱼肉质紧密扎实，口感香嫩爽滑。但渔把头张文首先要做的却不是品尝鱼鲜，而是"祭湖醒网"。

1211 年，草原霸主成吉思汗染指替代辽国统治今吉林地区的大金国。驻足烟波浩渺的查干湖边，锐不可当的成吉思汗通过这片大湖好像感觉到了神灵在给他某种启示，遂安排祭湖大礼。他亲率将士，将九个牛头、九只全羊、九坛奶酒、九碗醒醐、九束檀香、九条哈达、九枝青松、九盏圣灯分摆在祭台之上，再升起九堆圣火，然后面朝大湖，对日九跪，对湖九拜，并口诵祭词。

心存"万物有灵"的渔民记录下了这一祭湖的过程，并且由于对渔网等捕鱼工具的崇拜，又增加了醒网的内容。他们希望，神灵能够护佑他们永续繁衍、幸福安康，平安下网、收获吉祥。经过几百年的发展，"祭湖醒网"仪式逐渐固定，形成了神奇的冬捕习俗，世代相传。

1949 年后，查干湖把周边渔民组织起来，成立了渔场，仍然延续原始的捕鱼方法。渔把头张文，就是有史可查的查干湖第 19 代冬捕传承人石宝柱的徒弟。2009 年，张文一网下去打上来 16.8 万公斤鲜鱼，创造了冬捕单网吉尼斯世界纪录。

二

"啊！长生天，先祖之灵；啊！庇护众生，求昌盛，求繁荣。查干湖啊，天父的神镜；查干湖啊，地母的眼睛；万物生灵，永续繁衍；都聚在查干湖天源的怀中，都握在查干湖地宝的手中；献上九九礼吧，奉上万众心诚，湖上层层冰花，闪动八方精灵。敬上九炷檀香，插上九枝青松，献上九条哈达，摆上九种供品；啊！千里冰封望祭湖，万顷湖面竞纷呈。"

祭湖词的诵读已经开始了。身着民族服饰的蒙古族姑娘把奶干献到渔工们的手上。在喇嘛的诵经声中，渔把头站在场地中间端着酒碗，双手高高举过头顶……诵读完成后，美丽的姑娘们将哈达系到敖包上的松柏枝上，其他人则把糖块、牛奶等物品撒向天空，最后，所有人围着敖包转三圈。

上冰作业可比祭湖醒网仪式艰苦多了。

从石宝柱手上传承下来的捕鱼手艺，张文整整磨炼和学习了 18 个年头。"鱼越多，水越浑浊，气泡就越多、越大。"张文说，"这些气泡返上来以后就冻到冰里，在冰上面，把雪清干净，就能透过冰层看到气泡，也就能找到大鱼群。"

凌晨 5 点赶马车上冰，从冬捕过程的耗时看，是最合适的出发时间。到了之前侦测好的冰面地点，张文还要再次观察冰层下的水流。然后，他凭着经验，用旗子标示出下网口。负责打冰眼的四个渔工正紧盯着他的一举一动，见旗子插下，立即手持 30 公斤的镩子，在这里开凿出一个 1 米宽，2 米长的下网眼。与此同时，另有十几名渔工分别在下网口两侧按照渔把头确定的"两翼"（方向是与正前方成 70—80 度角）依次作业，每隔十几米就破冰凿开一个小冰眼。他们要确保冰眼间的距离小于水下带动渔网前行的穿杆的长度，这样的 300 多个冰眼要一直凿向出网口，完成"两翼"的最终会合。凿冰眼要持续 4 个多小时。

渔工们各司其职，配合默契。凿冰眼的同时，已经开始下网。拖着网在冰下行进的是两根 20 米长的穿杆，渔工们用走钩和扭矛，通过小冰眼控制水下穿杆按规划的方向前进，并完成对水下鱼群的最后合围。

出网口是这些冰上的男人们认为最幸福的地方。领网的渔工用塔钩把大绠和网固定在一起，然后挂在绞盘上，矫健的骏马拉动绞盘，带动大网出水，这一过程又要持续四五个小时。随网而出的，是一条条银色的大鱼，它们翻出冰眼，腾跃半空，带上来的水花飞溅到渔工们的笑脸上。

这笑容绽放了千百年。

"祭湖醒网，祈福丰收"的神秘和期盼，"马拉绞盘，冰下撒网"的原始和壮观，让查干湖冬捕闻名世界。2008 年，这一捕鱼形式被确定为国家级非物质文化遗产。

三

刚刚出水的鱼，在零下 20 摄氏度左右的天然大冰箱里迅速冰冻，并被送到渔场分拣装箱，依靠着现代高效快捷的物流系统，渔猎部落里洋溢的幸福感通过每一条鱼会在一天之内传送到祖国各地。众多家庭主妇施展她们的巧手，美味就这样鲜活了百姓们寻常的日子。

细心的人们发现，查干湖冬捕收获的没有小鱼，很多都在五六公斤以上。秘密在哪里？原来，渔民间有个不成文的规矩，冬捕用的网必须具有 6 寸以上的网眼，这样一来，就只能捕捉到 5 年以上的大鱼。涸泽而渔，是渔猎部落的绝对禁忌。

为了保持良好的生态，20 世纪 90 年代初期，查干湖渔场曾经封湖 3 年。从 1995 年开始，每年投放鱼种 50 万公斤左右。

由于拒绝使用现代机械，沿用原始捕鱼工具的查干湖冬捕彻底避免了对湖水的污染，所产鱼类居国家级绿色食品前列，被国际组织认证为有机食品。查干湖的鱼以鳙鱼居多，就是我们常说的"胖头鱼"，此外还有鲤鱼、鲫鱼、鲢鱼等等。

传承冬捕技艺的渔猎部落的人们，展现出来的，既是与自然的对抗，更是对自然的依赖。位于祖国北方的这片大湖，千百年来孕育出了中华民族特殊的生存方式，也因为那份古老，那份智慧，给冷酷的冬天，注入了炙热的感情和力量。

东北的白杨树与广东的木棉花

接机的文化官员一团和气，却并不着欢喜，规矩地履行着自己的职责。在去宾馆的车上，也一言不发，任凭来自东北的这帮考察文化的客人们或找到某个话题热烈地讨论一番，或没了话题干脆坐在那儿发呆。

"路边那棵高高的树叫什么名字？""木棉啊。"直到一位客人突然发问，这位不善寒暄的官员才终于开口说话。"在广东，木棉多得很，也叫'英雄树'，还是广州的市花呢，它有一个特点，你们知道吗？"

我这才认真地看路边的树木，一下子没看到很多，偶尔出现一棵，高耸着头，穿过其他的树梢，与我对望。那位官员却滔滔不绝地介绍起这个树种的分布特点，性情喜好，以及人们对它的热爱。

晚上开座谈会，考察团里一位文艺院团的负责人问：我们东北最缺的是钱，院团活得都特别艰难，广东是怎么解决的？

"我说个观点，各位不要介意啊。"一位分管文化工作的高级别官员说，"我看，越穷的地方越保护地方院团，因为可以自己说了算呀，你随时可以命令它上台演出；而越富的地方越是把院团解散或推向市场，然后用市场的方式引进国家级甚至国际级的演出，也可以请国家院团到这里建分团……"

广东还真的和东北不一样！

在随后的几天考察里，我更多地发现了类似的不同。我还发现，木棉在广东随处可见，树大花团，十分好看。成群出现时，树高一致，若与其他树木共生，则一定高出其一头，故又名"英雄树"。那位接机的文化官员后来滔滔不绝讲述的，就是这种树的与众不同。而广东人乐意谈论木棉，也许出于他们骨子里有些因素与木棉相同的缘故，广东文化的气质显然不同于东北的含蓄与深藏。

我想起了遍布东北的白杨树，整齐成行，在东北大平原上推演、铺陈，洋洋洒洒，也浩浩荡荡。它们会最早透露北方春天的气息，娇黄的嫩芽有一种独特的味道，蛰伏了一个冬季的人们对此十分敏感，等它们的嫩黄染重了一抹天际，东北的农民便开始了尘土飞扬的农忙，还有杨花，突然有几天，会大批大批地袭来，仿佛在努力地告诉你，它们有着轻灵但强悍的生命力；它们是夏季的伞，舒展着大小适中但十分茂密的叶片，迎风飒动，它们喜欢尽情地与骄阳对话，因为它们知道，这儿的夏天有些短暂；它们是东北秋天的色彩，金黄是它们报答阳光的礼物；它们是冬天生命的等待，这是它们一年中最长的时间，它们把所有的美好都收进体内，藏在心里，冷酷而执着地在千里雪原上站立。

它们最懂得在这片土地上的生存。春天虽蠢蠢欲动，但它们不敢过于挥霍欲望，夏天虽艳丽曼妙，但它们却不能美得太过用力，秋天，它们早早地收拾起梦想，开始为长长的冬天的生存认真准备。明白了东北的白杨树，你会发现，这里没有太用力去美的植物，如果娇艳异常，它的生命可能就只有一个春天或一个夏天。

这大自然，如此神奇！

千百年来生于斯长于斯的东北人当然更懂得这个道理，在自然为王的年代，我们的命运必须跟着风霜雨雪摇摆。我们战胜了很多，我们也学会了臣服。在此过程中，我们完成了一种性格的沉淀，收获了另一种对生存意义的理解。

也因此，东北从来都不缺少智慧，不缺少思想，不缺少勇气，而是缺少创意、缺少行动、缺少细节。木棉与白杨应该互相致敬。把广东的木棉花种到东北无边的旷野上，一个冬天都挺不过去，更谈不上鹤立鸡群、高人一等。但现在不是自然为王的年代了，木棉花的卓越人生是白杨应该看齐的品质。

酱油做多了，做出了特色，香油做多了，做出了特色，醋做多了，做出了特色，于是就有了调味品文化展示。在广东佛山，就有这样一个特殊的地方，位于一条做旧如旧的小街上，名为"中国调味文化馆"，不大，但里面琳琅满目，把中国人舌尖上的感觉全部转化为文化符号和文化记忆。有的地方舞狮很盛行，一些舞狮团体就做起舞狮文化来，有的地方瓷器做出名了，就马上有人想到做瓷器文化馆或博物馆，有的地方家具做得好，就有企业做自己的家具博物馆，有的地方家电产业全国知名，就有人做家电艺术和文化，将各式各样的家电陈列出来……

文化哪有那么神秘?！它就是不知疲惫、永不休止地对生活进行一种总结。就是在适当的时候拔拔高，像木棉，非要高人一等。

这种高人一等，不是文化产业的思路，而是产业文化的思路。显然，我们需要把这些丰富的文化资源展示出来，让人们以文化的视野去体会和理解我们身边的思想和智慧的沉积。如果我们的思路仅就文化而去做产业，就可能会使文化被束缚，无法信手拈来，供人摘取；但我们思路一变，从做产业文化的角度入手，却能看到产业遍布大街小巷，用产业带动文化的总结和展示，文化也就遍布大街小巷。在同样有木棉分布的云南，一碗过桥米线铺展出多少文化的意象，而这种文化演变成的消费铺天盖地。

东北玉米产业全国知名，但没有关于玉米文化的深度开掘和相关延伸，没有这方面的文化馆和博物馆，知名的玉米深加工企业也未能在这方面深入做文章，让人们了解、知道玉米文化浸透到东北人血脉中的一点一滴。和玉米一样，大豆也未形成文化的想象，稻米也是如此，全国知名，但未做任何文化的装束。东北有举国闻名的汽车产业、电影产业、袜业等，但并没有全国知名的汽车文化馆、电影博物馆，没有全国知名的袜业博物馆，我们没有展示中国人穿在脚上的智慧。

让产业文化大街小巷绽放的同时，也要有气魄。广东因为资金充足，往往敢想敢干。但东北也不要因为资金短缺而底气不足。因为真正的底气来自思想和文化自身，并不一定简单地因为谁更有钱。因此，东北在做好遍布大街小巷的文化的同时，完全有条件考虑"国字头"的文化传播与展示。广东佛山能做出"中国调味文化馆"，可那么大的东北却没有做出"中国电影文化馆""中国汽车文化馆""中国袜业文化馆"等等一大批"国字头"的文化馆或博物馆。在广东的一个乡镇，只是一个乡镇，专门做出了有关中国"孝道"的文化展示，而东北显然缺少在文化主题的广度和深度上的挖掘。

我理解了那位广东的官员晚上座谈会上所说的话，要干就要干大的，请国家的院团在广东建分团，一下就打上了国家级的标签。

打个比方，交给你一件不足 5 平方尺的美术作品，注意，仅此 1 件。要求做至少 3 个展厅的展览，每个展厅不少于 200 平方米，如何做？在东北，可能很多人的回答是一致的：做不了！如果做，也肯定虚张声势的东西多，花架子多，做不出什么实实在在的内容。怎么可能做出来踏踏实实的内容呢？就一件作品，这件作品又很小！

但恰恰这样一件展品，在东莞市的莞城美术馆做出来了。这里有一件镇馆之宝，徐悲鸿先生的《十骏图》，目测这件作品也就四五平方尺的大小。但却足足做了 3 个展厅。展览的开展，是从历史上知名中国画家所画的马开始的，展示了中国画马的源流，然后是同徐悲鸿画马做比较。紧接着，展览开始大幅描绘徐悲鸿在马腿、马蹄、马眼等诸多方面的绘画技巧及绘画细节，以及画中文字的放大展示，马的精神的刻写，已经有大半绘画的学术思想蕴含在其中。再接着是徐悲鸿人生的回顾，各阶段的命运和起伏。最后，烘托出其作品《十骏图》。

整个展览看下来并不觉得因为仅仅借用一幅画而产生虚夸的感觉，而是实实在在的，且给人以完整的美术享受和完整的知识普及。看一件作品而知中国人如何通过画马实现对人生和世界的把脉，看一件作品而知背后的人在历史大背景下个体命运无着的起伏，何其幸也！

作品虽少，仅此一件，但却放大了无数倍。这被放大的是文化的内涵，是文化的无限的延展性。这又像木棉在春天开出的花，一树橙红，热烈而丰满，细腻而充盈。

其实，就像白杨树知道自己开不出木棉那样美丽的花朵一样，东北人清醒地知道自身与发达地区的差距，所以他们不断出来虚心地学习。但往往看到了广东木棉的好，就在一阵欣喜后，想方设法地移植一棵木棉树到东北种上，然后不久，木棉树就水土不服死掉了。恰恰最重要的木棉的精神，没有被带走，仍然在广东好好放着。

"临安府"到"黄龙府"的距离

虽然王室有些风雨飘摇，但公元 1138 年的杭州仍旧温润如玉，山水染情，一分也不失大宋帝国的妖娆与妩媚。血管中流淌着诗词歌赋的新帝国主人在这里定都。杭州从此改称临安府。

在比这一年早 212 年的公元 926 年，距临安府至少 5000 里外的塞北，大辽皇帝耶律阿保机踏平海东盛国渤海国的铁蹄，在回师途中，踩进夫余府后，却停步不前。把握王朝前进速度和庞大程度的皇帝轰然倒地，病死行宫。传说那一刻风云际会，雷鸣电闪，水火交融，一条黄龙从天而降。宫人攀附神灵，称辽太祖为黄龙化身，从此夫余府改称黄龙府。后来，大金在白山松水间横空出世，迅猛崛起。金与辽的一次决定胜利走向的战争就发生在黄龙府。金灭辽后，仍沿用黄龙府这个名称，这里更成为金的军事重镇。黄龙府，就是今天的吉林省农安县。

临安府的闺名叫作江南，像个柔情万种的女子；黄龙府的外号叫作塞北，像个不修边幅的虬髯大汉。本来两者没有什么关系，你哼你的小曲，我唱我的大调。可就在 1140 年前后，一个勇武的男子却把二者联系起来。《宋史·岳飞传》载："金将军韩常欲以五万众内附。飞大喜,语其下曰:'直抵黄龙府,与诸君痛饮耳'。"很显然,在岳飞的心里,黄龙府就代表着大金国,直抵黄龙府,等于直捣大金国的心脏。就像临安府代表着宋王朝一样。

776年之后的1916年,黄龙府出现在另一个男子的离愁别恨当中,他叫李大钊。在日本江户为友人回国送行时,他赋《口占一绝》诗一首,吟咏着岳飞当年紧锁眉间的情绪:"壮别天涯未许愁,尽将离恨付东流。何当痛饮黄龙府,高筑神州风雨楼。"

可是,两个把"占领"黄龙府当成人生主要目标的伟大男人,最终都没有来到黄龙府。而在人生的最后,主张发动军事进攻的岳飞和主张革命救国的李大钊,双双遇害。

尽管他们都没有来,但历史记住了黄龙府,黄龙府也在长达千年的时间里嵌进了每个中国人的血脉。

临安府与黄龙府千年来的隔空对话,书写了中国人不知多少代人的喜怒悲愁,郁结了不知多少种无奈的泣血、无言的失落,尽管历史早就给她们画好了路线图,期待着她们的相遇。

可是,她们似乎又很难相逢。

如今的杭州,好似一本历史书,在大街上,巷弄里,西湖边,随意一翻,就会有一位历史的熟人向你招手,微笑,甚至翩翩舞蹈。你不小心的迈步,或许就触碰了白居易的长袍,你偶尔回首,或许就迎来了苏小小的一瞥,你低头沉吟,或许就听到鉴湖女侠的笑语……他们,她们,都在,被雕刻在山脚,被凝固在水岸,也被洒进波浪,融进砖墙。若把西湖比西子,淡妆浓抹总相宜，只要西湖在，西施就活着，就年轻，美丽，在你眼前轻移着脚步。东坡不但规划了大宋的西湖，也规划了我们的当下，包括一些情致，一缕幽思，一段邂逅。未到西湖面前，你可感受她的传说之美，到了她面前，你又觉得她美得现实。许仙也好，梁祝也罢，都像一朵朵馨香四溢的花，被精致地镶嵌在这座城市的角角落落。白堤和苏堤值得反复地走、慢慢地踱，仿似前头就通到大唐和大宋。

对历史，杭州人从来都不大意，他们把运河的终点洒扫干净，河两边的古意宅院相拥相连；他们在一座座旧府的门前认真书写曾经的主人姓名，生怕你不能与他（她）遇见；他们把历史的细节和艺术的细分通过一座座博物馆、艺术馆用心、用力地表达；他们的图书馆是国内最好的图书馆之一，最先表达了对乞丐的接纳和敬意；他们的西湖是全国最大的免费公园；他们街道上行驶的汽车，遇到要过马路的人，大多会停下来，等行人先过；他们甚至引领信息时代、智能时代的消费方式，引燃"双十一"一类的货币脂肪。

当然，还有岳飞，杭州人把他与秦桧安排在一起，让来到西湖边的人，不但记起《满江红》，也记起黄龙府。

从吉林省长春市乘车，驶上由原来一级路改建的高速，一路向北，一个钟头的工夫，就会看到高速路牌上"农安"两字。下高速公路东行，过一座路口的转桥，在桥上即可看到农安实验高中的一个大的院落。转而再东行，遇宽阔的大路，再向北，不到一刻钟的时间，一座古塔就出现在面前。没错，你已经进到了当年黄龙府的心脏，这座塔就是唯一能代表黄龙府的农安辽塔。

建于 983—1030 年间的这座古塔，据称是辽代古塔中最北面的一座。古塔实心砖砌，8 角 13 层，自下而上逐层收缩，檐角挂有风铃，塔尖高指蓝天。全塔高 40 米左右。遥想 1000 年前，风吹檐角风铃，琮琮悦耳，又有人声相和，马挂銮铃。在浩浩无边的北方旷野上，散发着王朝的威权，也透露塞外文明在粗豪中的一抹精致。哪怕是在今天，站在辽塔之下，好像仍能感受到它不容小觑的豪迈与高傲。周围的现代楼房与它比起来，显得轻浮、躁动、俗不可耐，除了略高以外，一无是处。

可当你从历史的想象中回过神来，与古塔的第一次面对面，你会觉得有点儿突然，那塔就孤零零地站在那儿，没有任何遮挡；你可能也会稍微觉得彼此都不太礼貌，塔似乎大咧咧地看着你，你也就大咧咧地看着它。像野地里的爱情，没有娇羞躲闪，没有九曲回环，没有百转反复，只有直接地看过去，直白地表达。这符合北方人的性格，适宜旷野的生活方式。本地人也都见怪不怪，不予理睬。在古塔边遍寻一圈，没有一个博物馆，甚至没有一个房间，陈列些有关古塔的书籍、器物，只有塔前文物部门立的一块石碑，简单地写着古塔建于何时，却无法详尽知道它的身世。而据介绍，在新中国成立之后的 1953 年，曾经对农安辽塔进行过一次修缮。在修缮的过程中，于古塔的第 10 层中部，发现了一块活动的方砖，揭开这块方砖，里面竟藏着一个洞室，有半间屋子那么大。详细查看，里面有一砖台，台上置木制小房，内有释迦牟尼佛像、观音菩萨像、银牌、瓷香炉、木盒、银盒、瓷盒等物。文物部门称："这些珍贵文物，是研究农安辽塔和辽史的重要资料。"可惜的是，这些"重要"资料均不在此。哪怕复制品，也无缘相见。因为这里压根就没有专门展览的场所。1000 多年的古塔，其实是一座"裸塔"，被随意地放在大街边，没有穿着，没有修饰，每天无休止地闻着汽车的尾气，听着商贩的喧嚣。

其实，在 30 年前，古塔并没有"裸"着，不是今天这个样子，围绕着它，有一个公园，不是太大，但草木丛生，风景宜人。听当地的老人说，好像叫"宝塔公园"。后来，由于古塔位于县城的中心位置，土地越来越值钱，就慢慢地把公园扒了，搞了房地产开发，建了一些住宅和商铺。失去了自己"庭院"的古塔，就这样一站二十几年，虽然没了"家产"，但仍然一直保持着孤傲和冷峻的姿势。

这又让我想起临安府。如果在江南，1000 多年前的古塔也许会享受这样的待遇：一定会给它一个院落，让它花团锦簇，也遮挡直来直去的风雨；一定会有一个长年都在办的展览，讲述它的神奇传说、历史生平、艺术价值，在娓娓道来中拉近它和你的距离，让你感觉与历史的相遇并不唐突；一定会让古塔的形象进入商业文明，画在扇子上，印在书本上，绣在手绢上……

更何况，这千年的古塔是黄龙府唯一的古意。别说在农安县，就是在整个东北，站立了 1000 年的地面文物，也都是比较少见的。

有时怀想当年，如果帝王同意岳飞与金国持续开战，岳飞能不能真的直抵黄龙？一个需要考虑的因素是，岳飞表达"与诸君痛饮"的地方大概是在河南朱仙镇附近，离开封不远，如果从开封算起，到农安县的距离应该在三四千里，这么长的战线，岳飞的大军补给能否充足？另一个需要考虑的因素是，岳飞的士兵大都是中原人、南方人，农安县地处域外，接近半年都是冬季，最冷零下40度，他们在这样的自然环境下，就像北方士兵不习水战一样，"岳家军"是否能适应？如果这两个因素无法克服，岳飞是无法直抵黄龙的。而客观地看，这两个因素似乎真的不易克服。

可毕竟帝王没有给岳飞这个机会。众所周知，帝王不愿让岳飞北伐，一是怕他拥兵自重，二是存有倘胜需要让位的顾虑。也就是说，岳飞不能来到黄龙府，临安府与黄龙府失去第一次对话的机会，原因不是地理距离，而是政治距离。

转眼就过了成百上千年，在当下，临安府与黄龙府有没有对话的机会呢？假设，岳飞生在今天的杭州，他会来农安吗？如果他来了，他如何履行他的诺言？"与诸君痛饮耳"，"诸君"是他的群僚与部卒，这样的称呼透露他对人的尊重，不同于北方汉子，他们会直呼"弟兄"。北方汉子撕掉文化装饰的无所谓会不会让岳飞产生某种心底的不适？"痛饮耳"，饮什么呢？是临安府的黄酒还是黄龙府的小烧？当古越龙山一类江浙的黄酒在全国的酒桌上拼抢一席之地的时候，却找不到来自黄龙府的对手。其实，宋朝的岳飞最大的对手不是大金国，不是完颜阿骨打，不是金兀术，而是他的"主上"；而今天的岳飞的对手更不是黄龙府。连对手的资格都不是，又怎能期待岳飞的到来。也许可以这样说，1000年前，是临安府放弃了与黄龙府的对话，大宋用谈判遮掩了怯懦，黄龙府占上风；而今天的黄龙府，在另一种视域下，不断把自己变小，失去了与临安府对话的机会，临安府占上风。所以，今天的距离仍然不是地理的距离，而是商业的距离，更是文化的距离。

可我们现在所处的时代叫信息时代。几百年前，我这里今天发生了一件事，你知道了，最快可能要等一年到两年；现在，我要想知道，都不以分钟计，而是以秒计。查看杭州与农安的距离，打开手机上的百度地图一连接就行了，地球上任何一个地点，都只有巴掌那么远。

是到了算算距离的时候了。黄龙府应该有迎接岳飞到来的勇气，更应该有迎接他到来的准备。

而这一切只能靠自己。

向海：滋养千百年来文人笔下那只鹤

对于张秋来说，工作在早饭之前就已经开始了，清晨就是幼小的丹顶鹤的一声鸣叫。他迅速洗了把脸，然后用大盆准备好若干小鱼，降生不久的幼鹤正嗷嗷待哺。用镊子夹起一条体量适中的小鱼，送入一只幼鹤的嘴中，张秋的动作熟练而准确。此时，时针指向早上5点。

为了增加濒危物种丹顶鹤的种群数量，十多年来，吉林省向海国家级自然保护区管理局对丹顶鹤人工繁育进行了深入探索和研究，丹顶鹤人工繁育技术在国内已居于领先水平，繁育丹顶鹤累计数量突破180只，今年更是创造了历史新高，达到39只。作为地地道道的向海人，张秋格外喜欢丹顶鹤。6年前退休后，他受聘成为一名丹顶鹤繁育员，想通过自己的努力，让拥有"中国丹顶鹤之乡"称谓的向海更加鹤舞翩跹。

唐代诗人刘禹锡在《秋词二首》中说："晴空一鹤排云上，便引诗情到碧霄。"由于向海历来就是我国鹤类的重要繁育之地，所以，如果展开想象的翅膀，也许诗人笔下的那只鹤，就来自当年的向海。

千百年来，以向海为代表的中国北方湿地环境滋养着一只又一只、一群又一群的鹤，鹤又滋养着无数文人墨客的诗情和美好期冀，在人与自然的对望中，不断丰厚文化的底色与细节。

正是在这样的意义上，张秋与历史站到了一起。

挽救濒临"死去"的家园

仲夏时节，当地摄影师李明又用镜头获取了一组向海波光潋滟、苇海荡漾的好片子。虽然几十年来他拍摄向海的照片要以万张计数，但他仍然为获得的新的角度、新的景观而兴奋不已。当他把照片发到微信朋友圈，立即得到了朋友们的赞叹。

其实，很多人并不知道，这片位于吉林西部的通榆县，与科尔沁草原相接的湿地，前些年险些"死去"。

向海是大自然的杰作。不知道经历了多少万年的洗礼，经历了多少次沧海桑田，才有了南面霍林河，西面额尔泰河，北面洮儿河三大水系的交汇，从而形成了大面积的芦苇沼泽区，湖泊、苇海与草原相拥相抱，一个完整的湿地生态系统悄然而生。又由于这里位置极为偏僻，历史上少有人来，以致不见烟火，恍若隔世。也许只有飞越数千公里到北中国寻找栖息、繁殖之地的鹤鸟才知道这里的美好与神秘，从每年春天开始，一来就是数月。

直到清朝初年，有人在向海建了一座"青海庙"，向海才慢慢热闹起来。传说，公元 1784 年，乾隆东巡经过这里，将此庙赐名为"福兴寺"，因有感于向海风光秀美，留有"云飞鹤舞，绿野仙踪"的碑文。

　　然而，就是这样一个有如人间仙境的地方，却在 20 世纪 90 年代，由于自然环境的改变及人为破坏，几乎毁于一旦。三大水系先后干涸断流，向海失去了水的补给。由于"喝"不到水，到 2004 年，向海湖泊最大积水面积由 71.8 平方公里急剧下降到 17 平方公里，原来 3.21 亿立方米的蓄水量下降到 2200 万立方米，水量下降了 90%，大片湿地变成了草场和荒滩。

　　即将"断气"的湿地逐渐失去了鹤鸟的爱戴，丹顶鹤一度难觅芳踪。为了挽救向海，吉林省从 2012 年开始，投资数亿元实施河湖连通工程、退耕还湿工程，霍林河等三条水系又恢复了往日的生机，向海湿地又"活"了。据测算，湿地不仅得到全面恢复，而且面积扩大了 10 倍，达到 360 平方公里。

　　人们心目中的向海回来了：沙丘榆林、芦苇沼泽、湖泊水域、羊草草原构成多样的生态系统，成为水禽的繁殖地和迁徙通道，大鸨、东方白鹳、黑鹳、丹顶鹤、白鹤、白头鹤、金雕、白肩雕、白尾海雕、虎头海雕等国家一级保护动物再次荟萃于此。

"仙鹤"是向海的"神"

　　下午 3 点，在向海名为鹤岛的地方，早已聚集了一大群等待的人们。管理员准时打开铁笼，几十只丹顶鹤争先恐后，腾空而起，时而顾盼回旋，时而欢悦追逐，鸣叫声中，优雅地展现自己美妙的身姿，天空一下变得生动起来。人们举起手机或相机，欢叫着，跳跃着，体会着《诗经》中"鹤鸣九皋，声闻于天"的情境。

鹤类研究专家、向海国家级自然保护区管理局副局长林宝庆说，全世界现有鹤类15种，中国有9种，而向海就有6种，由于鹤类对自然环境十分敏感，是保护生态环境的"风向标"，而被称为"湿地指示物种"。

鹤鸟全身洁白，同时，嘴长、颈长、腿长，体态极显优雅，在中国文化中具有吉祥、忠贞、长寿之意。中国人习惯上把它称为"仙鹤"，并因为其寿命一般长达五六十岁，而常把它与松树并提，在绘画中总有"松鹤"相伴。鹤的繁殖地主要在中国松嫩平原、俄罗斯的远东和日本，越冬时，它会经过千里飞翔，来到中国东南沿海各地及长江下游、朝鲜海湾、日本等地。我国在鹤类的繁殖区和越冬区建立了扎龙、向海、盐城等一批自然保护区。

在所有鹤鸟中，丹顶鹤因为头顶有红色肉冠，而显得十分独特，被人们钟爱。"向海就是丹顶鹤，丹顶鹤就是向海。"在张秋看来，以丹顶鹤为代表的鹤鸟是向海的"神"，是它们让向海"活"了。而他每天忙忙碌碌的意义，就是让向海孕育更多的像丹顶鹤一样的生命，看着它们凌空起舞，是他乐意感知的自然界最美好的生生不息。

"走过那条小河，你可曾听说？有一位女孩，她曾经来过。走过那片芦苇坡，你可曾听说？有一位女孩，她留下一首歌……"这是一首20世纪90年代传播很广的歌曲《一个真实的故事》，描述的是一个女孩为救一只丹顶鹤而失去生命的感人事迹。故事的发生地并不在向海，但这首歌曲的旋律却在向海旅游区商户的门口经常响起。不论在哪里，人们对鹤的情怀都是相通的。

湿地中养育的那只鹤与中国文化的邂逅

"'心同野鹤与尘远'，一掠长天写空灵。当情系向海的几十只丹顶鹤在夏日的午后展翼凌空，你的心也就随之净若白云、如履梦谷了。"出生在向海边上一个普通村庄的吉林省著名作家葛筱强在散文《向海散叶》中这样描绘他心目中的鹤鸟。

同葛筱强一样，几千年来，中国的王侯将相、文人墨客都对鹤情有独钟。鹤类研究专家、向海国家级自然保护区管理局副局长林宝庆、吉林省林业科学研究院研究员韩晓冬不约而同地谈到，以向海为代表的北方湿地系统给中国鹤文化的形成作出了重大贡献，而鹤文化是中国文化体系中一个重要的部分。

考古工作者发现，殷商时代墓葬中出土的器物中，就已经有鹤的形象出现。春秋战国时期，鹤体的青铜器礼器就已经栩栩如生。河北满城汉墓出土的漆器表明，早在 2100 年前，人们就清晰地绘制了鹤的图案。在我国传统道教中，飘逸的鹤的形象更是随处可见。在一些朝代，一品文官会在衣服上绣鹤鸟图，鹤被称为"一品鸟"。也是出于这方面的原因，仙鹤在祥云中飞翔的图案，意思是"一品高升"，而如果绘就的是日出时的仙鹤飞翔，则是"指日高升"的象征。

一只鹤与中国人，与几千年的中国文化，紧紧勾连在一起。

汉代路乔如曾作《鹤赋》，内有"白鸟朱冠"之语。东晋诗人陶渊明在《搜神后记》的《丁令威》篇中写道："鹤乃飞，徘徊空中而言曰：'有鸟有鸟丁令威，去家千年今始归。城郭如故人民非，何不学仙冢垒垒！'遂高上冲天。"言及丁令威化鹤归乡，劝人学仙悟道。唐代诗人描写鹤的句子极多，如白居易在《池鹤》中说："低头乍恐丹砂落，晒翅常疑白雪消"。宋代学者陈岩肖在《庚溪诗话》中这样称赞道："众禽中，唯鹤标致高逸……""腰缠十万贯，骑鹤下扬州"，一度成为中国古人飞黄腾达、优雅过活的梦想。

如果当年这些古人有机会来到向海，来到这个他们笔下生着诗意和美感的鹤的繁殖、栖息之所，他们又会有什么样的体会呢？诗情百代，白云千载，在祖国大地上，鹤鸟用翅膀带动的，是穿越时间的对话，是跨越空间的美好。在这个过程中，人与人，人与自然，人与时空，得到了最恰当的和谐统一。

说说东北的"鳇鱼圈"

2016 年 2 月，媒体争相报道哈尔滨的"天价鱼事件"。"哈尔滨天价鱼"的主角叫鳇鱼，它可不止这一个名字，还叫鲟鳇鱼、秦王鱼、牛鱼、麻特哈鱼、色里麻鱼、阿金鱼等等。起了这么多的名字，不知道是不是因为它太受宠爱的缘故。但它确实昂贵，现在野生的几乎打不到。

随着民众消费能力和消费欲求的不断扩展，原来处在边缘的一些旅游产品可能一夜之间被炒热，东北的冰雪旅游正是这样一个代表。一改前些年不温不火的状态，东北的冰雪在"春节档"被国民玩爆。像中国的任何一个地方一样，旅游突然之间爆火起来后，地方的餐饮业和行政管理部门都准备不足，投机取巧之心在滚滚而来的钞票面前，焦急地膨胀开来。"哈尔滨天价鱼"就这样出现了。

出了这样的事件，是从此严格规范、杜绝以后再出现类似事情的好还是破坏规矩、影响脸面的坏？应该进行商业反思还是文化反思？是就事件看事件还是联系到东北振兴的总体制度环境?……都不讨论，只看那条鱼。

那可是一条很了不起的鱼。它从日本海游来，一般在春季逆流而上黑龙江、松花江，整整一个夏季都在这里"游玩"，并产卵繁衍，立秋后再回到海中。从色彩上看，整体呈黄色，腹部雪白，后背是棕黑色的花纹，谈不上多么漂亮；从体形上看，成龄鱼一般体长2米左右，数百斤重，大的有两三丈长，重达上千斤，可谓惊人。据《鸡林旧闻录》记载："松花江产鱼颇富，三姓上下之沿江一带多操渔业。其鱼鲟鳇最大。"

其实，不仅《鸡林旧闻录》对鳇鱼有提及，《金史》《酉阳杂俎》《太平广记》当中均有关于鳇鱼的描述。如此大鱼，在黑龙江、松花江中实属少见，于是，其食用价值、经济价值和政治价值就都被挖掘出来了。

奴才们想尽办法把大清皇帝们侍候得个个都成了美食家，把能找到的山珍海味都塞进帝王们的肚子里叽里咕噜地消化着。皇帝自然对这种体大神奇可用于祭祀典仪、烹煮下锅的美食情有独钟。于是，皇室以品食鳇鱼为优越尊贵，达官显贵以品食鳇鱼为大快其心，婚丧大典以品食鳇鱼为吉祥顺意。早在皇太极时，便下旨纳贡鳇鱼。康熙则更进一步，在1666年正式给设在吉林的正四品官署"打牲乌拉总管衙门"下达了"捕鳇"业务，而在1691年后，更是健全了捕鱼的八旗组织。到了乾隆时期，皇帝要求"打牲乌拉总管衙门"把捕鳇鱼的"工作"提到更加重要的位置。估计，皇亲贵胄们是吃顺嘴儿了。

比利时学者南怀仁有幸在1682年随康熙东巡来到吉林市，此时的康熙爷还没到30岁，想必口食之欲甚强，连南怀仁都毫不客气地在其所著《鞑靼旅行记》中记下了皇帝的"食鳇"之心："乌喇（今吉林市乌拉街镇）去吉林三十二里，稍上流处盛产鲟鳇鱼。皇帝乌拉之行，就是为了钓这种鱼。"不知道当时的年轻皇帝钓没钓到，或者钓到多少，但怀想其江边垂钓之景，也应该是壮观而华丽的吧。如果有心，沿现在乌拉街一带的松花江岸找一找，在大概"去吉林三十二里"的地方，看哪一处最宜鳇鱼上钩，然后推测出一个帝王垂钓处，哪管有些假设，也必是现代人旅游的重要一观了。

很可惜，假设没有任何意义。因为据南怀仁接下来的记载，康熙此来十分不巧，竟然昼夜连下大雨，皇帝根本没有办法活动。康熙带着 200 多艘大船，在乌拉街被大雨滞留了五六天，不得不返回了吉林。但是 16 年之后的 1698 年，康熙皇帝第二次东巡吉林时，终于在今离吉林不远的舒兰市法特镇一带的松花江捕捞到鲟鳇鱼。而且据说还因此做了诗。

可是实话实说，别说钓，就是下巨网到水里去捕，也常常是下网十多天，仍不得一尾。鳇鱼可不认得你是不是皇帝，康熙爷也不会神到坐一会儿就能钓上鳇鱼来，或者皇爷一来，鳇鱼就主动跑到网里来。怎么办呢？怎么保证圣上钓到呢？当然有办法，那就是把皇帝领到"鳇鱼圈（注：读 juàn，四声）"来。"鳇鱼圈"就像现在的养鱼池，唯一不同的是，现在的鱼池里的鱼多是人工喂养，"鳇鱼圈"里的鳇鱼，个顶个都是野生的。如果怕皇帝看破不悦，有可能就把皇帝领到"鳇鱼圈"的附近，那样，碰到鳇鱼的机会也许就多一些。

当然，这些都属猜测，看看康熙大帝的丰功伟绩，恐怕他不会让臣子们欺骗他。到江上捕鱼总比带着千军万马驰骋疆场要容易一些。千古一帝的康熙一定会在激流的大江中有所收获。

那么，"鳇鱼圈"到底是怎么一回事儿呢？

"打牲乌拉总管衙门"里有一个专门的队伍，就是捕捞鳇鱼的，他们叫"牲丁"，每年谷雨过后，他们便分赴各产鱼江口实施作业。由于捕捞到一条鳇鱼十分困难，每捕到一尾，就立即登记造册，把这条鱼的色彩、特征等详细记录下来。然后，把鳇鱼"第一时间"送至"鳇鱼圈"。据光绪十年(1884)出版的《打牲乌拉志典全书》记载："荡捕鲟鳇鱼每年四、五月，派骁骑校一员、委官一员、领催二名，用肥大眼网八块，两块一练合为一块，顺车横荡，获鱼入圈。"

一般来说，"鳇鱼圈"设在与主江道连通之处的宽阔地带，或者设在老百姓俗称的"江汊子"里，水面有大有小，平均在两三万平方米，四周插满柳树或木栅，既能保证是活水，又能防止鳇鱼溜走。作为贡鱼，有两种方式运去京城。一种是在夏天，运送的是活鱼，把鱼从"鳇鱼圈"中捞出，装进特制的水车中，一路不停地更换水车中的水；一种是在冬天，运送的是冻鱼，用黄绫包裹，装上贡车，在腊月间由衙门派人送往北京。无论是何种方式运送，车上都要插一面书有"贡"字的黄旗，护送人员需在出发前三日沐浴更衣，吃住衙门，不准回家。正式出发前，还要举行送鳇鱼仪式，需鸣锣开道，用净水泼街，庄重而热闹。路途中，每到一个驿站都要把保镖兵丁更换一次，可见其重要性。

东北共有多少这样的"鳇鱼圈"呢？还真不少，但没有人真正统计过。

在离吉林市乌拉街不远的舒兰市法特镇就有一个。这是一个叫"黄鱼村黄鱼屯"的地方，距法特镇有 8 公里。黄鱼屯的一个近似月牙形的深坑就是当年的"鳇鱼圈"，只是这"鳇鱼圈"已经与松花江有了一点儿距离，四周都是农田了。月牙形的深坑周围都是土堤，现高 3.5 米，南北长约 150 米，东西宽约 100 米，中间可蓄水约 1.5 万立方米，是吉林省重点文物保护单位。据说这个"鳇鱼圈"是建在康熙初年。当年可比现在壮观得多，深丈余，全用花岗岩砌成，并配有晾网地。

据记载，在更加上游的吉林省永吉县也有"鳇鱼圈"，那似乎是从长白山发源而来的松花江的第一个"鳇鱼圈"。松花江水出永吉到舒兰，再到德惠，又有一处"鳇鱼圈"，水面约 2 万平方米，与陆地毗连，四周以柳树为屏障，水里还留有赶鱼换水的闸门。从德惠经过，松花江一路西流，对岸则是扶余市，这里也有一处"鳇鱼圈"。再向西行，进入农安县，江水流过青山口乡后，就进入了黄鱼圈乡。从地图上看，这里是以"鳇鱼圈"命名的最大的行政区域："乡"。只是，日子久了，人们把不便写不好认的"鳇"改成了"黄"。

滚滚松花江水继续西行，穿过吉林省松原市后，约 11 公里，有一个江心岛，总面积约 120 公顷，这就是"鳇鱼圈"岛，这里在清朝时期也是一处鳇鱼的圈养地点，当年圈养鳇鱼的大坑依然存在。现存大坑长 250 米，宽 30 米，面积 7500 平方米，深 5 米。

松花江从松原再向西行不远即与嫩江相会，折而向东，不久就到了黑龙江省肇源县。这里有个二站镇小城子村，300 多年前，此处又是一处康熙御批的"鳇鱼圈"。

从肇源向东，松花江流入哈尔滨。就在老江桥东侧的老船坞，有一处20世纪60年代末期的著名地点：天体浴场。这个天体浴场的所在地老船坞就是当年的"鳇鱼圈"。由于人工建设的建筑太多，现如今，已经丝毫看不出这里曾经是专给皇帝进贡而圈养鳇鱼的地方了。

回望当年，康熙皇帝也禁不住鳇鱼体大、味香的诱惑。在其《松花江网鱼最多颁赐从臣》的诗歌中，能够看到帝王看到鳇鱼时的激动与对鳇鱼的赞许："……小鱼沉网大鱼跃，紫鬣银鳞万千百。更有巨尾压船头，载以牛车轮欲折。水寒冰结味益佳，远笑江南夸鲂鲫。"

遗憾的是，现在，野生鳇鱼在松花江流域几近绝迹。那条牵动帝王神经的鲟鳇，是越游越远了。只是希望，那当年与鳇鱼有关的"鳇鱼圈"，以及相关的历史信息，不要也被游远的鲟鳇带走。

15 万首诗歌流淌的田园情

皑皑白雪在广阔的松嫩平原铺陈开来，四通八达的公路像在白雪做成的宣纸上写下的墨线。汽车顺着这墨线，经过从前被称为黄龙府的古城吉林省农安县县城后，向西一转，再行驶 30 公里，在风光秀美的波罗湖湿地的南端，就坐落着"诗乡"巴吉垒镇。

四合村是巴吉垒镇下辖的 19 个村之一，在这个村文化大院的墙上，挂着一个 6 平方米左右的长方形图板，上面布满了农民诗人和赛诗会活动的照片，顶上一排大字："振兴诗乡文化，促进百业发展"。同样的图板在其他的村也能看见，这是当地诗社活动的见证。如今的巴吉垒镇每一个村都有一个诗社，加上镇里的，一共 20 个。"这些诗社大都是从 2007 年建立起来的，有社长、副社长，还有理事。"巴吉垒镇诗社副社长孙万光说，"2007 年以前也有诗社，但没有现在正规。"

"口唱山歌手摇鞭，心田如蜜耙地欢。鞭儿扫落天边月，耙走切平万座山。"20 世纪 50 年代，当地农民诗人王振海一首《耙地》诗技惊四座，豪情万丈的气魄一下让中国东北这个偏僻的小乡村声名鹊起。作为农民诗人的代表，王振海参加过全国群英会，受到了毛泽东主席等党和国家领导人的接见。

"1953 年是巴吉垒诗歌创作的一个重要起点。"镇党委书记王辉说。据王辉介绍，在那一年，以王振海为代表的农民诗人们创作的《走婆家》等 20 多首诗歌刊登在吉林省当地的报刊上。随后，巴吉垒镇农民的诗歌创作热情被点燃。在 1960 年召开的全国文化工作会议上，授予巴吉垒镇"巴吉垒诗乡"的称号。

诗意已经在这个小镇上流淌了 60 多年。据介绍，诗歌在当地的发展，大致经过了四个时期：二十世纪五六十年代的发展初期、七十年代的进一步成熟期、八九十年代进入市场经济后的调整期以及进入二十一世纪以后的新时期，共创造诗歌 15 万首左右，出版了《巴吉垒新歌》《田野放歌》《魂梦系黑土地》等近 20 本诗集。目前全镇有 5 万多人口，诗歌创作人员有 3000 多人。

《岁月流痕》是李树德在 2013 年出版的诗集，收录了他从 1973 年到 2010 年的诗歌。他把这本诗集作为礼物送给记者。李树德说，他和镇里的许多农民诗人一样，写诗成瘾。有些人正在种地的时候，灵感来了，怕忘了，拿起树枝，就在地上写起来；夜晚休息的时候，身边要放上笔和纸，有了想法，就起身记录下来；参加婚庆的时候，往往在桌上就开起了赛诗会，大家即兴作诗朗诵……

对时代的赞美，只有诗歌能够到达。诗人郭喜发是镇中心小学教师，也是前一段镇上诗歌比赛的评委。他记得参赛的作品大都以个人的经历为内容，饱含着对生活的热爱以及对好政策在黑土地上开花结果的赞美。一首诗歌这样写道："诗乡农民最风流，种地不用马和牛。农机一响千垧地，粮山堆得遮日头。"经过 60 多年的风雨锤炼，诗歌的体裁发生了很大的变化，新诗也越来越多了，但仍然没有离开对时代的讴歌。农民诗人孙成光在《收获》中这样写道："赤裸裸的成熟 / 晾晒在无垠的山岗……载回乡村的 / 是经过提炼的秋光。"诗从垄沟溢，情从民间出，意跟时代走，已经成为巴吉垒农民诗歌的显著特征。

是深厚的文化源流才让巴吉垒的农民诗歌如此丰富多彩。很多农民诗人都说，写诗是受了大鼓词的影响。今年已经 74 岁的卢福民是当地远近闻名的大鼓说唱者，作为当地口传身教的最后一代大鼓词传承者，他非常认可大鼓词与诗歌之间的渊源。"这里的大鼓词说唱讲究语言对仗，新中国成立前就存在很多年了，有着非常悠久的历史。"卢福民说。1956 年，当地农民编写的大鼓词《八字宪法》还被编入了吉林省扫盲教材。

政府部门的重点打造，使这一有特点的乡村文化的存续有了重要的保障。为了给农民诗人创造有利的创作环境，镇里专门安排党委副书记刘海彬任镇上诗社的社长。镇里会在每年的春季和秋季各举办一次赛诗会，还重建了占地面积近 2000 平方米、建筑面积 300 平方米的诗乡文化站。"县委、县政府也高度重视，已经连续多年在巴吉垒镇举办诗乡艺术节。"农安县委常委、宣传部长徐志成说。

"其实，我们知道我们做的诗水平并不高，我们都是农民，都是'小草'，与正规的文学创作比不了，但'小草'的生命力强。"李树德说，"我们就是想把生活中很舒服的状态表达出来，没想到，通过诗的角度看这个世界，人也多了几分涵养。"莫波村和李家村是全镇诗歌创作氛围最浓厚的村，在这里，打麻将的几乎没有，大家一有时间就跑到一块儿钻研诗歌创作。村民们互相尊重，脏话、粗话基本听不到，喝酒也不讲黄段子，激情一上来，就对对诗。

在巴吉垒镇中心的春节大集上，年货丰富多彩，店主们把不怕冻的食物、用品全部搬到路边，一长串的鞭炮摊位肩并肩地挨在一起，鸡、鸭、鱼、肉布满几百米的长街……诗乡已被新年的喜气染透。农民诗人宗喜华在他的《诗魂》中这样赞颂他的故乡和故乡的人们："笔落青山沐风雨，墨染碧野萌桑麻。"人们背靠碧波荡漾的波罗湖，在国家富民政策的大环境中，在谦谦君子般的文化养成中，正充满诗意地生活在广阔的大地上。

松柳青：在中国东北三个村庄的抒情

　　1990 年六七月间，一群尚未对未来感到迷惘与困惑的少年，脚踏黄龙府东北 80 公里的松花江南岸，在野草肆意的杨树林里、矮山顶上，拍下与他们心爱的先生在一起的标志着初中生活结束的独特毕业照。而此时的北京正在准备迎接她的第一次亚洲运动会。

　　那时候的少年们不知道，脚下踩着的一道接近两层房子高的长长土坝是 1904 年日俄战争时，俄罗斯大兵北撤时在松花江南岸修建的最后一道防线，不知道早上骑着自行车路过的名叫"二泡子屯"后面的大片苞米地，在辽金时期是一座古城，不知道他们站立的矮山下面，有一柄日后被考古人员挖掘出来的宝剑。

　　他们也不知道，各自未来的命运总是到来的时候才意识到，与自己的预想并不相似，不知道，此时的他们比他们去到未来的任何一个时候都更加快乐和幸福，不知道，站在他们中间的班主任，对语文情有独钟的那位先生，正在默默地书写着心中的黑色土地、金色麦子，日后获得了冰心文学奖特等奖，成为知名的儿童文学作家……

他们何必要知道。面对西流的松花江，他们用《亚洲雄风》的歌曲胡乱呼喊着，他们认为，最大声才是抒情，因此觉得十分惬意；闻着玉米地里苞米花粉的独特清香，他们努力把鼻子里的空隙，用那样极有质地的空气装满；他们把少年懵懂的情愫偷换成闪烁的眼神，飞快地从他们心仪的人的脸上掠过，希望增强对那个男生或那个女生的记忆。

"你有劲儿不使！"才华横溢的年轻先生把他的全班学生的名字都编成了谜语，一个一个说出谜面，让大家抢答。"刘君丽（留君力）！"一个"小伙子"脱口而出，那个娇弱的小女生已经满脸绯红。

当未脱稚气的少男少女们与先生围坐在山岭上的草地中间，天空正湛蓝如洗，几朵白云从北面江水方向缓缓流来，几只不知名的水鸟偶尔飞起。30年后，我们必须承认，那就是后来我们一直在寻找的世外桃源。

"世外桃源"正位于中国东北三个普通村落的交会，西面的叫青山口村，南面的叫柳条沟村，东面的叫松花江村。这些少年就来自这三个不同的村落。

村落都是在晚清与民国时期慢慢形成的，关内来的移民居多。比起其他一些名为张家店、许马三家、高家窝堡等等村子来，这三个村的名字清雅秀丽多了。

松花江村，顾名思义，正好位于松花江边。这是一个沙土地多、树木多的村子。沙土质地软硬相应，洼地往往积水成池成泡，鸭鹅欢快地戏水追逐，成为乡村的音符和水墨；树木并不过大连片，而是块块相隔相连，在村中散落各处，掩着红瓦砖墙，点缀妇女们的高声低语。

柳条沟村，正处在一条小河的不远处，小河在平原漫延，河两侧有着较广阔的湿地，其上连片生长着柳树，并非高树，多是一丛一丛的柳条，被当地人称为"条通"。水鸟啾啾，蛙鸣片片，竟有些水乡的韵味了。柳条所处之处，地势略低，再向柳条的外侧扩展，则是大片大片的苞米和黄豆，好像庄稼地里的一道长满柳条的沟，就叫了"柳条沟"。

青山口村，靠近松花江边，是江水转弯时冲出的一道陡岸，足有百米高，其上又是一望无际的平原。由于多年雨水冲刷，陡岸被奔涌入江的雨水冲出一条条沟壑，其中一条最大最长，形成一个山口，从江水一侧看过来，两边的陡岸就如耸立的山峦，而且有苍雾笼罩，蜿蜒的山口进路，竟也有一种精致的壮观，是为"青山口"。

实不知哪位饱含才气的乡村先生，将这三个村子的名字取得如此让人刮目相看。这诗意浓生的名字也让少年们中间的那位先生饱含了书生气。

江水西去，夕阳殷红。少年们推起自行车，准备散去。先生却突然把自己的包打开，拿出一个又一个像校徽一样的小小的名牌。名牌上写了四个字：自强不息。

少年们默默地把名牌戴在自己的胸前，向他们的先生道别，向他们心中的眷恋道别，也向他们的少年时代道别。16岁了，他们带着"自强不息"的期望，迈进各自的青春。

然而，在先生的心里，这些少年的背影并没有离开。因为在三年前，他已经用自己的方式记录了这批默默无闻，而且也许一生都默默无闻的东北乡村孩子的脚印和梦想。

大概在 1988 年初，初中一年级四个班里，作文写得比较好的几个孩子被先生集中起来，利用这个偏僻乡村初级中学唯一一台刻录试卷的机器，办一张小报。他集合了三个村子的各自一个字，组成了这个小刊物的名称：《松柳青》。

个个迷蒙的乡村孩子，才十二三岁的样子，谁也不知道这意味着什么。但却把自己的热情最多地奉献到了学校最后一排房屋里阴暗的一间。他们和先生一起，利用课余时间到那个房子里在油纸上刻字，然后用圆圆的轱辘辘，在一张张粗糙的纸上印出他们的作品。再一张张发给班级里的同学。那是真正带着油墨味的报纸，那种沁人心脾的味道至今仍在鼻端。

内容大多是一年级同学们作文中比较优秀的篇章。记忆中并没有老师们的作品，更从未见过先生的文章，完全是先生给学生们创造的文学园地。

对于一本课外读物都没有的农村穷困少年，期待看下一张《松柳青》成为一种由衷的盼望，甚至由于对这张小报纸的交流拉近了男生与女生之间的距离。

学校与三个村子一样，都坐落在苞米地中间，南北两趟房，西面院墙外面是一个长长的小树林，东面院墙外面则临近一个叫作"东岗子"的小屯。北面苞米地再远一点儿，又是一条小河婉转流淌。就是这样的农村的画面被同学们描绘着，然后变成文字，变成墨香，变成他们人生中的一幅插图，保留着当年的日光、风以及幻想。

油墨的醇香烘托着干净而又美妙的灵魂。与这群少年告别后的先生名气越来越响,文章越来越有名,收到过很多大城市的招贤信,然而却坚决不离开乡村。2003年前后,曾经的少年回到故乡看望他。先生在自家平房的西侧加盖了一间,里面放一张桌,摆一台电脑,是为创作间。屋外是绿意浓烈的小园,几棵果树舒展的枝叶覆盖着先生内心中反复打扫的净土。在并非江南的北方,竟也有了悠然南山的情境。

又几年过去,曾经在苞米地里安静呼吸的初级中学,因为生源等原因,正式宣告解散,部分房屋拆除。当年的油印刻纸机器早已经不知去向。一群少年的印迹再不复见,留恋凭吊之处也已消失殆尽。先生也被教育部门调动,工作调整到黄龙府县城。不愿离开,也还是要离开,为了生计,为了儿女,为了未来。

2016年春节,曾经与先生在松花江边惜别的少年中的三个,来自松花江村的陈,来自柳条沟村的韩,来自青山口村的鲍,相约驱车来到黄龙府,看望他们已经成为县作协主席的先生,在黄龙府辽代古塔下不远的一个面馆,一起吃碗面。已入不惑之年的同学告诉先生,他们对苞米苗、榆树钱儿以及《松柳青》的惦念。先生笑笑,轻轻地说:"我们的《松柳青》现在还有,被收入到档案馆了。"说话的样貌仍然是记忆中的样子。然后,在路口站立挥手,向学生道别,祝愿他们更好。再然后,消失在车流的后面。

松柳青,这是三个中国东北普通村庄的普通的记忆,不说,没有人知道。这是人生的一种抒情,是一个普通少年、现已中年、终要老年的普通人的集体印痕，它告诉那流淌的江水，水边的风月，我们这群人，就是这样在人间。

捻一个你，塑一个我，做一个城

一池碧水之上，一片苍翠林间，身姿曼妙的仙女斜靠弯月，思绪飘飞，《净月女神》雕塑在城市边缘的森林公园里一展人们对广寒月宫的美好向往；164 块花岗岩拼合而成的 30 余米高碑一柱冲天，三位少女手捧鲜花、橄榄枝、和平鸽凌空起舞，《友谊和平春天》雕塑在城市次中心位置用气势恢宏诠释着人们面向世界的态度；在与地面垂直 40 米的高空，一只"太阳鸟"展翅高飞，与其前后矗立的裸体男女，共同构筑中国文化的"天地人和"，《时空》雕塑在城市的中心广场表达着人们对太阳的赞美和对光明的追求。

这是由远及近，在至少延伸 30 公里以上的城市空间里，一座城市用雕塑铸造出来的非凡想象。足以令这座城市居民自豪的是，在 7294 平方公里的规划区范围内，坐落着 10 座以雕塑为主题的公园，这在世界上绝无仅有；在这些公园里，陈列着 216 个国家的雕塑作品，陈列展品覆盖国家之多世界第一。

昔日的汽车城、电影城又有了一个新称号：雕塑城。长春，发生在这座东北平原老工业基地城市的沧桑巨变再一次令世人瞩目，从1997年首届国际雕塑作品邀请展到2017年第五届中国长春世界雕塑大会，一座城市对雕塑长达20年的坚持开花结果。

因为雕塑，这座城市是四季的城。不同于烟雨迷蒙的江南，大自然的恩赐，对于位于北纬43°05'～45°15'的长春来说，只有夏天才多姿多彩，到了冬天，就只有白茫茫一片。曾经一首传唱度极高的歌曲《我们在长春相遇》中这样描绘一座城市的场景："在那银色的冬天里，我们在长春相遇。漫步在飘雪的路上，结下了纯洁的友谊。"美妙相遇的背景只有一种色彩：银色。这就如同有人分析的那样，位于北纬45度附近的世界城市，会遇到一条"萧条线"。特别是位于内陆的城市，到了冬天，其缤纷的色彩更会被白色统统抹掉。要想让这座城市仍然保留某种色彩，就要有抵抗季节变化时的"补益性"景观。想一想，零下二三十度的街头，枯叶干草之畔，还能有什么让人驻足观望呢？只有雕塑，全年四个季节，全天候24小时，忠实地奉献着自己的审美呈现，甚至会随季节的变化，更能展现其面对不同际遇时的风姿绰约。

因为雕塑，这座城市是创造的城。一说北方，人们马上就会觉得历史比不得中原，文化比不得江南。也正因其缺少厚重的历史文化积淀，让人觉得做起文化来，总是轻轻浅浅的，因为太少的东西能够利用，太小的部分拥有名声。雕塑却让一座城市的眼光奋力向前，走出一条彰显自信的道路。对于几百年的老建筑来说，对于上千年的文化遗存来说，从1997年开始的雕塑建设显然是立足零起点的新文化建设。既然在城市文化建设上少有甚至没有老本可吃，那么不妨用创新的胆识和气魄，以雕塑文化切入，为未来积累文化遗产，开拓一条城市文化建设的新路径。

因为雕塑，这座城市是艺术的城。在 3 万平方米的长春世界雕塑艺术博物馆里，竟然摆放着从希腊国家博物馆及卫城博物馆引进的 38 件古希腊雕塑作品。在非洲艺术收藏博物馆里，竟然有来自坦桑尼亚、莫桑比克等非洲东南部国家的 1.2 万件雕刻和绘画等艺术作品，还收藏了 6600 多件马孔德木雕，成为国内非洲马孔德木雕数量最多、品种最全、艺术水平最高的博物馆。如今，这座中国北方的城市已经成为中外闻名的国际雕塑城，刘开渠等老一代雕塑名家的经典作品，曾成钢等中青年雕塑家的精品力作，库巴索夫等国际雕塑大师的名品佳作，已经遍布这座城市的公共空间。其实，在中国，我们从来不缺少对雕塑艺术的追求，一件件传世之作如今还屹立在中国大地上：秦代的兵马俑、汉朝的动物雕塑、隋唐时期的石窟佛雕塑……如今，经过几十年改革开放，我们有条件、有能力、有必要用中国人几千年传承下来的艺术气质，做属于我们这个时代的艺术作品。长春，给自己打造了属于自己时代的"艺术范儿"。

因为雕塑，这座城市是世界的城。要做就做"世界级"！在长春最初确定发展城市雕塑的时候，发起者和推动者就坚持着这一原则。这令一座城市以雕塑作为载体跟整个世界拥抱。在长春世界雕塑公园的大门前，200 多面各国国旗迎风飘扬。

这代表着来长春参加世界雕塑大会的国家。"友谊、和平、春天",是 20 年来 18 届长春国际雕塑作品邀请展永恒不变的主题。长春市已经成为世界雕塑艺术家们施展鬼斧神工的"秀场",成为世界雕塑家共襄盛举的"大派对",而最终,艺术家们创作的作品几乎都留在了长春。这也使长春市成为雕塑王国的世界级城市。

因为雕塑,这座城市是多情的城。有人做过统计,在中国,长春几乎收藏着所有雕塑名家的作品,最具影响力的前十位雕塑家,每个人都有自己的作品留在这座城市。而雕塑家的作品在哪里,心就留在哪里,他们的思想和情感就留在哪里。这些雕塑作品值得反复观赏、琢磨,为它回头是因为每一个作品中都有故事,而有可能,那个故事正好戳中你的心灵。

因为雕塑,这座城市是我们的城。绿荫围绕的马路环岛中央、繁花似锦的城市广场里面、山水交错的绿地公园、车水马龙的街边路角,不经意间就有一座独具特色、艺术味道浓厚、与周围环境相得益彰、出自名家之手的雕塑出现在眼前。站在长春街头,人们能够强烈地感到,一座城市的艺术品格扑面而来。如今,上千件出自世界各地雕塑家之手的雕塑作品摆放在这座城市的公共空间里,成为靓丽的艺术风景。艺术在融入百姓的过程中绽放着光彩,焕发着生机和活力。

元代有一个叫管道升的人写了一首《我侬词》,内有"把一块泥,捻一个你,塑一个我"的字句。借用这字句来说雕塑,来说城市建设,似乎一样确切:把你的思想、我的精神,把你的故事、我的传奇,捻出来,塑出来,摆放在城市的每一个角落,让它在审美的情趣中被感觉、触摸，这座城市也就会有情有义、有品有格。也许，那不仅是一座城市文化层面的意义，更是它得以长久存在的意义。

酸菜·女人·黄龙府

一

大约 900 年前，一个女真装束的女人，把秋天金色的太阳的光芒装进行囊，从今天位于当年被称为黄龙府的农安县东北、黑龙江省与吉林省交界处的松花江岸附近起行，给征讨辽国的金国开创者完颜阿骨打的大军运送粮草。这个女人是带着对阿骨打的爱出发的，她的爱是如此炙烈，以至于每天的行走都会在旷远的东北亚的荒野上留下滚烫的足迹。而她用爱丈量的，将是一个新的帝国崛起的版图。

她此时的身份是阿骨打的大妃。像以往一样，每次她心目中这个伟岸的男人率军出征，她都会在家里组织女人们为前方的勇士准备军衣、筹措军粮。她会在灯下拿出针线，为阿骨打精心缝制贴身的衣服和最合脚的皮靴。她还会烧制酒具和陶器。如今，丈夫上了战场，她会偶尔在脑海中闪现她的男人用她烧制的器皿盛酒一饮而尽的样子，这让她陶醉。今天，她与将士们一起，在准备好大量的粮食和蔬菜之后，要做一次长途护送，她要给所有将士的家属做一个榜样，用自己的行动扩张她男人的属地和野心。

　　然而，在离阿骨打主力军队还有一段距离的地方，不知道谁泄露了消息，她们的行踪被辽国军队知晓。一支数量远远超过运粮队伍的辽军偷袭了金国的补给线。大妃竭尽全力护住军粮，寡不敌众，一支羽箭命中她的要害。临死之际，大妃用尽最后一口力气，把自己的身躯压在了一个装着蔬菜的罐子上。辽军劫走了全部的军粮，却对压在死人身下的这罐蔬菜未予理睬。

　　深秋凉爽的气温暂时保持住了大妃遗体的完整，但压在她身下的这罐菜却发生了奇妙的变化。过了足足有一二十天，阿骨打的将士才找到大妃的尸身。他们因大妃的离去而悲伤不已，也因她在生命的最后一刻护住身边的蔬菜感激不尽。他们异常珍惜这罐大妃用生命守护的菜，久久围着，不忍离去。但当他们止住悲伤，擦干泪水，却闻到罐内蔬菜发酵后散发出来的奇特香味。一个饥饿的士兵小心翼翼地揪下来一个菜帮儿，放到嘴里嚼了嚼，脸上露出满足而憨厚的笑……

　　士兵们以最快的速度把大妃身下蔬菜的奇异变化报告给了仍在前线冲杀的阿骨打。再刚强的男人也会被女人舍却生命为他护送粮草的刻骨柔情打动。阿骨打认定这是大妃给他带来的某种暗示，是解决北方军队在冬天里吃菜问题的最富灵动的思路，也是让他，一个男人对自己的女人念念不忘的最好的途径和方式，那是爱的现实归路，也是爱的化学反应。从此以后，军队中开始大规模炮制这种带着酸味的、有无数种吃法的菜。东北的民间更是在秋冬季节，家家户户在做好充足的准备之后，摆弄着富含水分的白菜，用一定的程序进行腌制。而最后，他们会在寸草不生的寒冬腊月，把这种用独特方法制成的菜与冬天炖到一起。

这就是有关东北酸菜来历的传说。

有人研究发现，酸菜，古代的时候称菹，在几千年前的典籍里就有其名。"中田有庐，疆场有瓜，是剥是菹，献之皇祖"（《诗经》）。东汉许慎《说文解字》云："菹菜者，酸菜也"。据称，在北魏的《齐民要术》里，还对用白菜等原料腌渍酸菜的多种方法有详细的介绍。

中原对酸菜早有腌制，并不影响东北少数民族的独特创造。更何况，这创造付出了一个女人的血肉和气息。从此，这个女人的灵魂深深地与一种蔬菜相纠缠，并且影响了几十代东北女人，让她们的生命朝向着最执着最热烈的方向。

二

1995 年 8 月下旬的一天中午，在昔日黄龙府东北，靠近当年阿骨打大妃生活之地的松花江南岸，一个 45 岁的农村妇女回到家里。她已经在竖立着"日俄战争遗址纪念碑"边儿上自家的农田里劳碌了整整一个上午，她要把已经成熟的八根垄的土豆全部从土里起出来，然后重新翻土，在上面种上秋白菜，待白菜长成，做成冬储菜，再腌成酸菜，那样，整个冬天，全家就有冒着热气和香味的生活了。

急性子的她希望今天就能完成全部计划的劳作，中午回到家里，要喂猪，喂鹅，如果再热饭热菜就会耽误很长时间。她想起昨天从地里拔回来的几个萝卜。午饭就对付一下吧。她三口五口地，不一会就吃掉了半个。

当她正准备再次出发去农田的时候，腹中一阵剧烈的疼痛毫无征兆地袭来。在不到半个小时的时间内，疼痛超出了人的忍耐程度，不久，她就昏死过去。家人意识到她可能是由于快速吃了大量的萝卜引发了"结症"，迅速想办法施救……人总算缓过来了。

睁开眼睛，闯了一次鬼门关的她，看见身边泪流满面的小女儿，平静地说，我没事儿了，别哭，没告诉你哥吧……没告诉就好，他学业忙，不要告诉他。

她是 20 世纪 50 年代出生的女人。赶上了出生的高峰期，她一共有 7 个兄弟和妹妹，家里生活极尽艰苦，一穷二白，一无所有。赶上了大集体时代，她到生产队当"半拉子"，然后又当妇女队长，领着大家一起干活，挣工分，为自己苦命的老妈妈改善一点生活。赶上了社会主义"文化大革命"，整个学生时代考试从来都是第一名的她，却没有机会和可能上大学，"文革"还没有结束，她就出嫁了，然后花费全部精力照看自己的孩子。赶上了联产承包责任制，刚强的她怀揣着不能让孩子挨饿的理想，不能让别人笑话的抱负，与男人们一起迎风沐雨，栽黄烟、种玉米、打柴火、收庄稼，而比男人们要做更多的是：每年养一头猪，至少孵一次鸡，每次三五十只，还有二三十只鹅子；每天雷打不动，要做三顿饭……

农村的夜，往往都在女人的掏灰耙中惊醒，她们燃起的第一缕炊烟，是人类在太阳起点位置给上天的回应。在一天的最后，她们会在自家的田地里，一直忙碌到把太阳踩在脚下为止，匆忙着赶回家来，她们用升起在夜晚的炊阳试探着与星空对话。

她确实有些累了，是特别地累。往往，骨头缝每天都在疼痛。往往，第二天，头疼欲裂，眼睛发胀。这样的时候，她就会从放在柜盖上麦乳精盒子里拿出索米痛、镇痛片一类药物，由于经常吃，已经有抗药性，所以她要吃两片，才能支撑下一天的劳动。

与阿骨打的大妃一样，她心灵手巧。从 20 世纪 70 年代开始，一直到 90 年代中期，一家四口人从夏天的单衣到冬天的棉衣，都由她缝制，还有棉鞋……一般是，衣服每人每年两套，棉鞋每人每年两双。

躺了一个下午和一个晚上的她，第二天就像没事儿人似的下地干活了。土豆很快收完了，白菜籽撒下去了，她不用担心秋白菜的个头了。

三

公元 1115 年八九月间，阿骨打在建立金国后不久，迅即发动了对黄龙府的进攻。他攻打黄龙府的战略战术竟与几百年后的国内解放战争异曲同工：围点打援。当所有来援之敌都被一块一块消灭掉之后，城中的辽军也成了困兽。在迅猛的攻势之下，作为辽国北方重镇的黄龙府，屈服在阿骨打的铁蹄之下。

辽国最后一个皇帝天祚帝大惊，统领十万大军伐金，大败。黄龙府之战也成为辽金对峙的转折点，辽军从此一蹶不振，直至灭国。

黄龙府古城最初的统治者是距今2000多年前的古夫余国，两汉时期还曾经做过夫余国的都城。隋代时则是高句丽的夫余城，唐朝时为渤海国的夫余府。黄龙府这个名字是辽国开国皇帝耶律阿保机去世后命名的，当时黄龙府下还设了黄龙县。1140年，大金国改黄龙府为济州，1189年改为隆州，1214年再改为隆安府。到了元代，复称了一段黄龙府，并将府升为路，成为开元万户府、辽东路、开元路的治所。后来，开元路治所因需要迁到如今的辽宁开原，黄龙府古城遭到废弃，并慢慢变为一片废墟。到了明代，这里成为蒙古族的游牧之地。及至公元1889年，清王朝正式在这里设农安县。此后，虽略有调整和变化，但基本保留了农安县这一称谓，直至今天。

从某种意义上来说，黄龙府已经随着时光离去了。一座古城结束了它当年金戈铁马的价值，如今退居到历史书上，完成人类记忆的一种延续。只是，一个城市的千年流变，因为那些曾经活生生的人以及他们勤劳而勇敢的故事，让人唏嘘不已，这也许正是历史的感人之处。

四

作为黄龙府的女人，阿骨打的大妃无意间创造了酸菜。如今，这一冬季北方的绝佳菜肴继续在黄龙府女人们的手上流传。

把八根垄土豆收获后又种上白菜、差点丧了性命的女人，获得了秋天那轮太阳最美丽的馈赠，大白菜一棵一棵，水灵灵的，滋润着一位母亲的心田：冬天，孩子们有好吃的了。

她要准备的还有另一件事：把去年用的半人高的大缸从仓房里搬出来，反复清洗干净，不留一丝污痕和油渍。还有那块将近 20 斤重的大块青石，她也要一并清洗擦拭。

天气越来越冷了，有时候早上大锅里烧开水升腾起的热气会浓浓地在整间厨房里弥漫，对面看不到人。是时候腌酸菜了。

她首先将准备好的白菜整理好，干叶子都拽掉。然后烧一大锅水，把大白菜整棵地在水中焯一下，再逐一地放到外面的架子上，将水控干。这时候，水灵灵的白菜柔和多了，堆挤在一处不占更多的空间。她要把这些"软白菜"放到缸里了，用她的话说，叫"壮"：根向外，叶向内，紧密地一圈圈地摆放。

壮了三四层之后，为了保证密实，在菜上面铺一层干净的塑料布，她要搬一个板凳，跳到缸里，用脚使劲儿踩。踏实了，她再出来，拿出塑料布，在白菜上面撒一层盐。接着再往里面壮三四层，再踩，再撒盐，反复重复，直到快要到达缸沿儿。这时，她会掰一些白菜叶覆盖其上，然后，把大块青石压在上面。最后，是向缸里面倒清水，直至没过白菜为止。

反复踩是希望缸里能多装一些菜，多吃一段时间。经过她的处理，往往这一缸能装得下三四百斤白菜！

从此，这个大缸就叫"酸菜缸"，它的位置一般会在厨房的角落里，并且离菜板儿不远。接下来，就是等待。白菜会自己慢慢发酵，大概一个月左右，酸菜就腌成了。

五

这个女人是我的母亲。

阿骨打的大妃要感谢在她之后的黄龙府的女人们。是她们把大妃用性命暗示的一种北方蔬菜的长期保存下来的方法，一点一点增加了技术含量，一点一点排除了当年的血腥气，加进了更多的柔情和温暖，加进了复杂多变的烹调方式，让一棵简单的白菜，给这个单调的冬天，增加了无数种不同的写法。

母亲会在平淡的日子里用土豆炖酸菜。她会从缸里捞出一棵酸菜，一片叶一片叶地揭下来，叶片本来已经很薄了，她还是担心太厚，会用锋利的菜刀在酸菜帮儿的切面上再片上三刀，然后再细细地切下来。这时候的酸菜细碎极了，边切边冒出浓汁来，看着，嘴里就会不自觉地冒出一股酸水儿。有时候，她还会在酸菜中放些粉条。酸菜、土豆、粉条，三种不同的物质放在一起，焖在锅里炖，会产生奇异的味道，特别是那汤，泡在大米饭里，香透了一个人的整个童年。

不平淡的日子，是在春节前后。一年杀一头猪，一头猪吃半年的美好时光开始了。酸菜是绝不可少的，它会和猪肉、血肠以及部分猪内脏混合着炖在一起，东北人就叫作杀猪烩菜。伴随着开门关门产生的阵阵热气，烩菜的香会浸透每一寸胃肠，甚至全身的任何一个细胞。二三十年之后，在城里的任何一家被人称颂的饭店，都吃不出当年的那个味道。

当然，还有酸菜馅儿的饺子。在确定包饺子的当天，一般在上午，就会听见母亲站在菜板儿前"当当当"剁酸菜的声音。

而很多年之后，我才知道，母亲最喜欢的酸菜吃法十分简单：把酸菜直接切成一小块一小块的，蘸酱。

900 年前的黄龙府，升腾着一个女人的希望，她希望她的男人吃饱喝足，打胜仗，健康、平安地归来；900 年后的黄龙府，升腾着一个母亲的希望，她希望她的儿女不再为贫困所累，幸福、快乐地生活。她们被这一棵普通的酸菜拴在一起，这中间，又何止千千万万的女人、千千万万的母亲？！

一转眼，母亲离开已经快两年了。在 2017 年即将到来的时刻，妹妹招呼着大家去她家里吃饭，饭桌上竟然有一道土豆炖酸菜！城里的生活实在不方便腌菜，问她从哪里弄来的，她说，是一位在一起工作的住在郊区的老人家自己腌的。"那你就白要人家的？""才没呢，我还给了他黏豆包呢！"妹妹笑着说。

孩子们也笑着，嘴里呼出的，都是酸菜的气息。

外婆的村落

羽泉在歌曲《归园田居》中这样唱道：

再翻一座山，渡过一条河，就是外公外婆的村落；
喝一口泉水，唱一支老歌，看那袅袅炊烟舞婆娑；
采一朵野菊，插在你酒窝，酿出牛郎织女的传说；
吹一首牧笛，暖在你心窝，看那斜阳笑山坡……"

在外公外婆的怀抱里，普通的村落给我们的是一种无可替代的归属感。

炊烟慢慢升上天空，有炒菜的香气伴随着清晨的凉爽弥漫在房前屋后，麻雀叽叽喳喳的，几只喜鹊也开始继续昨天的鸣叫，好像远处还传来了布谷鸟的声音。太阳刚刚升起，不够明亮耀眼，而是有些脸红。微风拂过东边的一片树林，树叶哗啦啦的。风还吹皱了村西一条小溪在低洼处存储成池塘的水面，岸边一片碱草随风轻轻低下头来，好像是在惦记昨晚满天星斗的命运。

挨着碱草的，就是无边无际的玉米苗，它们还不到 10 厘米高，但它们挺拔的身姿，已经有了 6 月用温暖和雨露滋养它们之后的骄傲。

这里是位于中国东北松嫩平原上的外婆的村落。从长春启程，顺着新修的省道，一路向北，大约 30 公里之后，从一个叫作王义的小镇子岔开去，转向西北。据说那曾是二十世纪三四十年代修建的长春通往农安县城的老路，现在因为改修了其他路线，而被放弃后，用作乡道。再行七八公里，就到了原来的新刘家乡，转向西行二三公里，看一片沃野农田，听一片鸟鸣叽喳，望一片红砖农舍，是为齐家店屯。

它非常普通。自它诞生以来，没有一件惊天动地的事情发生过。它耐心地重复着中国人几千年来的日出而作，日落而息。比如，外婆出生在 1931 年，今天，86 年过去，村落的早上仍然是被一只公鸡叫醒的。

外婆的大事年纪，应该从 1939 年记起，那一年，不问童年不问情。因为家中生活所迫，作为家中老大，8 岁的她开始照顾突然患病的母亲以及最小的妹妹。农村家庭里妇女所做的事情，除了因为力气小所不能及的事物外，她基本上都能做了。她开始做饭，洗衣服，挖野菜，喂牲口……此时的她矮极了，瘦弱极了。因为小时候几乎没有吃饱过肚子，她长大后也个头不高，一生都没有胖过。但她有了高兴的事儿，仍然开心地笑；有了伤心的事儿，她就难过地哭。然后，也不再想着笑，也不再想着哭，继续做饭，洗衣服，挖野菜，喂牲口……这仿佛就是她人生的使命。她像她的上辈人一样，管苞米叫猫米，管柜盖叫估盖。

1950 年，外婆在村落里行走，安寝早过三更。她与一位华姓的后生行结婚礼，成为华家的儿媳妇。然后，她继续做饭，洗衣服，挖野菜，喂牲口……第二年，她有了自己的大女儿。第四年，她有了自己的大儿子。第七年，她有了自己的二儿子。她不劳别人帮忙，几个孩子都是她一个人带。这个时候的她，晚上想安安稳稳地睡个整觉都是不大可能的。

1962 年，外婆在村落里行走，才子相公已无名。她与外公的距离越来越大了。外公本是当地远近闻名的才子，十几岁的时候，就会画大柜，画二十四孝图，画牡丹、竹林、松柏，画飞鸟、蝴蝶、凤凰。一手毛笔字也写得龙飞凤舞，气韵非凡。后来，被乡里选中，做了人民公社的秘书。而外婆还是只会做饭，洗衣服，挖野菜，喂牲口……外公有了别人，他不要外婆了。三个孩子却跟着外婆过生活。

1964 年，外婆在村落里行走，为子能活命。那时候是全中国的困难时期。外婆在生产队中负责后勤，给社员烙玉米面大饼子。据说外婆当年烙大饼子很壮观，能把和好的玉米面轻松地以一大长条的方式，从手指尖到胳膊肘，贴在自己的手臂上，然后奇迹般地甩贴到大锅里侧。然而，全靠她赚的这点工分根本不够孩子们吃饭的。为了孩子能够活命，她选择再嫁。这家的男人姓唐，也曾在学校里教过几天书。在随后的十几年时间里，她又为唐家生了三女一男。

1973 年，外婆在村落里行走，躬身听鸡声。她起早贪黑，为了在生产队中多赚一点工分，省吃俭用，天天等着那仅有的几只母鸡下蛋之后的鸣叫，拼了全部心血攒了100个，正好一篮子。她知道，她嫁到外地的大女儿怀孕了。在那个寒冷的冬天，她打发二儿子坐一天的长途汽车，再步行60里路，到大女儿那里，送去这篮子鸡蛋，给同样穷苦的女儿一些生命需要的营养。

1983年，外婆在村落里行走，垄上种出四时有。联产承包责任制，让家里有了自己的田地。外婆主张多种一些麦子，磨成面，能够让生活改善很多。而且，可以拿给自己的孩子，以此减轻自己的惦念。她也不说话，她只是一个劲儿地干活，然后把好东西分给她的子女，再分给她的孙子们。黑土地成为外婆的最爱，她的脚步印满了村落周边的农田。她熟悉这里的每一条树带，每一片树林，熟悉那条流经村落西面的小溪的四时涨落，熟悉片片碱草，甚至熟悉突然从草丛里飞纵而出的野鸡。她熟悉玉米与黑土的关系，熟悉风和雨的轮回，熟悉垄沟、垄台规整而波澜不惊的起伏。她的孩子、孙子以及所有与她有亲近关系的人的生日，她都记得。只是，她不大多说话。

1985年，外婆在村落里行走，惦念从来营营。她12岁的大外孙子长途跋涉来家里做客，她的脸笑成了花。转身就去厨房做饭。平常炒个菜顶多用一勺油，现在要用两勺。平常攒着要卖掉的鸡蛋，一次就要做七八枚。她像年轻人似的，拿着小铝盆到园子中的海棠树摘果子，然后轻轻放在孩子的旁边。过了几天，要回转了，她要孩子的爸爸扛上一袋面走，然后还要塞一兜子的日常生活所用之物。

2000年，外婆在村落里行走，心外惊涛心内平。由于多年积劳成疾，她生了重病。然而她能挺一天是一天，一开始的时候，谁也不告诉。后来病发了，孩子埋怨她，怎么不早说。她喃喃地说，你们都忙，不要为我操心。晚辈们来看她，她就撵，快回去，别耽误工作。一个晚辈看她指甲长，不由分说给她剪指甲，她说，哪能让你们给我剪指甲，应该我给你们剪才对，然后竟然怔怔地流下泪来。

2007年，外婆在村落里行走，光阴何惧逝。外婆已经76岁了。她的腿不好，有一条不听使唤，她就拄一根棍。她整天在院子里转，喂鸡，喂牛，抱柴草。在农忙时节，她跑到厨房做饭，老儿媳妇不让，她也不听。鸡蛋攒够一些了，大葱够大了，玉米能烀着吃了，南瓜成熟了，就给城里生活的子女及孙辈打电话，让他们来取。然后，她会用小纸壳箱把鸡蛋装好，整齐地摆放到小柜子上。再用绳子绑好大葱，用袋子装好玉米以及南瓜。

2014年，外婆在村落里行走，草木伴我生。这一年，她第一次面对死亡，她突发脑出血，被送到大城市抢救。医生说，转好的可能性不大。然而，在医院里住了一个月，她神奇地下了地。回到家里后，又养了一段时间，她又可以正常行走了。她不急也不躁，无论什么事情，来亦可，去亦可，有亦可，无亦可。她早早地告诉老儿子，一旦去世了，就穿大女儿给做的布鞋，住大儿子出钱做的棺材。此时的她，很多时候，神志好像并不清晰，但只要孙子孙女回来，特别是重孙子重孙女回来，她都会在吃饭的时候把她认为好吃的菜拉向他们。

2017年，外婆在村落里行走，这是她最后一次行走，农村的先生说，老太太选择的日子好，离开时走的是"仙道"，所以做《临江仙》，步苏轼《夜饮东坡醒复醉》韵：

不问童年不问情，安寝早过三更。才子相公已无名。为子能活命，躬身听鸡声。

垄上种出四时有，惦念从来营营。心外惊涛心内平。光阴何惧逝，草木伴我生。

在草长莺飞的六月，她被自己的孝子贤孙们护着，伴着一路的喇叭声，出自己的家门，转而向东向北，经过那片她再熟悉不过的杨树林，布谷鸟仍然在鸣叫，风仍然吹着树叶沙沙作响。然后，走到村北面的东西横路上，再一直向西，过村西北边上的那座小桥，沿着一条树带再转向北行，来到她几十年来一直耕作的自家的土地中间，在已经先她而去的大女儿的坟茔边儿上，永世长眠。

再看一眼外婆的村落吧！原来，那是个美丽之极的村落，有日升日落，有人欢马叫，有溪水潺潺，有薄雾远山；原来，那是个爱的村落，有一个爱你的老人，整天只想着一件事，能为你做点什么，从来不想，你能为她做点儿什么；原来，那是个自然流淌的村落，没有艳羡，没有嫉恨，不为功利而来，悲就悲了，喜就喜了，生就生了，去就去了。

历史中的人乡愁中的魂——评《永远的长白山赋》系列丛书

苦忆君家好巷坊，无多岁月几沧桑。历史的苍茫与浩瀚，令人悠然向往，也感慨良多，稍不留意就会随岁月化烟尘散尽。而对于往昔中国的东北边塞，那些历史的细节与韵味，因其文风不盛，文脉不整，更是很难广为人知。如此一来，曾随历史的脚步遍布在东北大地上的山水乡愁，又哪里寻觅呢？

好在来自中原的文士书生对东北有些记录，星星点点，撒在历史的长河中。代表性的，有宋代洪皓撰写的《松漠纪闻》，清代高士奇的《扈从东巡日录》，以及同是清代的杨宾的《柳边纪略》。然而这些撰述，只是给人描绘了一个东北的大概模样，满足了解的愿望和好奇的心理可以，再深挖历史的根序就很难了。

根序的挖掘和整理从民族蒙难开始。日军的铁蹄踏上东北的土地之后，中国的有识之士振臂高呼，边疆危机日剧，必须通研东北历史，以对日本帝国主义提出的所谓"满洲非'支那'领土"进行坚定回击。"九一八"事变仅一个月左右，傅斯年便找到方壮猷、徐中舒、萧一山、蒋廷黻等人，联合编写《东北史纲》，傅斯年更是直接负责第一卷"古代之东北"的编写。1936年，史学大家金毓黻任南京中央大学史学系教授，在讲授东北史的同时，开始撰写东北史稿。1941年，辗转入川任东北大学史学教授兼文科研究所主任的金毓黻开始将史稿整理出书，是为《东北通史》。从傅斯年到金毓黻，东北的历史开始被有系统地编写了。可是，两部著作都因种种原因没有写完。

将中国东北史完整地编纂完成，已经是20世纪90年代的事了。在原吉林省社科院院长佟冬先生的主持下，从原始社会一直到1949年新中国成立，共计450万字的六卷本皇皇巨著《中国东北史》终于告罄，成为详尽、系统阐述东北地区从古至今的地方通史专著。可问题在于，史书虽然有了，却无法做到鲜活引人，因为史书是专家们的事儿，难有大量普通读者阅读，因此即便是东北当地的民众对自己的历史仍然所知有限，那乡愁还藏在历史书当中，隐在山水之后。

也是由于这个原因，东北尽管当年有着波澜壮阔的经历，有着风起云涌的气势，但终归于政治或军事，处在历史中的人本身被关注和描绘的并不太多。在今天的报纸、电台、电视台、互联网、移动终端，反复震动人们耳膜的仍然是秦皇汉武，是刘邦项羽，是唐宗宋祖，是舞榭歌台，是红楼三国，对起于东北的人物，则讲述得少之又少。而在少之又少的对这些人物的刻画中，却又往往或是负面的，或是模糊的，或是陪衬的，那些曾经叱咤风云、有血有肉的东北大地上的英雄人物反而不丰满了，不细腻了，不感人了。当缺少羽翼丰满的人的故事支撑

的时候，历史就有可能尘封在那里，或者被束之高阁，或者成
为专家学者的私人领地。那曾经在东北山山水水存在过的历史
影像，就很难被人们牢牢把握，以至于流淌进自己的血脉，形
成乡愁。

《永远的长白山赋》系列丛书似乎专为解决这个问题而来，
其第一辑日前已经正式出版。

在名为《山高水长遗神韵》的序言中，开宗明义地写着本书
的人文追索：这是"一座展示地域杰出人物绚丽多彩的长廊"，
是"一套记述长白山山水之魂和人文精粹的生动图谱"，是一本
"陶冶人、滋养人，寻觅并捡拾诗意美的鲜活读物"。它试图找
到东北这片黑土地亿万年来以"丰盛乳汁与慈爱温情"养育"我
们的祖先"的秘密，其水土中隐藏着的铸造文化密码的奥妙，
以及文化基因输入"后人的血脉"中的路径。

全书以人为中心展开历史，而不是以历史为中心点缀人物。
在中国东北的漫漫历史之中，一个叫东明的英勇善战的猛士向
我们走来了，他一身的传奇故事令人唏嘘、赞叹，而他在松花
江两岸亲手创立的古夫余国，作为中国东北的少数民族政权，
存续长达600多年，其辉煌的成就，在两汉时期达于顶点；一
个叫朱蒙的人也不示弱，建立起存续达到700余年的高句丽王
国，其文治武功令后人惊叹，他及他的后人留下了大批历史文
化遗存，被联合国列入"世界遗产名录"；一个叫大祚荣的魁伟
大汉同样创造了东北的闪耀历史，唐朝时，正是他在东北大地
建立起地方5000里的"海东盛国"——渤海国，其经济发达、
文化繁荣的盛况，蜚声当时的海内外。而这三位具有开创意义

的历史人物，同时出现在《永远的长白山赋》的第一篇文章里，其名为《中古三星耀吉林》。

《魏将毌丘俭》《北去的帆影——亦失哈的"丝绸之路"》《汗王努尔哈赤》《龙虎石刻前的追思——吴大澂的荣辱人生》《独留松柏意——记关东诗豪成多禄》……一篇篇文章延续着《中古三星耀吉林》的风格，把一个个在东北生活、打拼并创造未来的历史人物有血有肉地展现在读者面前。正如序言《山高水长遗神韵》所说："从历史深处走来的先贤名单串联起来，映现在读者眼前的是一道绵远流长、熠熠生辉的历史文脉。"

难能可贵的是，《永远的长白山赋》所选的文章，其体例基本为纪实文学，在追求历史的真的同时，追求哲学的深、文字的活。在极具故事性的叙述中，字里行间所展现的，是平易的口吻，是亲和的面貌。在这样的优美的语境的铺陈下，开国国君的纵横捭阖，历代重臣的忠君爱国，文人墨客的笔下乾坤，艺术巨擘的万丈才情，革命先驱的英雄壮举，教育大家的深谋远虑，皆在散文化的文字的跳跃中，深入浅出，娓娓道来。这让人们感受到历史真实存在的同时，也活色生香。以人为魂，以文为灵，终于使历史中的乡愁有了着落。

乔迈、任林举、杨子忱等一批东北著名作家的积极参与，则令该书分量非常。作家们其实在做一件史无前例的工作：确定一位重要的历史人物，然后掸去千百年来的岁月尘埃，寻找历史中的蛛丝马迹，把支离破碎的历史残片，小心谨慎地重新勾连起来，恢复完整，从而激活他，唤醒他，让他形象丰满，栩栩如生，感天动地。与其说这是文学写作，不如说是以一颗文心去整理历史的文化工程。而且，为了史实准确，仅《永远的长白山赋》第一辑书稿就打磨了四年之久，其对历史负责任的态度和诚意可见一斑。在某种意义上说，这是填补东北历史人文叙事空白的情怀之作。

令人欣喜的是，近几年来，东北的作家群体在自觉地挖掘、抢救和整理地域历史文化，用他们优美的笔触使东北广阔大地上的历史文化遗产都"活"了起来。《永远的长白山赋》系列丛书就处在这样一个结点上。这不仅是对东北的一个贡献，也是对丰富全民族历史文化的一个贡献。

等待晓光珸好句，相信《永远的长白山赋》这缕"晓光"，会激发出东北大地更加璀璨的文化自醒、自信的光芒，令这片曾经被封禁的边塞之地，在今天，乡愁满满，步履丰盈。

被那落花砸个粉碎

一、人"仕"间

"672 年？673 年？674 年？不要考证哪一年了吧！不重要。重要的是现在已经仲春，那落花终于落了下来，没有半分声响。我的心一疼。

"还好有你。在绿叶的映衬下，与你同登那座曾经喜爱的高楼——那可是一栋金碧辉煌的建筑，我称它为'金阁'，有着精心装饰的台阶，有着插着茱萸的华丽帐幕，还预备了奢华精美的筵席……只是，现在，到处都有落花的影子。不，不只影子。落花已经漫天飞舞。

"真是奇怪，往往到了花落的时刻，也是这宇宙把春天装得最满的时刻。选择在这个时候来游春，把自己投入到春天里，却也生了几分疑惑：是早些回去好呢，还是不回去好呢？落花优雅地凌空飘落着，把香气留在高高的树上，让空气中到处漫着的说不清的迷离。这又让人感觉，好像只有落花来了，春天才真正开始她的繁盛。而此时游春的人恐怕仍然无法顾及春天的全部。精致华美的亭台楼阁掩映在片片绿色之后，人们悠然往来，时而衣袂飘飘，时而红巾展展，或有和风微起，或有暖阳洒过，这是春天达到了顶点的一种安静、清闲。

"可是，就像落花已经无法再一次登上枝丫一样，人生的鼎盛之年也不可能二次到来。

"享受一下这落花的情境吧，即便是一次坠落，或者也能与众不同。那么这样可好，白天在落花里畅游，晚上就在落花之处睡去。

"当然不能在这里睡去！这只是我在春天的一个愣神。还好有你。还好有你。还好有你。让我收回自己的思绪，我看到，我与你在落花满天的院中站定，院中楼台上正有挽着朱鬟的人儿经过，而且双双对对，羡煞个人！"

…………

吁一口长气！回到1400多年前的唐朝，回到王勃的情境，是一次苦旅，也是一个难题。还好，同样在一个春天，20岁刚出头的他写了这首《落花落》：

> 落花落，落花纷漠漠。
>
> 绿叶青跗映丹萼，与君裴回上金阁。
>
> 影拂妆阶玳瑁筵，香飘舞馆茱萸幕。
>
> 落花飞，燎乱入中帷。
>
> 落花春正满，春人归不归。
>
> 落花度，氛氲绕高树。

落花春已繁，春人春不顾。

绮阁青台静且闲，罗袂红巾复往还。

盛年不再得，高枝难重攀。

试复旦游落花里，暮宿落花间。

与君落花院，台上起双鬟。

此时的王勃，刚刚遇大赦，免死罪。否则，一缕英魂恐怕早已经随着落花去了。

王勃之才，世上能有几人可得？6岁即能文，出口成章；9岁做《指瑕》10卷，纠正颜师古注《汉书》之错；16岁已经名扬天下，入仕登堂。年纪轻轻，即做《滕王阁序》《送杜少府之任蜀州》等名篇，内中"落霞与孤鹜齐飞，秋水共长天一色""阁中帝子今何在？槛外长江空自流""海内存知己，天涯若比邻"等名句传诵千古。这也让他与杨炯、卢照邻、骆宾王齐名，世称"初唐四杰"，列"四杰"之首。

然而，命运却捉弄了他。

当我们还捉摸着16岁花季的小心思，还迷惑着青春的脚步为谁追逐，给19岁最后一天谱写歌曲的时候，王勃已经是大唐王朝的朝散郎。由于才高八斗，他担任了沛王李贤的修撰。在18岁这一年，沛王李贤与英王李哲闲着没事儿斗鸡，吆五喝六，脖子粗脸红。王勃也闲着没事儿，就写了一篇《檄英王鸡文》，讨伐英王的斗鸡，其实是拍拍沛王的马屁，为他助兴而已。谁承想，才子的文章影响力太大，被唐高宗看到了。皇帝认为，王勃这篇文章没安什么好心，其实是在二王之间故意挑拨，这还了得，遂将其逐出长安，王勃第一次丢了官。

两三年之后，王勃凭其过人的才华，在虢州谋了一个参军的职务。可就在他在此任职期间，因为年轻，远远没有认识到官场的复杂程度，一个官奴犯了重罪，出于保护官奴的心思，王勃将罪犯藏了起来。可没多久，事态越来越复杂，王勃担心走漏风声，有藏匿、护短之罪，便杀死了这个官奴。结果事情败露，王勃也因此而犯了死罪。幸亏遇到朝廷的大赦，他才没有被处死。而这件事也同时成为他第二次仕途履职的终点。王勃的父亲也因此被牵连，遭贬官。

20岁刚刚出头的王勃，早早地就已经看清了那落花坠落的姿态。大约就在这个时候，王勃写下了《落花落》。

而父亲被贬对他的打击，比他自己离开仕途还要大。在《上百里昌言疏》中，王勃这样表白："如勃尚何言哉！辱亲可谓深矣。诚宜灰身粉骨，以谢君父……"大约在此一年多以后，朝廷宣布恢复他的职务，准他重入仕途，但此时的王勃已经心灰意懒，拒绝了朝廷。676年，王勃千里跋涉去看望被贬到边远贫苦之地的父亲。然后折返，不幸遇风浪溺水，惊悸而亡。

"与君落花院，台上起双鬟。"谁那么幸运，陪着这位旷世奇才赏那满院的落花，看那楼台上的朱鬟？然后，因了这个男人幻梦的惊醒，同他一起，被落花砸个粉碎！

二、江山

"梦，有时候是个好东西，偶尔会让一个人回到曾经熟悉的环境，那个环境给人的是安全感，归属感，贴近感。比如，童年的村舍，少年的学堂。虽然醒来的时候，一片怅然，但梦，总算是给了一个你'回去'的机会。可是，我被五更时分的寒冷冻醒了，这冰凉把我从那片刻的欢愉硬生生拽了回来。耳边是哗啦哗啦的雨声，我回过神来，意识到现在已经是春意将要凋残的时候了。

"总是自己。总是自己。孤独也许终于有一天会杀死我。我只能靠着这几个汉字活着，它们拼成的词章让我还能尽情地玩味，借此缓解内心郁结的忧伤。但我却不敢独自倚靠楼上的栏杆眺望远方，而那种姿态曾经就是我沉浸情感之中寻找诗情的姿态。你说这有多矛盾？让我如何告别过去，面对未来呢？这就像与一个人分别时候的感觉，离别容易，再见面却难上加难。这曾经的江山现在又与我何干呢？此时，流水肯定已经载着落花越走越远了，春天已经离去。这样的对比真叫人无可奈何，从前是在天上，现在是在人间。"

公元 976 年正月，李煜丢掉了江山。此前，江山姓李名唐，现在姓赵名宋。作为南唐的最后一位君主，被俘后被送到大宋京师。仅仅过了两年，在 978 年的七月初七，李煜郁郁而死，时年 42 岁。巧合的是，他的生日也是七月初七。

《浪淘沙·帘外雨潺潺》正作于在大宋京师生活时期，这位末代帝王看到的流水是中原一带的流水，看到的落花是中原一带的落花：

帘外雨潺潺，春意阑珊，罗衾不耐五更寒。

　　梦里不知身是客，一晌贪欢。

　　独自莫凭栏，无限江山，别时容易见时难。

　　流水落花春去也，天上人间。

　　精书法，工绘画，通音律，擅诗词，作为一位帝王，李煜的才情与造诣，令人赞叹。除此之外，他还是个情种。当年李煜在"天上"时，对皇后周氏用情极深。周后名娥皇，才华横溢，熟读诗书典章，善音律，琵琶为一绝。据说，李煜与周氏夫妻之间常有应对之事儿，李煜作《念家山》，周后便弹奏器乐、作《邀醉舞》。周后重病，李煜衣不解带，药必亲尝，直至其去世。后娶周后的妹妹为妻，并立为皇后，史称小周后。亡国后，小周后陪李煜在宋京生活。李煜做《浪淘沙·帘外雨潺潺》后不久谢世，小周后悲痛欲绝，很快也死去了。如果李煜是流水，那小周后即为落花，正所谓"流水落花春去也"。

　　李煜死去了，留下了"流水落花"的意境，儿女情长的他，似乎不应该当那帝王，受那份苦。但还是当了，最终被江山揉碎了，剩下落花为他多情。

三、光阴

　　"在这样的日子，我能做些什么？天气晴好，与一年前一模一样；亭台依旧，与一年前也没什么分别。举杯把盏，曲终酒尽，如此往复。日子就这样一天天地过。光阴就这样一年一年地逝去。

　　"当人还在轮回的过程中，花却已经完成了自己同样轮回的使命，她让我把这光阴看得更加清晰。那只燕子识得我，识得小园的花香，循着香味回来了，可那西下的斜阳又何时回来照映我此时的心境？我酒意微醺，踽踽前行，独自徘徊，伴着落花，被岁月淹没。"

这可不是宋朝"太平宰相"晏殊的《浣溪沙·一曲新词酒一杯》的翻译，这只是千年之后，一个普通书生的揣摩。原词是这样的：

一曲新词酒一杯。去年天气旧亭台。夕阳西下几时回？

无可奈何花落去，似曾相识燕归来。小园香径独徘徊。

时间永恒运转，此间生命的反复只是时间的标记，实在有限之极。好在，那落花让人洞悉了一切不可挽留，但她坠落的余香却能装扮一个人脚下的路。

这就是大宋宰相酒里、词中、亭台上、夕阳下以及被小园包围与释放的光阴啊！

四、那个人

"和你是在五月初五的早晨第一次相逢的，后来在七月初七的晚上再次遇见。初次相逢，你与一众女伴们在台阶前的草地上踏青游戏，长裙上沾了露水，露水上则沾了你的香气。你奔跑、跳跃，唯美可人，充满了青春的活力，头上的玉钗带动了风，风波一直吹进我的心里。再次遇见，你在楼阁里穿针引线，以期牛郎织女赐你一双巧手。你恬静的模样可真是光彩照人：你化了妆，蛾眉沁出翠黛，粉面开出桃花。看到了我，一丝羞涩飞来，红霞映得你满脸都是，娇美无限。我们的情意也在那一瞬间暗自生长。

"然而，你却如行云、流水，随着春天的逝去而流远了，随着不可掌控的风飘到了另外一片天空。我除了借酒消愁还能做些什么呢？而往往酒醒之时，看着不再有你经过的锦屏，更加无可抑制地想念，恨这造物弄人。只好到梦里寻你吧，却只见雨中黯然飘落的花朵，我纵想珍惜，却是无可奈何。"

好个缠绵悱恻的晏几道！他爱上了家里的一位侍女，认为她美丽不可方物，并与她约会、见面、相视。这或许是他的初恋，青春的美好尽在家中的后园：激动、惦念、不知所以。然而，这件事儿竟然被人撞见，禀告了他的父母大人。儿子怎么能与下人相恋？父母大人立即将那位姑娘送走，据说让她嫁给了"门当户对"的别人家。一段刻骨铭心的初恋就这样结束了。

终结了儿子初恋的不是别人，正是那位感叹光阴的大宋宰相晏殊。

真挚的晏几道把自己与这位心中的玉人原原本本、毫不遮掩地写进了《临江仙》：

斗草阶前初见，穿针楼上曾逢。罗裙香露玉钗风。靓妆眉沁绿，羞脸粉生红。

流水便随春远，行云终与谁同。酒醒长恨锦屏空。相寻梦里路，飞雨落花中。

因为落花的触动，被"那个人"砸得粉碎的，何止晏几道！由于爱人远游，害了相思病的李清照这样吟唱《一剪梅》：

红藕香残玉簟秋。轻解罗裳，独上兰舟。
云中谁寄锦书来，雁字回时，月满西楼。
花自飘零水自流。一种相思，两处闲愁。
此情无计可消除，才下眉头，却上心头。

500多年之后，身在外地的纳兰性德想念着自己的爱人，愁苦不能自已，做《相见欢》：

落花如梦凄迷，麝烟微，又是夕阳潜下小楼西。
愁无限，消瘦尽，有谁知？闲教玉笼鹦鹉念郎诗。

"那个人"真是折磨人啊！

五、归途

"今天又喝多了，这个春天，也不知怎么了，沾酒立显醉意。我听说水的深处有个桃花源，我想到水上飘摇，那也许是桃花源里缓缓推来的微浪，让我有着无限的向往。我登上一叶轻舟，慢摇船橹，在湖中荡漾，任那水流把我带入花草遮掩的深处。想想，这一世尘缘，让我欢乐无限，但也为之所缚。要是能够在这花朵营造的世界住下，该有多好。可惜，我只能短暂地停留，让自己短暂地与世隔绝。除此以外，我也无计可施。"

"水上长出烟雾来了，暮色渐重，又是一次夕阳西下。抬眼望去，青山隐隐，连绵不绝。近处，却是阵阵从枝头降下的花雨，纷纷乱乱，砸向水面，砸向小船，砸向我的眼角眉边。我忽然想，这是飘到哪里了？我来时的路又在何方？那'乱红'也砸碎了我的归途。"

这是秦观在《点绛唇》中记录的公元 1098 年左右的一个春天发生的"醉游事件"，地点在郴州的一处"桃花源"。原词如下：

醉漾轻舟，信流引到花深处。

尘缘相误，无计花间住。

烟水茫茫，千里斜阳暮。山无数，乱红如雨。不记来时路。

每个人心中也许都有一个桃花源，那是价值所指，也是梦想的家园。然而，在那桃花深处，我们却可能被落花惊醒。这里是我们所能触摸的地方吗？还是永远只是存在于自己的想象中、梦境里？更何况，我们面对着长相妖娆、诱惑丛生的"尘缘"。

何谓尘缘？声、色、香、味、触、法为六尘，人心为六尘牵累，即为尘缘。我们往往看得透彻，却无法行动得彻底，明知被尘缘相误，却也不能自拔，甚至乐此不疲。

哈哈，这人生之路，如果有桃花相伴，即便被那落花砸个粉碎，又有何妨?!

六、红颜

1905 年春天，长期在外奔走的王国维终于回到他的家乡浙江海宁。看着体弱多病的夫人莫氏一脸憔悴，早被"人间词"浸透了诗意的国学大师再也无法抑制内心的感伤，一首饱含深情、缠绵悱恻而又文辞优美的《蝶恋花》绽放纸上：

> 阅尽天涯离别苦，不道归来，零落花如许。
> 花底相看无一语，绿窗春与天俱莫。
> 待把相思灯下诉，一缕新欢，旧恨千千缕。
> 最是人间留不住，朱颜辞镜花辞树。

"人生离别的意象最多的可能就是'天涯'，在唐诗宋词里早见得多了。而我也已经多次经历离别，看尽了人情。没有想到，我现在归来了，尽管有了诸多的心理准备，仍然在面对你如落花般飘零的容颜时，为你感到心疼，而产生了无限的伤感。回忆当时在花下道别，你我都说不出一句话来，所有的离愁别绪都满满地憋在胸口，无法排解。如今，绿色的窗棂还在，青天也依旧如昨，你我却发生了变化。我们都老了。

"晚上，我想在安静的灯下，把别后发生的事情以及绵绵的相思细细道来，然而，有了一缕新添的欢畅，却以一千缕的旧恨作为代价。自然也好，宇宙也好，都仿佛恒久不变，转头就空的是人间啊。就像花朵向枝丫辞行一样，红颜也终将向明镜告别。"

好啊，原来王国维在不到 30 岁的时候，就是那般心思纤细，就是那般敏感多情，这是古诗词害的，还是古诗词给的？

为红颜逝去而哭泣的，早已有之。最著名的当然是曹雪芹借林黛玉之口唱出的《葬花吟》。首句"花谢花飞飞满天，红消香断有谁怜？"尾句"一朝春尽红颜老，花落人亡两不知。"把个黛玉姑娘哭得泪人一般，也揉碎了此后几百年男人女人的心肠。

其实，说到葬花，唐伯虎可比曹雪芹早得多了。据《艺圃撷馀》记载："唐子畏居桃花庵，轩前庭半亩，多种牡丹花，开时邀文征仲、祝枝山赋诗浮白其下，弥朝浃夕。有时大叫恸哭。至花落，遣小僮一一细拾，盛以锦囊，葬于药栏东畔，作《落花诗》送之，寅和沈石田韵三十首。"不但葬了花，还应和了三十首《落花诗》，可以说把对落花的情愫发挥到了极致。

有意思的是，曹雪芹借林黛玉之手葬花，唐伯虎遣小僮葬花，其实质是这两个大男人在葬花。看来，红颜在他们心里的地位比红颜的主人公还要大。

且被这落花砸碎了吧，那样，咱们也对得起这个春天。伯虎、雪芹者流，如之何也？！

妈，让我用春天做一张贺卡

妈根本不知道有个母亲节，现在却是母亲节了。

春天越来越浓，有如夏日炎热的气息已经烫热了每一个晌午。春花谢了，浓密的枝叶将幽僻的小径掩映。谁说流水落花春去也，春便在最浓的时候要把自己的气息放在夏清晨亦或傍晚的院落。远方绿影叠起，而那影深处，却是孩子经年的足迹走不出妈妈的眼窝。窗外依依杨柳随风曳动，轻轻柔柔地，把我整个的人都摇着。我的心踏步于一个个尘封的记忆，让那绿意更加苍翠，将我的人衬得古旧起来了。

不是吗？那一缕映你容颜的烛光，一样在我的天空中飘舞闪烁。那台旧钟只是嗒嗒地、嗒嗒地走，嗒嗒地便穿过你的发，烛光沉了，沉到你的发上。汗湿了针，你将针在发间磨磨，于是，你的针亮了，你的发也便亮了。夜，便只有妈妈，只有嗒嗒的钟。嗒嗒的钟走着，妈妈的发白着。天气就冷了又暖，暖了又冷。孩子却长了又长，高了又高。妈妈的黑发换给我了。妈妈的汗水流到我的眼里，便是我清澈的眸子，跟那一束烛光一样明亮。

妈妈是屋檐吧？那里离风雨最近，却无风也无雨。屋檐伸展给我，给我伸展，让我藏在下面，目睹世间风雨的样子。

妈妈有藤，我曾在藤上荡过秋千，爬上藤顶看过星星。手便是妈妈藤的枝蔓。喜欢她那双捧着泥土的手，满是清香的手。清香就从皲裂的缝隙中来。我怎能不希望妈妈用这样的双手捧捧我的头，摸摸我的脸。那缝隙中的血在我身上也流着。流着的血就是一种愿望，藤再生了。于是，你在你的创伤中收获着你的爱。而思想的甘醇也将收获你的一生。风候忽往来，你怎样脆弱的身躯支撑着生活？季节的田野永远疯长你的脚步，那是田园的气味与梦想合成的小溪，哗，哗，哗，哗，春天就在里面种植。

哗，哗，岁月的清晨与你擦肩而过，是不是应该怪你起得太早？！亘古幽长的原野炊烟不起，第一缕烟火却从屯西头的杨树带边儿上，被妈妈燃着。

呼啦啦地，呼啦啦地……

我的一切都成长在你的眼光里，那是一片深远明静的天空，只有眼光闪烁。眼光抚摸我的高兴，也抚摸我的哀伤。而那眼光牵动着我的摇篮。虽然你不会唱曲子，我却在你的一片歌声中被轻缓地摇动，宁静地安睡，如今也是。虽然久违但仍能被我听到的便只有这歌声了，那是一个凝固在我心田的微笑。

我们的家，哪里有真正的摇篮，那只摇篮只是一只柳条编织的不上木梁的大筐。我用被子卷着，放在里面。遥远的记忆是把那样的场景定格在农村蒸汽不断的厨房：你忙着做饭，我就被放在筐中拽着，一会儿北面的菜板，一会儿南面的锅台，好奇地享受着。

后来，你告诉我，那时我挺可爱。挺可爱的日子都过去了，驻足四望，再无这样的筐来渡我了。

即便不是渡我，要是有这样的筐，让我再坐坐……

只有你，还保留着我遗落在你袖口的那片啼哭。

星，天上的星，你们仰卧于广博的天空的摇篮里，怎么也有闪烁的泪光？

现在却是母亲节了。而我只看见刻在我家门楣上的你的身影。门楣上只有一句话，可是怎么被我说得这么长呢？一闭眼，就是你站在门下，手上停留着祝福，眼睛却张望着远方。

清晨的阳光从东边树丛的缝隙一透过来，就被你一眼一板地铺在小院中了。黄昏斜倚门旁的心事，想明天的操持，想远方的儿女成为你永恒的主题。

是的，门楣上只有一句话，可是怎么被我说得这么长呢？我只想聚集那每一条清亮透澈的小溪，那是你每一个细碎的故事，汩汩波流，一条一条长大，最后终究成为一片汪洋，而亦可只用一个字来概括：海。春天是从海里长出来的，在海的面前只是显得精致。

他乡过客的心永远都面向着妈妈，都用赤热的血做源泉像溪流一样想着流回去。流回去，是他们的愿望，而一旦背井，一旦漂泊，又有多少难于言表的无奈和苦痛！妈妈，便闪烁着慈爱的眼光，心深沉而执着地跳动，成为身在异乡的孩子梦中渴求的家园。

妈根本不知道有个母亲节，然而母亲节的钟声在嘀嗒。

是的，又是嗒嗒地响，二十四小时，一千四百四十分钟，八万六千四百个声音。这是有限的时间，敲响妈妈脚下黑色的土地，也让人停了手上的事，望望身旁的绿，觉得里面有些东西，打人的眼，哽人的喉。

这是写诗的好日子，然而，情怀独有，却无法把握。正是春天，正有春雨，而且，我穿了妈妈给我做的布鞋正走在雨中。一双黑色的布鞋，被雨水湿了，显得更黑起来。我的脚潮潮的，仿佛又将我的少年埋在泥土里，悠悠然，不知身在何方。妈妈每年会给我做两双布鞋，春天一双，秋天一双。这才有我的足迹印满季节的画板。我做梦的年龄誊写在岁月的小屋的窗口，海上的航船是你唯一的景色。

春天了，就要到夏日，这时有你的一个节日。春雨湿着天，湿着地，湿着我整片人生的情怀。我的心里，春天的全部内容都有了，以桃红柳绿为枝，以温柔清爽为叶，以恬淡菲香为花，最后，以我的脚步为翅，以你的视线为根，妈，让我用春天给你做一张贺卡，正是寸草心，正是三春晖。

轻唤人生万点红

仿佛就是刚刚过去的一阵微风，吹开了乡下邻居家院墙边儿上的樱桃花。邻居家姓邢。樱桃树是邢老太栽的，有几年了。邢老太是远近闻名的贤妻良母，据说年轻时还是一位美人，虽然现今已经七十多岁，仍是骨骼挺拔，面目清朗。

不知道，这是不是唐代大诗人元稹曾经看到的场景，他在《樱桃花》中这样写道："樱桃花，一枝两枝千万朵。花砖曾立摘花人，窣破罗裙红似火。"那繁闹枝头的樱桃花所涂抹出来的春意图景，却透着斯人不再的怅惘，仿佛在告诉随春风复苏的生灵，要知道珍惜当下的美好。

樱桃花迷了院这边少年的眼。尽管不是自家的樱桃树，可那花一开，他就放在心里惦记着。有时一凝思间，他却有些迷惑，实在也不知是在惦记着什么。

不知道过了多少天，好像也就是一晃神儿、一眨眼的工夫，点点红艳的樱桃已经挂上枝头。正如宋代诗人赵彦端在《豆叶黄》中的咏叹："绿葱葱，几颗樱桃叶底红。"

少年移动脚步，在院墙边呆呆地看着。是"攀枝弄雪时回顾，还绕樱桃树下行"（宋·王安石《即事五首》）吧。或是"惆怅墙东，一树樱桃带雨红。"（南唐·冯延巳《罗敷艳歌》）

邢老太出门来了，喊住要转身离去的少年。"过来摘吧！"老太说。"好像还没熟透呢！"少年摇摇头。"那我在这边儿摇，要是熟了的，就会掉到你那边儿去！"邢老太就轻摇起枝头来。那一天，少年饱餐了一顿甜入心脾的樱桃。

又过了几天，邢姓邻居的另一侧邻居，毛姓家容貌出众的二闺女结婚了，嫁给了一个据说很帅气的转业军人。"嗨，那个当兵的可真是只喜鹊呀，叼走了咱们屯儿的'樱桃'！"邢老太自言自语。恍惚间，"流光容易把人抛，红了樱桃，绿了芭蕉。"（宋·蒋捷《一剪梅·舟过吴江》）"惜堪充凤食，痛已被莺含。"（唐·李商隐《深树见一颗樱桃尚在》）

少年来找邢老太，在她家樱桃树上选了一颗最大的樱桃，然后吃掉樱桃，把核包好。他想自己种一棵樱桃树。少年是要记住什么吧。辛弃疾在《菩萨蛮·席上分赋得樱桃》里说"何物比春风？歌唇一点红。"

对樱桃的迷恋何止这乡下少年！齐白石将樱桃的颜色直接喻为"女儿口色"，更多次画樱桃，还提句："若教点上佳人口，言事言情总断魂"。

有多少类似这个乡下少年的故事在青春里摇曳呢？那多姿多彩、深入骨髓，却又有些轻描淡写的情绪全被这颗樱桃说尽了：什么都没有发生，却单单已经错过。

要特别明确的是，中国传统诗文中反复吟咏的樱桃，并不是我们现今不论春夏秋冬都能在市场上看到和买到的那种大个儿的樱桃。大樱桃并不源于中国，名字叫"cherry"，音译车厘子，又名美国车里子，在中国的种植时间并不长，主要分布在山东一带。唐诗宋词中的樱桃才是真正的中国樱桃，个儿头要小得多，也没有那么长的梗。在如今的乡村，或是城市中的住宅小区的绿地里，常常可以看到。

且看人们流传最多的樱桃花花语：纯洁、高洁、别无所爱。这樱桃啊，真是让人牵肠挂肚！

樱桃花，别名莺桃、荆桃、楔桃、英桃、牛桃、樱珠。在"二十四番花信风"中，二月初，立春二候，樱桃当令。她要透露的信息在唐朝皮日休的诗里已经提到了："晚来嵬峨浑如醉，惟有春风独自扶。"（《樱桃花》）那说的自是浓浓的春息。

但还不止这些。

花落成果，她的样子像一颗小小的红心，所以，她代表鲜活的爱情；她身材娇小，又玲珑剔透，更如红唇，象征着一切美好；她成熟期早，味美入口，营养入心，是"早春第一果"，也是"水果中的钻石"，令人垂涎。

正因为如此，樱桃花开，也许就成了某种预示：从今天开始，可能你的人生就潜藏了灿烂的隐喻，过几天，会不会也如樱桃万点红？

于是，那少年开始栽种樱桃树，想把对未来的希望唤醒。

但，不要太用力，那样可能会伤得更深。"心源一种闲如水，同醉樱桃林下春。"（唐·元稹《同醉》）这也许是情感的一种节制吧，只有如此，方可应了宋朝方回的《樱桃花》诗："浅浅花开料峭风,苦无妖色画难工。十分不肯精神露,留与他时着子红。"
让我们静静地等待着那"子红"的到来。

　　可还是有些担心,"樱桃好吃树难栽",那少年,你可知道
吗?

一朵雪花的文化传奇

一股寒潮来袭，雪在广州、香港、台湾凌空飘落，惹得南国平添了一抹冬色，人们精神为之一振。可缓过神来，待与这雪亲近，她却少女般羞涩，慌忙地去了。"雪呢？""雪呢？"人们时而望望天空，时而看看脚下，然后扎堆似的来到手机的朋友圈讨论和寻找，显然，落在人们心里的雪还没有化开。

雪是什么，这样令人牵挂？

雪是水盛开的花朵。汩汩流淌的水从不疲倦、永不停歇地向你表达着爱意：她覆盖着世界上的任何一处角落，抚平任何一种创伤；在你的眼前她舒展成风景，在你的体内她流动成生命。冷了，她就变成雪。于是，雪，藏着水的波涛和理想、涟漪和心事。精灵般的身体构成吸纳阳光的写意，为你讲述白色，这一生都纯净的故事主题。你可否见过她的七种身段：雪片、星形雪花、柱状雪晶、针状雪晶、多枝状雪晶、轴状雪晶、不规则雪晶？你可否触摸过六角枝状、六角板状、双盘雪晶、单盘雪晶？她把这朵开放在冬天的花演绎得如此神奇！

雪是风变幻的烟波。当春风绿了江南，风不能把江南带走。当夏风裹来暴雨，打湿的也有风的梦境。当秋风吹落黄叶，风也因此有些轻愁。只有当风伴着冬雪，却仿佛彼此情有独钟。试想，如果物化了风，风应该是什么？风变不成江南，江南无法行走。风不能化作雨滴，雨滴过于沉重。风也不是秋叶，秋叶只会和树相关。风却可以是雪，唯独雪是风的自己，雪让风不是空的，漫漫长风千般舞，浩浩白雪万点烟。雪是风的质量，是风变幻的烟波。

雪是云泼洒的字迹。高高的云永远在天上，而云降下的雨并不是云的模样。只有雪，像极了云，白而轻，似近而缥缈。雪是云的真正降落，是轻卧在大地上的云，是被踩在脚下的云。她认真却又随性地渲染着大地，浩渺无边，跟山水起伏，任平原拓展。她是白色的墨，浩瀚的墨，直面胸襟地书写，率性尽情地表达。而且，她写的每一个字，你都熟悉、认得。

所以，她美！美得心里有千万句话要说，却怕说什么都不恰当，一句也讲不出来。

她美，也因为她落在你的掌心，小小的身体瞬间就会融化，然后让你想念；也因为她可能不小心挂在你的睫毛，随你的眼波一同舞蹈，然后让你爱怜；也因为她铺就了一张最好的宣纸，静静地注视着你，然后在你的面前一直等待。她等待来的，是中国文化对她成百上千年的书写和临摹。而最有意境的，是她的文化成长伴随着人的一生。

知了在夏天出生了，到了秋天，它就死去了，真不知雪为何物。汉朝桓宽《盐伯论·相刺》云："以所不睹不信人，若蝉之不知雪坚。"以此做比，喻人见闻不广。这正如人的青少年时期，尚在求学时候，对天下万物还缺少"知道"和"把握"。"蝉不知雪"，作为人生之境，此为一也。

如何才能见闻广，博古通今呢？在中国的晋代，有一个人叫车胤，小的时候家里非常贫穷，买不起灯油，晚上无法读书学习，就抓来很多萤火虫，装在袋子里，以此照亮漆黑的长夜。同样是在晋代，生活在北方的孙康为了读书，在冬天借着雪的光亮勤学苦读。"集萤映雪"，作为人生之境，此为二也。

吃得苦中苦，才有甜上甜。人在勤学苦练中成长起来，慢慢有所成就，也知道并开始欣赏"春有百花秋有月，夏有凉风冬有雪"的美好。此时，可能爱情也会随年龄的增长而到来，花天酒地之事仿佛也在所难免。宋代邵雍《伊川击壤集序》里"何异四时风花雪月一过乎眼也"的气概恰恰证明了当年对青春的挥霍。"风花雪月"，作为人生之境，此为三也。

人生终要成熟和长大，我们还要有更高的追求，然而此时却可能曲高和寡。汉朝刘向《新序》卷二《杂事第二》有这样的文字："辞客有歌於郢中者，其始曰下里巴人，国中属而和者数千人。其为阳陵采薇，国中属而和者数百人；其为阳春白雪，国中属而和者数十人而已也。""阳春""白雪"都是曲名，是中国琵琶曲的代表作，泛指高雅的曲子。高深莫测的文学艺术不易被寻常百姓接纳。而人一旦到了这个高度，自然也会有感于峰顶的微寒。"阳春白雪"，作为人生之境，此为四也。

人生又哪会时时顺当？特别是过了 35 岁之后，常感命运不是自己所能掌握，生命中自然的属性不断袭来，唯有默然承受。

各种生活、工作中的委屈与误解也会在这个时期给人以独特的思考。远在战国时期，燕昭王姬平求贤若渴，请齐国邹衍助其治国。嫉妒者，失意者，以不同的方式表达自己的不满，并很快抓住邹衍的某些行为，令其蒙冤入狱。就在此时，风雪齐至，有似寒冬，而当时的时令却是六月盛夏。燕王认为天降不满，是为邹衍喊冤，于是放了他。后来，元代关汉卿写了一部影响广泛的杂剧《窦娥冤》，窦娥被诬陷判处斩刑。在被斩之后，血溅白绫，六月飞雪，三年大旱。也许不如邹衍、窦娥那样经历大灾大难，可又有几人没有经历过类似夏天落雪的境况呢？但我们仍然要坚强地走下去。"六月飞雪"，作为人生之境，此为五也。

　　人生已经进入中年，"不惑"的四十与"知天命"的五十，是在告诉我们对规矩的把握和对价值的执守。杨时是宋朝熙宁九年进士，因为想拜理学大师程颢为师，朝廷调他去做官，他也不去。四年后，程颢去世了，杨时在卧室设灵位哭祭。后来，杨时到洛阳拜见程颢的弟弟程颐。一天，杨时来见程颐，程颐在打瞌睡，杨时就恭敬地站在一旁。这时的杨时已经四十多岁了。程颐醒后发现，门外的雪已经一尺多深了，杨时还在那儿站着。后来，杨时的德行和威望如日中天。对学问和长者的尊敬，是人生大成熟的表现。"程门立雪"，作为人生之境，此为六也。

　　真正的人生收获也许至此才会到来，靠着青少年时期的努力，靠着中年以后仍然坚守的理想。人生虽然已经慢慢走进冬季，但一场大雪的到来，却可能孕育另一个你无法想象的春天。雪水渗透到泥土里，一方面冻死了大部分害虫的虫卵，一方面给庄稼积蓄了水分。而大雪如被，覆盖在大地之上，正如中国传统文化的"藏"，藏而不伤，藏而不露。"瑞雪丰年"，作为人生之境，此为七也。

大成熟方有大气魄，也许这就是"耳顺"之年的意境。这样的人生，已经可以在雪中站立，可以纵横过去、立马当前、指点未来。也可以临雪而立，跳出时间和空间，抚摸心声，静听物语。正如宋朝杨无咎《柳梢青》所言："傲雪凌霜，平欺寒力，搀借春光。"还有什么可以在乎的呢？所谓"北国风光，千里冰封，万里雪飘。""万里雪飘"，作为人生之境，此为八也。

杭州西湖有一处著名的景点。那是一座拱桥，阳光下，雪已经消融了，而桥的端侧却仍有皑皑白雪覆盖，远远望去，不知是桥断了，还是雪残了。从人生的意义上讲，这一风景仿似残年的印记，却又透露着晚景的一丝神秘，随性，淡然，无所谓。"断桥残雪"作为人生之境，此为九也。

仿佛真实，也仿佛虚幻；仿佛来过，也仿佛没来；仿佛已有，也仿佛没有；仿佛常常，也仿佛无常。可曾见过旺火红炉之上的一片雪？渺小得可以忽略，匆忙得尚未留痕。《景德传灯录》载："石头曰：'汝见什么道理便礼拜？'师（长髭）曰：'据某甲所见，如红炉上一点雪。'"这就是人生，用漫长的坐胎、出生、成长、欣赏、老去，赢得宇宙和世上瞬间的闪烁。而唯有飘洒如故、气定神闲才是我们的最终选择。"红炉点雪"，作为人生之境，此为十也。

这是雪书写的人生十境，也是中国文化书写的顶级参悟。雪用她玲珑剔透的别致风情，在中华五千年的文化血脉中飘然舞动。

也是这雪，落在何处，又很不一样。

在万花开尽的江南，今冬如果她不来开放，就似乎有点儿遗憾，让才子佳人的感情世界里，少了一分诗意，多了一分盼望；在漫漫冬季的北国，她如果不是或鹅毛大雪或呼啸风雪的多几个姿态，就会让这里的爷们儿娘们儿感觉这个冬天不太够味。而雪一旦来了，又各自不同。倘若落在江南，就连鲁迅先生也不惜笔墨感叹："江南的雪，可是滋润美艳之至了；那是还在隐约着的青春的消息，是极壮健的处子的皮肤。"而且，江南的雪因润而黏，"很洁白，很明艳，以自身的滋润相粘结"。也就是说，雪虽是致冷之物，在江南却仍透着温暖的气息。倘若落在中原，又是另一个场景。这里不会像江南的人们一样对雪充满渴望，也不会像北国的人们一样对雪满怀理解，不会有江南的极致的情，也不会有北国的极致的义。他们喜欢得有些随遇而安，情感表露恰到好处，不着痕迹，方知若有却似无。倘若落在北国，又如鲁迅先生的描绘："永远如粉，如沙，他们决不粘连，撒在屋上，地上，枯草上……""在晴天之下，旋风忽来，便蓬勃地奋飞，在日光中灿灿地生光，如包藏火焰的大雾，旋转而且升腾，弥漫太空；使太空旋转而且升腾地闪烁。"这是雪最淋漓尽致的表演。北国的孩子和大人迎雪而出，御雪滑翔，远有徐克上演的林海雪原战士们脚下的风火，近有遍布城市周边雪场上羽服飞扬的娇艳。

即便是在北国，各地的雪也不相同。新疆、内蒙古、黑龙江的雪过于坚硬，天气也易达到极寒，出行及滑雪都过于冷涩；

河北、北京、山西的雪过于柔软，缺少冬的气度，雪也不会久留；辽宁、吉林的雪却正好，有漫天飘飞的疏松，也有牵牵绊绊的品性，天气也不过冷，也不过热，人们来到户外，很短的时间就能适应，是冬天雪能达到的比较精致的区域。

最喜咏雪的诗是宋朝卢梅坡《雪梅》中的一句："梅须逊雪三分白，雪却输梅一段香。""香"在何处？请君添上吧。

高高兴兴上班去——"五一"劳动节断想

人生总有两头。

就像春暖花开之际迎来的"五一"劳动节，让人立即想到了"上班"与"下班"。恰在这两点之间，有一句最简单又包含最深刻祝福的宣传语："高高兴兴上班来，平平安安回家去"，以"上班"和"下班"的相对时空浓缩了人们对生活的所有祝愿。

出现这句宣传语最多的地方，是过去的工厂和单位。除了家以外，工厂和单位是人们的第二活动空间。写在工厂和单位大墙上的标语，自然以工厂和单位为中心，所以才是高高兴兴地"来"，然后平平安安地"去"。但估计家人对去工厂和单位的人的心理祝词则是高高兴兴地"去"，然后平平安安地"来"，它的核心是"家"。不论如何，这简单而又伟大的理想，一头牵着心情，一头牵着平安。

是的，人生总有两头，在工作中，上班是这一头，下班是那一头。但这两头的时间距离却是一次次斗争才得来的。100多年前，为缩短工作时间，争取8小时工作制，世界各地的劳动者多次罢工并走上街头。1886 年 5 月 1 日，美国 35 万产业工人罢工。为纪念这一活动，人们把这一天定为国际劳动节。1949 年 12 月，诞生不久的新中国宣布，把 5 月 1 日作为中国人民的劳动节。一天工作 8 个小时，而不是更多，这是人类值得高兴的一个理由，因为它一头牵着健康，一头牵着尊严。

是的，人生总有两头，仅仅在一天里，晨光就是这一头，日暮则是那一头。古人讲"日出而作，日落而息"，劳动是伴随着太阳的。哲学家则说，劳动是人类发生发展的动力，劳动生产力则是人类征服自然、改造社会和塑造自我的能力。没有劳动就不会有今天灿烂的物质文明，人们拿着智能手机刷二维码、看新闻、读小说都是笑话。而这物质文明再丰厚，也都是每一个"一天"累积的，都在日出日落之间。宏观的伟大并不能代替微观的圆满，也许伴着晨光的出行，仍然会有这样那样的疑惑，也许伴着夕阳的归来，仍然会有这样那样的不安。有时，"高高兴兴"这样一个简单的理想实现起来竟然如此不易！那么，还是要多看看太阳，多感受一下阳光，它不但伴着每个人，还在装点地球的四季，让春天的花开，秋天的果来。无论如何都要高兴起来，至少阳光一头牵着灿烂，一头牵着未来。

是的，人生总有两头，在一段行程里，起点是这一头，终点是那一头。辛辛苦苦的劳作就是无休无止的行走。尽管每一个人的旅程都不同，而且各有艰难，但每个人都可以走出诗意。"欲渡黄河冰塞川，将登太行雪满山"，人生何其不易！当然会"停杯投箸不能食，拔剑四顾心茫然"了。然而，李白给出的答案是"长风破浪会有时，直挂云帆济沧海"。劳身动情之时，天高云淡之间，苏轼则干脆"小舟从此逝，江海寄余生"。看开了是大师，看不开，也能做个行者，高高兴兴出门去……有一首名为《火车站·在别处》的现代诗这样写道："人生聚散的假象被大屏幕上来来往往的 / 车次揭露…… / 可怕的是，在踏上列车的那一时刻 / 仿佛死亡以及其他，都不怎么可怕"。谁不是艰难却又坚强地活着呢，高高兴兴地走吧，一头牵着诗歌，一头牵着远方。

是的，人生总有两头，在一件事情中，开局是这一头，结局是那一头。电影《大话西游》中，把人生中的某个事情说透了，这个事情叫"爱情"。紫霞仙子临死前对着孙悟空说："我的意中人是个盖世英雄，有一天他会踩着七色云彩来娶我，我只猜中了前头，可是我却猜不中这结局"。人生不如意事十之八九，怎能求全责备，猜中了前头，已经成就了一种幸福。那就让开头牵着祝福，结局牵着祝愿吧。

是的，人生总有两头，在一篇文章中，序曲是这一头，尾声是那一头。上小学的时候，语文老师教写作文：龙头凤尾猪肚子。作文的开头和结尾一定要写得精彩，至于中间，敷衍一下，或许也是可以的。这样的文章标准，当然是用来对付评卷儿的人的。评卷儿的人要看那么多的作文，难免更看重开头和结尾。但是长大了，也会明了，当你参与到任何一项劳作当中，仅仅有一个惊艳的开头，没有中间扎扎实实的努力，是不可能造就一个华丽的结尾的。写文章也是如此，散发着持久魅力的作品，绝不可能是个猪肚子。所以像写文章一样，人生的每一个章节都得写好，那样，才能一头牵着高亢，一头牵着低回。

是的，人生总有两头，在一段情感中，我是这一头，你是那一头。有专家认为，中国传统的劳动节其实是七月初七，因为在这一天，喜鹊在银河上搭桥，让牛郎和织女相会，而在地上，女孩子们则要穿针引线，所以七夕节又称乞巧节。"汉彩女常以七月七日穿七孔针于开襟楼，人俱习之"，东晋的葛洪在《西京杂记》中这样记载。而在《开元天宝遗事》中则有明确记录，皇帝与自己的妃子，每逢七月初七，就会在宫中摆下夜宴，宫女们拿出看家本事，各自乞巧。宋朝和元朝的时候，乞巧节更加隆重，在京城当中的集市上会设有专卖乞巧物品的市场，称乞巧市。本是在七夕的情人相会，却偏偏要弄出乞巧一桩事来，令人浮想联翩。看来，在古代平民当中，女孩子劳动的技能是通向爱情的重要通道。"阑珊星斗缀珠光，七夕宫娥乞巧忙"，只是，在那忙碌的身影当中，谁又能想到，这劳动，一头牵着思念，一头也会牵着悲伤呢?!

是的，人生总有两头，在一生中，少年是这一头，老年是那一头。这两头在辛弃疾的词中道尽了意蕴："少年不识愁滋味，爱上层楼。爱上层楼。为赋新词强说愁。而今识尽愁滋味，欲说还休。欲说还休。却道天凉好个秋。"少年时候强说愁，待后来明白了，却顾左右而言他。少年与老年有时甚至是一种冲突。少年时候，父母反复叮嘱，春天了也要穿厚一点，秋天了要早点加衣服，不然，到老了，疾病就找上你了。少年却总是不在意。等自己也老了，才明白了，然后去反复叮嘱自己的孩子。这忙忙碌碌的人生啊，一头牵着轻狂，一头牵着无妨。

人生总有两头，或许只能到了那一头，你才会理解这个宣传语。我们一生都在劳作，好好的高高兴兴，美美的平平安安，何等价值连城！用一首歌中的词祝福劳动节，祝福劳动的人吧："愿你三冬暖，愿你春不寒，愿你天黑有灯，下雨有伞"。

早上出门的时候一定要记住："高高兴兴上班去，平平安安回家来"。

在"十月一日"寻找人生的"时间美学"

一

"有瘴非全歇,为冬亦不难。夜郎溪日暖,白帝峡风寒。蒸裹如千室,焦糟幸一样。兹辰南国重,旧俗自相欢。"在历史的长河中,这首名为《十月一日》、作于千年之前的五言律诗,虽流传并不广泛,却应该被人们永远铭记,因为中国古代以"十月一日"这样一个时间点命名的诗篇实在是少之又少。

诗的作者叫杜甫。

公元766年,54岁的杜甫来到了他西南漂泊生涯的重要一站夔州,即今天的重庆奉节。由于受到了夔州都督柏茂林的关照,杜甫得到了代管公田的职务,自己也租种了一些田地,生活总算稳定了一些。也就是在这一时期,当地的少数民族僚人群体走进了诗人的生活,他们的勤劳、热情、好客深深感染了他。旧历十月一日是僚人一年中最重要的节日新年。在这一天,僚人在热气升腾当中制作"蒸裹""焦糟"等祭祀神灵用的点心的场景，以及僚人虽面临恶劣生存环境，仍以简单却隆重的状态面对生命的精神，令诗人深受触动，诗情大发，《十月一日》诗瞬间流淌笔下。

杜甫在夔州生活了不到两年，然而这方山水以及山水养育的人们却让诗人的情愫喷薄而出。《茅屋为秋风所破歌》《蜀相》《闻官军收河南河北》《登高》等共 400 多首在此期间的作品竟占到了他现存作品的接近三分之一。"安得广厦千万间，大庇天下寒士俱欢颜""无边落木萧萧下，不尽长江滚滚来"等千古绝唱伴随着山水天光深深刻进了历史。

尽管杜甫笔下的"十月一日"指的是阴历的日子，然而这并不妨碍我们在一个特定的时间点寻找人生的意义：诗人用他个人的魅力让历史在这个日子熠熠生辉。

二

"到今年的 10 月 1 日，最早一批起名叫'国庆'的孩子都已经 69 周岁了！"一位朋友感慨地说。

起名叫"国庆"，让一个人的人生与国家紧密相连，从他的生命意义上来说，也许使个人因此而有了更加直观的国家属性。这对一个人来说，既是荣耀，也是使命。

1949 年 10 月 1 日，中华人民共和国中央人民政府正式在北京宣告成立。同年 10 月 9 日，北京中南海勤政殿内乐曲悠扬，中国人民政治协商会议第一届全国委员会召开第一次会议。政协第一届全国委员会委员许广平受马叙伦委托，向会议提出"请

政府明定 10 月 1 日为中华人民共和国国庆日"建议案。1949 年
12 月 2 日，中央人民政府委员会第四次会议通过《关于中华人
民共和国国庆日的决议》，决定自 1950 年起，每年 10 月 1 日为
中华人民共和国国庆日。

从此，这个崭新的国家有了自己的生日。为了这一天，曾
经有无数个生命用绚丽的色彩划过长空。一个生于东方、长于
东方的生命群体以国家的力量，让时间在这个日子熠熠生辉。

不止中国选择了 10 月 1 日，塞浦路斯、尼日利亚、图瓦卢、
帕劳等世界上的另外四个国家也把国庆日定在 10 月 1 日，同
中国一样，这一天是他们以国家的名义纪念的一年中最美丽的
日子。

三

能让时间拥有魅力的还有彼此的关爱。

1982 年，联合国在维也纳举行了一次特殊的会议：第一届
老龄问题世界大会，老年人以更加鲜明的标签吸引着世界人民
的目光。从 1982 年开始，联合国大会连续 16 年对老龄化给以
关注。《维也纳老龄问题国际行动计划》《联合国老年人原则》
等决议和文件相继问世，老年人的幸福生活安排以及老龄化社
会的制度设计同时夺走了自然科学研究者和社会科学研究者的
注意力。

这种关爱来到 1991 年则有了一个更为质的飞跃：从这一年
开始的每年 10 月 1 日被确定为"国际老年人日"。老年人有了

世界性的节日，这让每年 10 月的第一天显得更加温情、更有温度了。

与老人相对应的是儿童。在新加坡，节假日法规明确规定，10 月 1 日为儿童节，是法定节假日。当天，孩子与大人都要放假一天，全家一起享受童年给每个人带来的幸福与喜悦。

有趣的是，为了生存得更加健康，国际素食联盟接受北美素食主义协会的建议，从 1978 年开始，把每年的 10 月 1 日确定为世界素食日，向全球推广素食主义。

一个日子，起于人类彼此关爱这一初衷，因为对生活的秩序、生命的质量的向往而有了不同于一般时间的意义，自然也就不能不熠熠生辉了吧?!

四

1989 年 1 月，北京的冬天并不那么冷。出生于吉林东辽、时任空军政治部文艺创作室主任的韩静霆与妻子趁闲暇出来逛街。街头的一幅宣传画吸引了韩静霆，他甚至有些激动。画上是几只口衔橄榄叶的鸽子展翅飞翔，下面是金色的麦浪，远方是初升的朝阳。驻足的韩静霆越想越兴奋，街也不逛了，迅速跑回家，《今天是你的生日，中国》歌词一挥而就。

此时的韩静霆正担任着北京庆祝和平解放 40 周年晚会的主要策划人，为晚会创作一首主题歌是他的任务。

歌词写完了，怀着兴奋的心情，韩静霆把自己的手稿交给了谷建芬。不到一个星期，电话铃响了，电话那头传出谷建芬的声音：老韩，曲子谱好了。韩静霆放下电话，以最快的速度跑下楼，跳上公交车，直奔谷建芬的家。

谷建芬优雅地坐在钢琴前面，轻抚琴键："今天是你的生日，我的中国，清晨我放飞一群白鸽……"优美的旋律飞进韩静霆的耳朵，更飞进他的心里，抚摸他的灵魂。那一刻，他哭了，泪流满面。

此时的 10 月 1 日，已经不是一个日子，而是音乐中的一连串音符，是人们向"母亲"诉说的真挚的话语。

也是在同一年，由长影出品的电影《开国大典》上映，空前的观影热潮让导演李前宽、肖桂云热泪盈眶，还有什么能比在这个日子为自己的祖国献上艺术作品更令人自豪和激动呢?! 巧合的是，作为新中国电影摇篮的长影就成立于 10 月 1 日。那是 1945 年 10 月 1 日，长影的前身东北电影公司在今天位于长春市红旗街的长影第十二放映室里宣告成立。如今的长影，每年的 10 月 1 日，都会与自己的国家共同庆生。

艺术是生命的另一个属性，艺术让人陶醉，给人洗礼，让某个时刻定格成永恒。是的，是艺术的力量让时间在这个日子格外熠熠生辉。

五

亚的斯亚贝巴是埃塞俄比亚的首都。当地时间 2016 年 11 月 30 日上午，联合国教科文组织保护非物质文化遗产政府间委员会在这里召开会议，委员会经过评审，决定将中国申报的

"二十四节气——中国人通过观察太阳周年运动而形成的时间知识体系及其实践"列入联合国教科文组织人类非物质文化遗产代表作名录。这意味着中国人通过观察太阳周年运动，认知一年中时令、气候、物候等方面变化规律所形成的知识体系和社会实践，得到了广泛的认可。这也等于是在宣布，世界人民欣赏了、领会了中国人划分出的时间之美。

村上春树是目前在世界范围内有较大影响力的日本作家，有人评价他说，在村上春树的笔下，时间不是一个抽象的概念，而是一种人物的内心体验。哈佛大学村上春树的研究者杰·鲁宾更是指出，村上春树处理的都是那些根本性问题——生与死的意义、真实的本质、对时间的感觉与记忆及物质世界的关系、爱的意义。

1999年，电影《黑客帝国》上映。人们除了记住其中的真假难辨的虚拟与现实以外，留下更深印象的，恐怕还有那些神奇的"子弹时间"，时间被冻结后所呈现出的视觉特效让人们清晰地观察到了"瞬间"绽放出来的"时间美学"。周星驰电影《大话西游》表达出来的也是在时间的反复重新开始之后人们发现的生命的美好和无奈，或作为第三者身份实现的对自我的真实审视。

存在主义哲学大师海德格尔对时间更是情有独钟，《存在与时间》不知影响了多少后辈学人。2009年，傅松雪大作《时间美学导论》出版，全书从海德格尔存在论时间理论出发，把时间作为理解美学问题的理论基点，探讨审美状态的时间性生成及其艺术中时间审美化的呈现形态。时间在哲学领域迸发出美学的光芒。

　　金秋十月的第一天，正是纪念的时刻，也是从美的视角发现生命意义的时刻。"国庆日"是一个国家给每一个国民的最深沉的记忆、最动情的诉说、最美好的祝愿。向美进发吧，每个人，每个家庭，每个国家，都有一部自己的"时间美学"。去发现它，欣赏它，享受它吧，有时候，它甚至是我们的全部！